어느 시골 신부의 일기

일러두기

- 이 책은 Georges Bernanos의 『*Journal d'un Curé de Campagne*』(E-Book libres et gratuits)를
  참고했습니다.

Journal d'un Curé de Campagne

어느 시골 신부의 일기

조르주 베르나노스 지음

살림

젊은 시절 조르주 베르나노스

조르주 베르나노스는 1888년 파리 주베르 거리 26번지에서 출생했다. 그는 어린 시절을 프랑스 북부 파드칼레의 작은 마을에서 보냈다. 젊은 시절 보험회사 직원으로 일하던 중 그는 전업 작가의 길로 나서기로 결심하고, 1926년『사탄의 태양 아래』를 발표한다. 이어 페미나상 수상작인『환희』를 1929년에, 소설『악몽』을 1931년에 발표하여 작가로서의 명성을 공고히 하고, 1934년『어느 시골 신부의 일기』집필을 시작해서 1936년에 발표, 아카데미 프랑세즈 소설 대상을 수상한다. 유럽 전체가 대혼란에 빠져 있던 20세기 초반 신과 구원의 문제를 정면으로 다룬 그의 소설은 많은 작가, 지식인들의 호평을 받았으며 특히 앙드레 말로, 알베르 카뮈 등이 극찬했다. 20세기 프랑스 소설 중 최고 걸작의 하나로 꼽히며 20세기 가톨릭 문학의 정수로 평가받는다.

조르주 베르나노스의 어린 시절

어린 베르나노스가 두 사제와 함께 찍은 사진이다. 그의 사진이 별로 남아 있지 않아 소중한 자료로 간주
되고 있다.

영화 〈어느 시골 신부의 일기〉 포스터

로베르 브레송 감독이 메가폰을 잡고, 클로드 레이두, 앙드레 길베르, 장 리베이레 등이 출연한 영화 〈어느 시골 신부의 일기〉 포스터이다.

인간의 깊은 내면의 고뇌를 훌륭하게 영상화한 영화로 평가받고 있으며 홍상수 감독이 자신의 영화에 영감을 준 영화들 중 첫손가락에 꼽는 영화이기도 하다.

어느 시골 신부의 일기 **차례**

제1장 · 008

제2장 · 032

제3장 · 240

『어느 시골 신부의 일기』를 찾아서 · 287

제1장

내 교구도 여느 다른 교구와 같다. 모든 교구들은 서로 비슷하다. 물론 오늘날의 교구를 두고 하는 말이다. 나는 어제 노랑퐁트의 주임 신부님께 우리 교구에서 선과 악은 균형을 이룬 것 같지만, 다만 그 무게 중심이 낮은 곳에, 아주 낮은 곳에 있는 것 같다고 말했다. 달리 말해 그 둘이 마치 밀도가 다른 두 액체처럼 섞이지 않은 채 서로 포개져 있는 것 같다고 나는 덧붙였다. 신부님은 코웃음을 쳤다. 그는 매우 친절하고 자애로운 좋은 신부였지만 대교구에서는 약간 위험할 정도로 성격이 강한 사람으로 통하고 있다. 그는 재담으로 사제들을 즐겁게 하며 그 효과를 높이려고 눈에 힘을 주곤 한다. 하지만 짜증이 날 정도로 너무 자주 보이는 모습이라서 나는 울고 싶어질 정도이다.

내 교구는 온통 권태에 잠식당해 있다. 다른 교구들도 마찬가지이다! 권태가 내 눈 아래서 우리 교구들을 삼키고 있지만 우리는 속수무책이다. 언젠가 우리도 그에 감염되어 우리 몸에서 그 암세포를 발견하게 되지 않을까? 사람들은 권태라는 암에 걸리고도 오래 살 수 있는 법이다.

어제 길을 걸으면서 든 생각이다. 폐부 깊숙이 들이마시면 복부까지 퍼져 내려가는 느개가 내리고 있었다. 생 바스트 언덕에 오르자 갑자기 마을 모습이 나타났다. 11월의 음산한 하늘 아래 마을은 무엇엔가 억눌린 듯 비참해 보였다. 도처에서 수증기가 마을 위로 피어오르고 있었고 마을은 마치 지쳐버린 불쌍한 짐승이 물기 머금은 풀숲에 엎드려 있는 것 같은 모습이었다.

오, 얼마나 작은 마을인가! 이 마을이 나의 교구이다. 내 교구이건만 나는 이 마을을 위해 해줄 수 있는 것이 아무것도 없고 다만 어둠 속에 잠겨 사라져가는 모습을 슬프게 바라보고만 있을 뿐이다. 잠시 후면 더 이상 보이지 않게 되리라. 마을의 고독과 나의 고독을 그토록 뼈저리게 느껴본 적이 아직까지는 없었다. 안개 속에서 짐승들이 쿨럭쿨럭 하는 소리가 들리는 것 같았다. 책가방을 옆구리에 낀 채 학교에서 돌아온 어린 목동

제1장

9

의 손에 이끌려 축축한 목초지를 지나 따뜻하고 향기로운 외양간으로 돌아가는 소 떼들이 떠올랐다. 그렇다……. 저 마을 역시 별 희망 없이 누군가를 기다리고 있는 것 같다. 진흙탕 속에서 몇 날 밤을 지낸 후 그 어딘가 있을 은신처로, 있음직하지도 않고 상상조차 할 수 없는 그 어떤 은신처로 자신을 이끌어줄 주인을…….

오! 나는 그 생각이 터무니없다는 것을, 진지하게 고려해볼 가치조차 없는 꿈같은 생각이라는 것을 알고 있다……. 마을은 짐승들처럼 어린 소년의 목소리에 몸을 일으킬 리 없다. 하지만 상관없다! 어제 저녁 어느 성자(聖者)가 마을을 부르는 소리를 들었던 것만 같다.

나는 세상이 권태에 잠식당해 있는 것 같다고 말했다. 권태, 그것은 일종의 먼지이다. 우리는 오가면서 그 보이지 않는 먼지를 들이마시고 먹는다. 하지만 입자가 하도 고와서 이빨에 걸려 서걱거리지도 않는다. 그러나 한순간이라도 걸음을 멈춰보라. 권태는 곧바로 당신 얼굴과 손등을 덮어버릴 것이다. 비처럼 내려앉는 이 권태의 재를 떨어내려면 끊임없이 움직여야 한다. 그러면 세상도 심하게 동요한다.

세상은 이미 오래전부터 권태와 친숙해 왔다고, 권태야말로 진정한 인간 조건이라고 말할지도 모른다. 그 씨앗이 도처로 퍼졌고 알맞은 토양에서 싹을 텄을 수도 있다. 하지만 권태라는 이 나병(癩病)이 이토록 널리, 이토록 심하게 사람들을 감염시켰던 적이 있었던가? '절망'이 끝까지 가보지도 못한 채 흉측한 형태로 나타난 이 권태라는 것은 변질되고 부패한 기독교가 발효시킨 것임이 분명해 보인다.

물론 이런 생각을 입 밖에 낼 수는 없다. 그렇지만 그런 생각을 한다는 것이 부끄럽지는 않다. 솔직히 누구나 너무나 쉽게 이해하고 받아들여서 오히려 내 마음이 불편해질 수 있을 생각일지도 모른다. 윗분들의 낙관론은 아예 죽어버렸다. 낙관론을 아직 가르치는 분들도 있지만 그저 습관적으로 그럴 뿐 정작 본인은 믿지 않는다. 만일 조금이라도 반박하면 잘 알았다는 듯 미소를 지으며 좀 봐달라는 식으로 나온다. 그런 낙관적 견해가 실현되리라는 믿음을 그분들도 별로 갖고 있지 않기 때문이다.

바이뢰이의 수석 신부 한 분이 은퇴하신 후 베르쇼크의 샤르트뢰 수도회 소속 수도원들을 방문해서 열심히 강연을 하신다. 우리는 주임 신부의 지시에 의해 그분의 강론에 의무적으로 참

제1장

11

석하곤 했다. 그분의 강론은 아주 흥미로웠으며 감동적이었다. 이 매력적인 노신부는 왕년의 문학 교수로서의 버릇을 여전히 간직한 채 마치 손을 가다듬듯 문장들을 공들여 가다듬은 강론을 설파했다. 1900년에 유행했던 성직 사회의 말솜씨를 다시 보는 것 같았다. 나는 예의를 지켜 그분의 '신랄한 말씀'에 귀를 기울였지만 조금도 감동을 받지는 못했다. (아마 내가 천성적으로 거칠고 세련되지 못해서이리라. 하지만 솔직히 세련된 신부에 대해서는 늘 거부감이 든다. 세련된 정신과 자주 접한다는 것은 말하자면 시내에서 자주 외식을 하는 것과 같다. 기아로 죽어가는 사람들 코앞에서 외식을 할 수는 없는 법이다.)

아마 그 외에도…… (이런 말까지 해야 되나?) 아마도 소수의 사람들이 밤낮으로 붙어서 지내다 보면 자신도 모르는 새 자신들이 애호하는 분위기가 만들어지는 것 같다. 나도 수도원에 대해서 약간은 알고 있다. 나는 수사들이 땅바닥에 얼굴을 깔고 상급자의 부당한 질책을 아무 대꾸 없이 겸손하게 받아들이는 모습을 본 적이 있다. 수사들의 오만을 꺾어버리기 위한 질책이었다. 하지만 바깥의 그 어떤 소음이 전혀 미치지 않는 이런 집 안에서는 그 정적이 정말 이상할 정도로 완벽한 상태에 이르게 되어, 더없이 미세한 떨림조차도 극도로 섬세해진 청각에 의해 감지되는 법이니……. 그리하여 수도원 강당을 감돌고 있는 정적은 박수갈채에 버금가는 것이 된다.

(그에 비해 주교의 질책은⋯⋯.)

　나는 내 일기의 첫 몇 쪽들을 읽어보았다. 별로 즐겁지 않다. 물론 일기를 쓰려고 마음먹기까지 깊이 성찰한 것이 사실이다. 그렇다 해도 별로 마음이 편해지지 않는다. 기도가 습관이 된 사람에게 성찰이란 종종 일종의 알리바이, 어떤 의도를 확고히 하려는 음험한 방편에 지나지 않는다. 합리적 추론이라는 것은 우리가 드러내고 싶지 않은 것을 어두운 곳에 쉽게 감출 수 있게 해주는 손쉬운 방편이다. 세상 사람들이야 자신의 운수에 대해 곰곰 성찰할 수 있다. 하지만 우리의 불쌍한 삶의 매순간 하느님이 함께 하고 있다는 사실을 받아들인 우리들에게 운수란 것이 무슨 의미가 있단 말인가! 우리들이 믿음을 잃지 않는 한―만일 그렇게 된다면 무엇이 남겠는가? 자기 자신을 부정하지 않는 한 믿음을 잃을 수 없는 법이니―우리들의 운수를 계산해본들 무슨 소용이 있겠는가! 하느님과 맞서서 게임을 할 수는 없는 법이다.

제1장

13

필로멘 숙모님으로부터 100프랑짜리 지폐 두 장이 동봉된 답신을 받았다. 겨우 급한 불들만 끌 수 있는 액수이다. 돈은 모래처럼 손가락 사이에서 빠져나간다. 끔찍한 일이다. 게다가 나는 어리석기까지 하다. 열두 살 나이에 비참한 집안에서 신학교로 옮겨간 가난한 어린 소년이 돈의 가치를 결코 알 리 없다. 세상 사람들이 수단이 아니라 그 자체 목적으로 삼고 있는 돈에 대해 나 같은 사람은 아예 문외한으로 지내는 것이 나으리라.

어제 토르시의 주임 신부님을 뵈러 갔다. 매우 선량하고 성실한 분이다. 부농의 아들로서 돈의 가치도 알고 있고 세상 경험도 많기에 내가 평소에 약간 세속적이라고 생각하고 있는 분이다. 동료들은 그가 외쉥의 수석 신부가 될 것이라고들 한다. 그분을 만나면 나는 꽤나 실망한다. 누군가 속내 이야기 털어놓는 걸 싫어해서 내가 그런 이야기라도 꺼내면 호탕한 웃음, 하지만 겉보기보다는 섬세한 웃음을 터뜨려 내 말을 막아버리기 때문이다. 오, 내가 그분처럼 건강하고 용기가 있으며 균형감각을 갖추고 있을 수 있다면! 하지만 그는 내게 감상벽이 있다고 노골적으로 말하면서도 나를 너그럽게 받아들여준다. 내가 나의 감상벽을 내세우지 않고 있음을 그가 알고 있기 때문이다. 내 감상벽을 내세우다니! 절대 아니다! 성인들이 지니고 있는 진정한 동정심, 강하면서도 온유한 그 동정심과 내가 다른 사람들의 고통에 대하여 느끼는 유치한 두려움을 혼동하지 않으려 애쓴 지 벌써 오래되었다.

"이보게, 안색이 별로 좋지 못하군."

사실 나는 몇 시간 전에 뒤몽셸 영감이 저지른 짓 때문에 마음이 아직 뒤숭숭한 상태였다. 내가 내 시간과 수고뿐 아니라 면으로 된 양탄자, 좀 먹은 휘장, 값이 아주 비싸면서도 불을 붙이면 프라이팬에서 기름 튀는 소리를 내며 단숨에 녹아버리는 양초들까지 조금도 아까워하지 않고 거저 내줄 마음 준비가 되어 있음을 하느님은 아신다. 하지만 그 대금은 대금이니, 어찌해야 한단 말인가?

"그 사람을 쫓아내야 할 거야." 그가 내게 말했다.

내가 항변하자 신부님이 다시 말했다.

"정말 가차 없이 쫓아내야 해. 그 영감은 돈도 많다니까. 도대체 자네 같은 젊은 신부들이란……."

그는 얼굴이 벌게져서 나를 아래위로 훑어보았다.

"도대체 자네처럼 젊은 신부들은 요즘 혈관에 뭐가 들어 있는지 궁금해! 우리 시대에는 진짜 교회 인물들을 길러냈는데 말이야.—눈썹 찌푸리지 말게. 한 대 철썩 때리고픈 심정이니까—그래, 교회의 인물들. 자네 맘대로 해석해도 좋아. 교구의 우두머리, 스승이 될 만한 사람, 그리고 뭐랄까, 지도 능력이 있는 사람이지. 그런 사람들은 턱을 올리는 시늉 하나로 마을 하나를 다스릴 수 있었지. 그래, 자네가 무슨 말을 하려는지 잘 알아. 그들은 잘 먹고 잘 마시고 카드놀이를 해도 그냥 눈감아 줬지. 그런데 요즘 신학교에서는 그저 징징거리는 복사(服事) 아이 같은 신부들만 배출하니, 원! 그저 책만 엄청 읽어댈 뿐 명령도 내릴 줄 모르고 단호하게 결정도 못 내리고 사람들을 꾸짖지도 못해. 이보게, 교회란 튼실한 살림꾼이어야 해. 튼실하면서도 분별력 있는 살림꾼 말일세. 물론 더러운 것과 싸우기도 해야지. 하지만 더러운 것을 근절할 수는 없어. 자네가 맡고 있는 교구는 본래 더러울 수밖에 없어. 최후의 심판 날이 되면 알게 되겠지만 천사들이 거룩하다고 말하는 수도원들 안에도 삽으로 퍼내야 할 만큼 더러운 것들이 얼마나 많을지 몰라. 진짜 살림꾼은 집 안이 성유물함(聖遺物函)이 아니라는 것을 알고 있는 사람이지. 교회는 그런 살림꾼이어야 해. 집 안을 성유물함처럼 생각한다는 건 시인들이나 할 짓이야."

신부님이 파이프에 담배를 재워 넣는 동안 나는 떠듬거리며 요즘 젊은 신부라고 해서 징징거리기만 하는 애는 아니라고, 이 세상의 악에 대해 좀 더 고민하고 있을 뿐이라고 그를 설득하려 들었다.

"정신 차리게." 그가 가차 없이 말했다. "내가 보기에 그건 실제로 사제직 체험을 해보니 자신의 어쭙잖은 사리 판단과 어긋난다는 핑계로 모든 걸 내팽개치는 것과 마찬가지야. 잼 단지에 머리를 처박은 꼴이지. 보통 사람들과 마찬가지로 기독교도들도 잼만 먹고는 살 수 없는 법이야. 이보게, 하느님께서도 우리가 세상의 소금이라고 하셨지 세상의 꿀이라고는 안 하셨어. 그런데 이 세상이란 상처와 부스럼투성이 몸으로 거름 더미 위에 앉아 있는 욥 할아버지와 비슷해. 생살에 소금을 뿌리면 타는 듯 쓰리지. 하지만 썩는 건 막을 수 있어. 자네들은 마귀를 뿌리 뽑겠다는 그릇된 생각에 처박혀 소금 구실을 못 해. 그 외에도 자네들이 지니고 있는 또 다른 편집증이 있어. 사랑받고자 한다는 것, 바로 그거야. 진정한 사제는 결코 사랑받을 수 없다는 것을 명심하게. 무엇보다 존경받고 복종받아야 해. 교회는 질서를 필요로 해. 하루하루 질서를 세우게. 당장에라도 무질서가 질서를 날려버릴 수 있다는 생각으로 질서를 세우게. 왜냐하면 자네가 깨어 있는 동안에 해놓은 일이 밤중에 날아가버릴 수도 있다는 사실, 그게 바로 질서이니 말일세! 밤은 악마의 것이니까."

"밤에는……." 나는 그의 화를 돋우리라는 것을 알면서도 말했다. "수도사들이 기도를 드리지 않습니까?"

"그렇긴 하지." 그가 냉랭하게 말했다. "그들은 음악을 하는 셈이지. 나도 그들에게 반감이 있는 건 아니야. 누구나 자기 할 일이 있는 법이니까. 그들은 꽃을 가꾸는 사람들이기도 해."

"꽃을 가꾼다니요?"

"맞아, 딱 그거야. 우리는 집 안 청소와 설거지를 한 다음 감자도 깎고 식탁보도 깔고 나면 화병에 꽃을 꽂지. 하지만 신비의 백합은 들판의 백합이 아니거든. 물론 자네가 말하는 수도자들은 우리들에게 진짜 아름다운 꽃을 제공할 수 있을 준비를 잘 갖추고 있어. 하지만 불행히도 수도원에서도 다른 곳에서와 마찬가지로 태업 사태가 이따금 벌어져서 우리에게 종이로 만든 조화를 슬쩍 넘기고 있단 말씀이야."

그는 아닌 척하면서 곁눈으로 나를 살펴보고 있었다. 순간 나는 그의 시선 저 깊은 곳에서 커다란 애정, 혹은 뭐랄까 일종의 불안과 염려 같은 것을 읽어낼 수 있었다.

문득 그가 내 손을 감싸 쥐었다. 당뇨병으로 부어오른 손이었지만 그는 더듬거리지 않고 단단히 꽉 움켜쥐었다.

"자네는 내가 신비가들을 조금도 이해하지 못하고 있다고 말할지도 몰라. 하지만 나는 이런 건 알고 있네. 은총을 받는다는 걸 그렇게 의기양양해 할 수는 없다는 것을 말일세. 하느님의 은총을 받아 저 높은 곳에 쉽게 기어오를 수도 있겠지. 하지만 필요한 경우에는 내려올 줄도 알아야 해. 진정한 성자들이 다시 돌아오면서 수많은 어려움을 겪은 사실을 자네도 알고 있겠지. 그런 줄타기 상황에 처해 있는 자신의 모습이 발각되기라도 하면 그분들은 제발 그 누구에게도 말하지 말아달라고 간청하지. 약간 부끄럽기 때문이야. 자네, 이해할 수 있겠나? 하느님의 총애를 받았다는 게, 다른 모든 사람들보다 먼저 지복(至福)의 잔을 마셨다는 게 부끄러운 거야. 왜일까? 그냥 그런 거야. 그런 은총을 받을 때 영혼이 보이는 첫 번째 반응은 도망가는 거야. '살아 있는 하느님의 손에 떨어지는 것은 무서운 일이니……'라고 성서에도 쓰여 있어. 그분의 팔에, 그분의 가슴에, 예수의 가슴에! 자네가 합주단에서 트라이앵글이나 심벌즈 연주를 맡아 작은 역할을 수행하고 있다고 가정해보세. 그런데 갑자기 자네에게 거창한 스트라디바리우스를 건네주며 연주를 하라고 하면 어떻겠나? 몸이 부르르……. 자, 그럼 내 기도실을 한번 둘러보겠나."

나는 가구에 대해서는 잘 모르지만 그분의 방은 정말 호화로웠다. 묵직한 마호가니 침대, 훌륭한 조각이 새겨진 옷장, 우단을 씌운 안락의자들, 벽난로 위의 거대한 잔 다르크 청동상들……. 하지만 신부님이 내게 보여주려 한 것은 그 방이 아니었다. 그분은 오직 탁자 하나와 기도대 하나만 놓여 있는 헐벗다시피 한 방으로 나를 안내했다. 벽에는 병원 대기실에서 볼 수 있는 것과 비슷한 조악한 채색 그림이 한 점 걸려 있었다. 통통한 분홍 뺨의 아기 예수가 당나귀와 황소 사이에 누워 있는 그림이었다.

"이 그림을 보게나." 그가 말했다. "내 대모님이 선물로 주신 거야. 보다 훌륭하고 예술적인 그림을 사서 걸어놓을 만한 형편이 되지만 나는 여전히 이 그림이 좋아. 조잡하고 멍청해 보여서 더 마음이 놓인다네. 이보게, 나는 플랑드르 사람이라네. 잘 먹고, 잘 마시고…… 게다가 부유하고……. 자네처럼 초라한 흙벽돌집에 사는 가난하고 가무잡잡한 볼로네 출신 사람들은 흑토의 플랑드르 사람들의 부(富)를 감히 상상도 못하지. 이런 우리들에게 독실한 여신자를 감동시킬 멋진 말씀을 요구해선 안 돼. 하지만 이보게, 우리들도 신비가들을 적잖이 배출한다네. 그렇다고 폐병에 걸린 그런 신비가들은 아니야. 우리는 삶을 겁내지 않아. 독주를 잔이 넘치도록 마셔대고도, 황소를 거꾸러뜨릴 만큼 화가 머리끝까지 치밀어오를 때라도, 우리들의 관자놀이에는 아주 두툼하고 건강한 붉은 피가 흐르고 있으니까. 요컨대 자네에게는 지금 자네의 근심거리가 있고 나도 나 나름대로 근심거리가 있던 적이 있었지만, 그 둘은 아마 똑같지 않을 거란 말이지. 자네가 들것에 드러눕는 일이 생길 수 있겠지. 나도 여러 번 그런 적이 있었어. 하지만 그 이야기는 나중에 하세. 자네가 너무 상태가 안 좋아. 그런 이야기를 해주면 자네가 쓰러질 것 같아. 다시 아기 예수 이야기로 돌아가세. 내 고향 포프랭그의 주임 신부가 부주교와 합의해서 나를 생쉴피스로 보내기로 합의했지. 군사학교식으로 젊은 성직자들을 교육하는 곳이었다네. 우리 부친 선생님께서는(나는 그가 농담하는 줄 알았다. 하지만 토르시의 신부님은 늘 부친에게 선생님이라는 경칭을 붙였다. 아마 옛 관례인지도 모르겠다.) 넉넉하신 재산으로 교구에 뭔가 명예로운 일을 하시려고 마음먹으셨던 것 같아. 그런데 맙소사! …… 기름 둥둥 뜬 수프 냄새를 풍기는 낡은 기숙사 건물을 보니……. 게다가 삐쩍 마른 데다 처량하기 짝이 없는 그 선량한 아이들이란! 앞모습을 보아도 옆모습을 본 것 같았지. 나는 서너 명의 친구들과 함께 교수 신부들을 뒤흔들어놓았네. 공부나 식사 때는 첫째들이었지만 그밖에는…… 정말 악동들이었지. 어느 날 밤, 모두 잠들었을 때 우리는 지붕에 올라가서 일제히 고양이 울음소리를 냈다네. 온 동네를 다 깨울 정도로 요란했지. 3개월 첫 학기가 끝나자마자 학교 어른들은 소견서와 함께 나를 집으로 돌려보냈다네. 머리가 나쁘지도 않으며 올곧고 착한 성품 운운했지만 간단히 말해 소나 치는 데 적격이라는 거였지. 죽어도 사제가 되겠다던 나를! 가슴이 찢어지는 듯 아파서 마치 하느님이 목숨을 끊는 걸 허락하실 것만 같았다네. 부친 선생님은 정확한 분이셨어. 나뮈르의 방문 수녀회 회장이셨던 고모 할머니의 간단한 추천장을 들고 부친 선생님은 나를 마차에 태워 직접 대주교 관저로 데려가셨다네. 대주교님도 정확한 분이셨지. 나는 그분 앞에 무릎을 꿇고 내가 어떤 유혹에 시달리고 있는지 말씀드렸다네. 대주교님은 다음 주에 당신 휘하의 신학교에 보내주셨어. 나는 그때 죽음 같은 것을 아주 가까이서 경험했다는 말을 하고 있는 거야. 그때부터 나는 그저 묵묵히 매사에 조심하고 신중하기로 결심했다네. 군인들이 말하듯, 복무 외에는 딴 생각 말자는 것이었지. 우리의 아기 예수는 음악이

나 문학에 취미를 갖기에는 너무 어렸다네."

그는 나를 기도실 밖으로 데려갔다. 우리는 노간주나무 열매로 담근 술을 한 잔씩 마셨다. 그가 갑자기 내 눈을 똑바로 바라보았다. 무언가 확신하는 듯한, 또한 무언가 명령하는 듯한 눈길이었다. 마치 다른 사람, 아무에게도 보고할 필요가 없는 사람, 스스로가 주인인 사람 같았다. 그가 다시 입을 열어 말했다.

"수도사들은 수도사들이야. 나는 수도사가 아니야. 수도사들의 우두머리도 아니고. 내게는 짐승 떼가 딸려 있어. 진짜 짐승 떼들이지. 그들과 함께 궤 앞에서 춤을 출 수는 없는 노릇 아닌가? 그 짐승들을 내가 어쩌면 쓰겠나? 별로 착하지도 않고 악하지도 않은 그 짐승들……. 소와 당나귀에 염소도 있지……. 도축해서 팔 수도 없는 노릇이고……. 주교관을 쓴 수도원장이라면 문지기 수도사에게 명령만 내리면 되겠지. 누군가 말썽을 피우면 수도원장은 손가락을 까딱해서 그 말썽 피운 숫염소들을 처리해버리지. 나는 그럴 수 없네. 우리는 숫염소뿐 아니라 모든 짐승들과 잘 지내야만 해. 우리는 목자야. 숫염소건 암양이건 모든 짐승들을 잘 돌보길 주인께서 원하시거든. 자네, 숫염소가 숫염소 냄새피우는 걸 막아보려고 골머리를 썩이지 말게. 시간 낭비일 뿐 아니라 절망의 구렁텅이에 빠질 위험이 있으니까. 연로한 분들께서는 나를 낙천주의자니 천하태평이니 놀리고 자네 같은 젊은 신부들은 내가 사람들에게 너무 엄격하고 군대식이며 완고하다며 나를 무슨 도깨비 취급하지. 양쪽 다 내게 자그마한 개혁안 하나 내놓은 게 없다고, 있어도 주머니에 넣어두기만 할 뿐이라고 나를 원망하지. 전통! 하면서 노인들은 내게 으르렁거리고, 진보! 라고 젊은이들은 합창하지.

나는 사람은 사람일 뿐, 그리스도 이전의 이교도 시대보다 나아진 게 별로 없다고 생각하네. 하긴 사람이 얼마나 나아졌는가를 아는 게 문제가 아니라 사람을 이끄는 분이 누구인지 아는 게 중요하겠지. 아, 교회 사람들이 하던 대로 그냥 내버려두었더라면 좋았을 것을! 내가 무슨 저 달콤한 중세로 숨어들려는 건 아니야. 13세기의 사람들을 전부 소성인(小聖人) 취급할 수도 없고. 당시 수도사들이 요즘 수도사들보다 덜 어리석었다 해도 마시기는 더 마셨을 거야. 하지만 당시 우리는 하나의 제국을 건설하고 있었어. 그 제국에 비하자면 카이사르의 제국은 개똥에 불과해! 그 제국은 죄에 당당히 맞서 그 죄를 자신의 것으로 삼기까지 해. 나는 마치 우리 인간의 어린 시절을 보는 것만 같단 말이야.

우리의 어린 시절이 그토록 감미롭고 그토록 환하게 빛나 보이는 것은 무엇 때문일까? 어린아이에게도 누구나처럼 어려운 게 있으며, 고통이나 병에 대해 그토록 나약한 존재인데 말이야! 어린 시절과 마지막을 앞둔 노년기야말로 인간의 커다란 두 시련인 것 같아. 그러나 어린아이는 바로 그 무력감에서 기쁨의 원칙들을 겸허하게 이끌어 내는 거라네. 어린아이는 모든 것을 어머니에게 맡기지. 이해할 수 있겠나? 현재와 과거와 미래, 그리고 삶 전체가 하나의 시선 속에 들어 있고, 그 시선은 바로 미소라네. 그러니, 이보게, 모든 것을 우리가 하는 대로 내버려두었다면 교회가 인간들의 이 지상에 안도감을 줄 수 있었을 거야. 그렇다고 해서 사람들이 자기 몫의 골칫거리에서 벗어날 수 있었으리라는 뜻은 아니야. 배고픔, 목마름, 가난, 질투 같은 것들 말일세. 우리는 악마를 우리의 호주머니에 가두어둘 만큼 강하지 않아! 하지만 인간은 자신이 하느님의 아들임을 알게 되었을 것이고 바로 그것이 기적이지! 머릿속에 이 생각들을 지닌 채 살다가 죽었을 테니 말일세. 우리 덕분에 그것이 도덕, 관습, 오락거리나 기쁨이 되었을 것이고 가장 사소한 것에까지 영향을 미쳤을 테니까. 물론 그렇다고 해서 노동자가 땅을 파게 되지 않거나 학자가 대수(代數)표를 파고들지 않고 기술자들이 어른들을 위해 장난감을 만들어내지 않게끔 되지는 않았을 거야. 다만 아담의 가슴에서 고독감을 뿌리 뽑을 수는 있었을 거란 말이지. 신의 무리들을 섬긴 저 이교도들도 그렇게 어리석지는 않았어. 그들도 이 쓸쓸한 세상이 저 비가시적인 세상과 대충 일치한다는 환상을 심어줄 수 있었지.

하지만 그건 지금 와서는 아무 소용이 없어. 교회 밖에서 사람들은 언제나 사생아이고 주워 온 아이들의 무리일 뿐이야. 물론 악마에게 인정받으리라는 희망이 여전히 남아 있지. 제길! 그놈의 검은 성탄절을 목 빠지게 기다리겠지! 아마 신발을 벽난로에 걸어 놓겠지. 악마들은 새롭게 발명하자마자 유행에서 뒤처져버리는 한 무더기의 기계들을 그 구두에 집어넣는 데 지쳐서 이제 코카인, 헤로인, 모르핀, 무슨 싸구려 가루들을 넣어주고 있지. 불쌍한 친구들! 이제 죄까지 바닥을 드러낸 셈이야. 그러니 제대로 즐기지도 못해. 서너 푼짜리 작은 인형이 어린아이에게는 한 계절 내내 기쁨을 주지만 노인네들은 500프랑짜리 장난감 앞에서 하품을 하는 꼴이니까. 왜 그럴까? 바로 어린아이의 정신을 잃었기 때문이야. 교회는 이 어린아이의 정신을, 그 천진함을, 그 신선함을 이 세상에서 보존하라는 임무를 하느님으로부터 부여받았어. 나는 나를 무슨 몽매주의 취급하는 얼치기 학자와는 언제고 겨룰 준비가 되어 있어. 나는 이렇게 말할 거야. 내가 장례업자 차림을 하고 있더라도 그건 내 탓이 아니오. 원래대로라면 나는 시바의 여왕처럼 차리고 돌아다닐 권리가 있소. 나는 기쁨의 전달자니 말이오. 당신이 그걸 달라고 하면 대가 없이 주겠소. 교회는 기쁨의 분배자, 온전히 이 불쌍한 세상의 몫인 기쁨의 분배자요. 당신이 그 무언가 교회에 거역한다면 그것은 바로 그 기쁨에 거역하는 거요. 내가 당신에게 천체 움직임 계산을 그만두라고 했나요? 핵분열을 그만두라고 했나요? 하지만 만일 당신이 삶의 의미를 상실했다면 설사 당신이 생명을 만들어낸다 한들 무슨 소용이 있겠소? 당신의 시험관 앞에서 당신 머리를 박살내는 일밖에는 할 게 없을 거요. 어디 원대로 실컷 생명을 만드시오. 당신이 죽음에 대해 부여한 이미지가 차츰차츰 비참한 사람들의 머리를 독극물처럼 오염시키고 그들의 마지막 기쁨마저도 흐려버리고 퇴색시키고 있소. 하지만 잠깐, 15분 만이라도 말없이 기다려보시오. 그러면 조용히 '나는 길이요, 진리요, 생명이다'라는 말씀이 들려올 것이오. 당신들이 거부했던 말이 아니지. 하지만 이어서 저 심연 속에서 또 다른 말이 들려올 거요. '나는 영원히 잠긴 문이니, 출구 없는 막다른 길이요, 거짓이자 파멸이니라.'"

신부님이 이 마지막 말을 하도 침통한 어조로 말했기에 나는 새하얗게 질렸던 것 같다. 아니 차라리 누렇게 변했나보다. 벌써 몇 달 전부터 놀라서 창백해져야 할 때 내 얼굴은 그 모양으로 누렇게 뜬 모습이 되곤 했다. 토르시의 신부님은 내게 두 번째 잔을 따라주고는 화제를 바꾸었다. 그는 명랑한 표정을 지었다. 내게는 그의 명랑함이 거짓이거나 짐짓 그런 척하는 것으로 보이지 않았다. 나는 그가 천성적으로 명랑한 영혼을 지녔다고 믿고 있기 때문이다. 하지만 그분의 시선만큼은 그의 그런 영혼을 보여주지 못했다. 헤어지는 순간 내가 인사차 몸을 굽히자 당신은 엄지손가락으로 내 이마에 성호를 그어주더니 주머니에 100프랑짜리 지폐를 슬그머니 넣어주었다.

"자네는 한 푼도 없는 게 분명해. 부임 초기는 늘 힘든 법이야. 형편 될 때 갚으면 되네. 자, 이제 가보게. 우리 둘이 나눈 이야기를 얼간이들에게 절대 하지 말게나."

*

'신선한 짚을 소에게 갖다주고 나귀 털을 빗겨주라'는 말씀이 오늘 아침 감자를 깎을 때 떠올랐다. 그래야 한다. 그러나 그런 단순하고 사소한 일이 결코 쉬운 일이 아니다. 실은 정반대이다. 짐승들이야 매일 똑같은 일, 별로 힘들지 않은 일을 요구할 뿐이다. 하지만 사람이란! 시골 사람들은 단순하다고 흔히 말한다는 것을 나는 알고 있다. 농부의 아들인 나는 농부들이 끔찍할 정도로 복잡하다고 생각한다. 농부들이 자신을 사랑하는 일은 드물다. 또한 그들이 자기를 사랑하는 사람에게 심하다 싶을 정도로 무관심한 것은 남들이 자신에게 보이는 애정을 의심해서가 아니다. 그들은 차라리 그 애정을 경멸한다. 그들은 자신을 조금도 고치려 하지 않는다. 그렇다고 그들이 자신들의 결점이나 악덕에 대해 그 어떤 환상을 품고 있는 것도 아니다. 그들은 그것을 고칠 수 없는 것으로 일찌감치 치부하고 평생 끈질기게 견뎌낼 뿐이다. 그들은 단지 이 쓸모없고 값만 많이 나가는 짐승들을 어떻게 하면 저렴한 비용으로 길러낼 수 있을까 하는 데만 관심이 있을 뿐이다.

이런 비참한 사람들에게 무슨 이야기를 해줄 수 있단 말인가? 임종의 자리에서조차 자신에 대한 증오를 드러내는 그들에게는 용서라는 말조차 해줄 수가 없을 것이다.

*

보름 전에 가정부 없이 지내겠다는 결정을 했다. 사람들이 꽤나 좋지 않게 해석하는 모양이다. 그런데 그 아주머니의 남편인 페그리오 씨가 최근에 백작 저택의 사냥터지기 자리로 옮겨 가는 통에 일이 더 꼬여버렸다. 나는 그를 통해 포도주를 한 통 사겠다고 하면서 일을 잘 처리했다고 생각했던 것이니! 나는 필로멘 숙모님으로부터 받은 200프랑을 아무런 소득도 없이 허비해 버린 것이다! 페그리오 씨가 보르도 양조장에 주문을 했지만 그는 더 이상 그곳에 갈 일이 없어지게 된 것이다. 내가 적선처럼 저지른 일에 대한 이득은 모두 그의 후임자 몫이 될 것이다. 오, 이 얼마나 어리석은 짓인가!

*

그렇다, 정말로 어리석은 짓이었다. 나는 일기를 쓰면서 주님과 나 사이의 대화가 이어질 기회가 되기를, 기도의 연장이 되기를 바랐다. 하지만 일기는 내 변변치 않은 삶 속에서 내가 벗어나 있다고 생각했던 수많은 잡다한 일상의 근심이 그 얼마나 큰 비중을 치지하고 있는가를 확인하게 해줄 뿐이다. 나는 우리의 주님께서 우리의 근심을 제아무리 사소한 것일지라도 당신의 몫으로 떠맡아주시고 그 어느 것도 경멸하시지 않음을 잘 안다. 그러면서 나는 왜 잊어버리려 애써야 할 것들을 종이 위에 적어놓는단 말인가? 더 나쁜 것은 이렇게 속을 털어놓으면서 커다란 위안을 얻는다는 점이다. 그것이야말로 내가 경계해야 할 일임이 분명한데 말이다.

등잔불 아래에서 아무도 읽지 않을 이 글들을 끼적이는 동안 나는 그 무언가 비가시적인 존재를, 분명 하느님이 아닌 그런 존재를 느낀다. 그것은 분명히 나의 이미지이면서 나와는 구별되는, 다른 본질을 지닌…… 어제 저녁 그 현존이 하도 민감하게 느껴져서 누군지 모를 그 가상의 청자(聽者)에게 머리를 기대고 싶은 충동을 느꼈다. 그리고 갑자기 울고 싶어지면서 부끄러워졌다.

이 경험을 끝까지 밀고 나가보는 것이 좋겠다. 최소한 몇 주간이라도 말이다. 머릿속을 스쳐지나가는 생각들을 굳이 가릴 것 없이 적도록 해보겠다. (아직 형용사 같은 것을 고르는 데 망설이기도 하고 고치기도 한다.) 그런 후 이 종이 나부랭이들을 서랍 깊숙이 넣어두었다가 나중에 머릿속이 차분해졌을 때 다시 읽어보리라.

제2장

오늘 아침 미사 후에 루이즈 양과 긴 대화를 나누었다. 그녀는 백작 저택의 가정교사이다. 그녀의 지위도 지위인 만큼 서로 신중해야 하기에 내가 그녀와 이야기를 나누는 일은 아주 드물었다. 백작 부인은 그녀를 아주 존중한다. 그녀는 원래 성 클라라 수녀회에 들어갈 예정이었으나 작년에 돌아가신 늙고 병든 어머니 때문에 희생했다고 한다. 백작의 딸인 샹탈 양은 그녀에게 호의를 보이지 않을뿐더러 그녀를 하녀 취급하며 모욕을 주곤 한다. 어린애 장난임이 분명하지만 당사자로서는 가혹한 인내력 시험이다. 게다가 백작 부인의 말에 의하면 루이즈 양은 좋은 집안 출신이고 고등교육도 받았으니 말이다.

내가 가정부 없이 지내기로 했다는 것을 백작 댁에서도 인정했다는 말을 들은 것 같다. 그렇더라도 일주일에 한두 번 파출부를 쓰는 정도의 지출은 하는 것이 마땅하다고 생각하는 모양이다. 그건 분명히 원칙의 문제이다. 나는 이 지역에서 백작 저택 다음으로 훌륭한 집인 사제관에서 지내고 있다. 그런데 만일 내 손으로 빨래를 한다면! 내가 일부러 그러는 줄 알 것이다.

나는 기초 교리문답을 아이들에게 가르치고 개별 영성체를 준비시키는 일에서 보람을 느끼리라 기대하고 있었다. 오늘만 해도 교회 묘지 쪽에서 아이들이 웅성거리는 소리가 들려오고, 성당 현관을 넘어 오는 아이들의 나막신 소리가 들리자 내 마음에는 애정이 넘쳐흘렀다. "어린이들이 오게 두라(Sinite parvulos)……."(「마태복음」 19장 14절) 나는 강론을 할 때는 표현하기 어려웠던 것들을 아주 쉬운 어린애들의 언어로 들려주기를 꿈꾸었다. 아이들에게 분수(分數)니 선거권이니 하는 것과는 다른 이야기를 해줄 수 있다는 것에 크나큰 자긍심을 느꼈다. 그러나 나는 곧 사내아이들의 저항을 느끼고 입을 다물었다. 어쨌든 그것은 그 아이들의 잘못이 아니었다. 불가피하게 가축을 돌보며 자란 조숙한 아이들에게 영화를 보여준 것과 마찬가지였으니 말이다.

그들 입으로 생전 처음 사랑이라는 단어를 발음했을 때 그 단어는 이미 우스꽝스러운 단어가 되었다. 그 단어는 이미 더럽혀졌으니 아이들은 마치 돌을 던지며 두꺼비를 쫓듯 웃으면서 그 단어를 뒤쫓아 갔으리라. 하지만 소녀들은 내게 희망을 주었으니 특히 세라피타 뒤무셀 양이 그러했다. 산만하기만 한 아이들 가운데서 그 애만이 명랑하고 깔끔한 모습을 보여 나는 그 애에게 주목하고 자주 질문을 했으며 어찌 보면 그 애를 위해 말을 하고 있는 것 같은 느낌을 받았다.

한 주가 지나 제의실(祭衣室)에서 상으로 예쁜 그림을 주면서 아무 생각 없이 그 애의 어깨에 손을 얹고 말했다.

"공부 시간에 열심히 내 말을 듣더구나. 잘 이해하고 있는 거지?"

그러자 그 애의 조그만 얼굴이 굳어지더니 내 얼굴을 똑바로 쳐다보며 말했다.

"그거야, 신부님 눈이 너무 멋져서이지요."

나는 당연히 잠자코 있었다. 그 애와 내가 제의실에서 나가자 밖에서 소곤거리고 있던 그 애의 친구들이 즉시 입을 다무는가 싶더니 일제히 웃음을 터뜨렸다. 자기들끼리 작당을 한 것이 분명했다.

오, 이렇게 어린아이들의 적의란 도대체 무엇이란 말인가?

내가 그 애들에게 무엇을 했단 말인가?

수도자들은 영혼을 위하여 고통 받는다. 우리 사제들은 영혼에 의해 고통을 받는다. 어제 저녁에 내게 찾아온 이 생각이 밤새도록 마치 천사처럼 내 곁에 있었다.

*

앙브리쿠르 교구에 임명된 월령 기념일. 벌써 세 달이 지났다. 오늘 아침 나는 내 교구를 위해 진심으로 기도를 드렸다. 내 불쌍한 교구! 내 첫 교구이면서 내가 이곳에 묻히기를 원하고 있으니 아마도 마지막 교구가 될 이곳! 내 교구! 감흥 없이는, 사랑의 격정 없이는 입에 떠올릴 수 없는 말!

나는 하느님께서 내 눈과 귀를 정녕 열어주셔서 내 교구의 얼굴을 보고 그 음성을 들을 수 있게 되기를 원한다. 내 소망이 지나친 것인가? 내 교구의 얼굴! 그 눈길은 내가 나 자신과의 싸움을 멈추고 산 자이건 죽은 자이건 우리 모두가 저 아득히 깊은 영원의 물결에 몸을 맡기게 되었을 때의 나의 눈길과 닮았으리라. 그 눈길은 그리스도인의 얼굴, 모든 교구들의 얼굴, 더 나아가…… 가여운 이 인류 전체의 눈길이 아닐까? 하느님께서 십자가 위에서 바라본 눈길. 저들을 용서해주옵소서. 저들은 자기들이 무슨 짓을 하고 있는지 모르나이다.

*

　루이즈 양이 다음 주 화요일 백작 저택에서 점심 초대를 한다는 말을 전했다. 샹탈 양이 옆에 있어 거북하긴 했지만 사양한다는 대답을 하려 했다. 하지만 루이즈 양이 은밀하게 받아들이라는 신호를 했다.

　파출부 아주머니는 화요일 사제관에 다시 오기로 했다. 고맙게도 백작 부인이 일주일에 한 번의 품삯을 내주기로 했다. 내가 입고 있는 옷 꼴이 하도 부끄러워서 오늘 아침 생바스트에 가서 셔츠 세 벌과 팬츠와 손수건 몇 장을 샀다. 토르시의 주임 사제님이 주신 100프랑이 이 엄청난 지출을 겨우 감당할 수 있게 해주었다. 게다가 파출부에게 점심 식사도 주어야 하는데, 육체노동을 한 만큼 그에 걸맞은 음식을 내놓아야 할 것이다. 다행히 보르도 포도주가 도움이 될 것이다. 나는 어제 포도주를 여러 병에 나누어 담았다. 좀 탁해 보이지만 냄새는 괜찮았다.

　하루하루 날들이 흘러간다……. 허송세월의 나날들! 잡다한 일상사들은 아직 그럭저럭 해내고 있지만 계획했던 자질구레한 일들은 마냥 다음날로 미루고 있다. 방법이 잘못된 게 분명하다. 게다가 길에서 허비하는 시간이 얼마나 많은가! 부속 교구 두 곳 중 가까운 곳은 3킬로미터 떨어져 있고 다른 하나는 5킬로미터 떨어져 있다. 자전거는 별로 도움이 되지 않는다. 자전거를 타고 언덕을 오르다보면, 특히 공복일 때는 끔찍한 위통을 겪기 때문이다.

루이즈 양은 이제 매일 미사에 참석한다. 하지만 하도 소리없이 왔다가 가버리는 바람에 그녀가 왔었는지 알아차리지 못할 때도 있다. 그녀가 없었더라면 성당은 텅 빈 것 같았을지도 모른다.

페그리오 부인이 어제 일하러 왔다. 백작 부인이 정해준 품삯에 불만인 듯 보여 5프랑을 더 얹어줘야겠다는 생각이 들었다. 분명히 이 여자는 감사할 줄 모르는 성격에 행동거지도 참아내기 어렵다. 하지만 그렇게 말하는 건 부당하다. 내가 우스꽝스러울 정도로 하도 어색하게 쩔쩔매며 돈을 주었기에 당황했을 것이다. 남에게 무엇을 주면서 나는 상대방이 기뻐한다는 느낌을 받은 적이 드물다. 아마 상대방이 진심으로 기뻐하기를 너무 크게 바란 때문일 것이다. 남들이 본다면 마치 억지로 준다고 생각할 것이다.

　　화요일에 에뷔테른의 주임 사제 댁에서 월례 강연회 모임이 있었다. 역사를 전공한 토마 신부가 '종교개혁, 그 기원과 원인'이라는 주제로 강연을 했다. 16세기 교회의 모습에 나는 전율을 느꼈지만 청중들의 모습은 데면데면하기만 하다. 나는 그들이 보여주는 안정된 모습이 무서웠다.

　　강연이 끝나고 나는 내가 계획하고 있는 일에 대해 조심스럽게 발언을 했다. 그것도 마음속에 품고 있는 것을 절반 정도 줄여서⋯⋯. 하지만 그 계획을 일부라도 실천하려면 하루가 48시간이라도 모자랄 것이며, 내가 지금 갖고 있지 못하며 앞으로도 전혀 가질 가망이 없는 인맥도 필요하다는 것을 사람들이 어렵지 않게 증명해 주었다. 사람들의 관심이 곧바로 내게서 떠나버린 것이 다행이었다.

　　나는 비를 맞으며 쓸쓸한 기분으로 집으로 돌아왔다. 몇 모금 마신 포도주가 위에 끔찍한 통증을 불러일으켰다. 가을부터 내가 엄청나게 야위고 혈색이 나빠진 것이 분명하다. 그 때문에 오히려 아무도 내 건강에 대해 입도 뻥끗하지 않는다.

아무리 생각해도 나는 실천적인 인물이 되지 못할 것 같아 두렵다. 경험을 한다 해도 나아지지 않을 것이다. 겉모습만 본다면 나도 내 동료들과 별로 달라 보이지 않을 것이다. 나도 그들과 마찬가지로 농촌 출신이다. 하지만 나는 아주 가난한 내력을 지닌 집안 출신이다. 그래서 내게는 소유에 대한 감각이 없다. 아마 몇 세기를 거쳐 오는 동안 잃어버렸을 것이다. 그런 점에서 선친은 조부를 닮았고, 조부는 1854년 그 끔찍한 겨울, 기아(飢餓)로 세상을 떠난 그분의 선친을 닮았다. 그들은 20수짜리 동전만 생겨도 호주머니에 가만히 두지 못하고 곧바로 친구를 찾아가 곤드레만드레 취해버렸다. 내게 없는 게 소유 감각뿐이라면 그나마 다행이리라! 소유할 줄 모르는 것 못지않게 나는 지휘를 할 줄 몰라서 걱정이다. 그게 훨씬 심각한 일이다.

하지만 어쩌랴! 평범하고 재능도 없는 학생이 맨 앞 열에 서게 되는 일도 있는 법이다. 빛을 발할 수 없는 건 당연하다. 하지만 내게는 내 천성을 고치겠다는 야심은 없다. 매사에 소극적인 모습을 이겨내고 싶을 뿐이다. 그렇다면 무엇보다 내 교구의 신도들의 관심사에 대해 더 이상 무지한 채로 있으면 안 된다. 파리 출신인 우리 마을 학교 선생도 윤작이니 비료에 대해 곧잘 강의를 하곤 하지 않는가. 그 문제에 대해 좀 더 깊이 몰두해야겠다.

나도 대부분의 동료들을 본받아 운동 모임을 결성해야겠다. 우리 마을 젊은이들은 축구, 복싱, 자전거 경주에 열광한다. 그런 스포츠들이 내 취향이 아니라는 이유로 그들이 나와 그런 이야기를 나누는 기쁨을 막아서야 되겠는가? 건강이 시원치 않아 병역 의무도 마치지 못한 몸이니 경기에 함께 참여하는 것은 우스꽝스러운 일일 것이다. 하지만 백작이 내게 빌려주는 「에코 드 파리」 신문의 스포츠 면을 읽어서 정보는 익혀놓아야겠다.

어제 저녁 바로 윗줄까지 쓰고 나서 나는 침대 발치에 무릎을 꿇고 내 결심들을 주님께서 축복해 주십사고 기도를 드렸다. 그런데 갑자기 내 청춘의 꿈과 희망과 야망이 무너지는 것 같은 느낌을 받았다. 나는 신열로 몸을 덜덜 떨며 새벽녘에야 잠을 이룰 수 있었다.

*

뒤프레티 신부로부터 매우 이상한 편지를 한 통 받았다. 뒤프레티 신부는 소(小)신학교 때 동창이었다. 그 뒤 공부는 어디서 마쳤는지 모르지만 최근 소식에 의하면 아미앵의 작은 교구에서 주임 대리 신부로 있었다. 주임 신부가 병중인 때문이었다. 내 기억에 따르면 그는 신경이 예민한 편이었지만 신심이 돈독한 모범생이었다.

그의 편지에는 릴(전직 헌병이었던 그의 숙부 한 명이 식료품점을 하고 있는 것으로 기억난다) 소인이 찍혀 있었다. 병 때문에 떠난 것이 분명한 성직에 대한 언급이 전혀 없는 것이 놀라웠다. 들리는 바로는 폐결핵을 심하게 앓고 있다고 했다. 그의 부모님 모두 결핵으로 세상을 떠났다.

나는 이 편지 속에 무슨 나쁜 소식이라도 들었으리라고 생각하고 편지를 뜯어보았다. 편지의 어투가 탐탁지 않다. 억지로 명랑하게 꾸민 투가 역력했다. 임시로라도 사목직을 수행할 수 없게 된 형편에서 쓴 편지라면 그 어투는 더더욱 부당하게 여겨졌다.

'자네는 나를 이해해줄 수 있는 유일한 사람이라네'라고 그는 썼다. 어째서 그렇단 말이지? 나는 나보다 그가 훨씬 똑똑했고 나를 어느 정도 무시했던 것도 기억할 수 있다. 물론 나는 그 때문에 그를 더 좋아했다.

그가 나보고 급히 와 달라고 하니 날짜를 잡아야겠다.

*

백작 저택 방문 일자는 토요일 점심으로 잡혔다. 그 일이 꽤나 신경이 쓰인다. 내가 마음에 품고 있는 큰 계획의 성사 여부가 이 첫 번째 접촉에 달려 있는지 모른다. 또한 백작의 재력과 영향력이 이 일을 실현하는 데 큰 도움이 될지도 모른다.

언제나 그렇듯 나의 무경험과 어리석음에 어처구니없는 불운이 겹쳐 단순한 일이 복잡해지고 말았다. 특별한 기회에 입으려고 아껴두었던 멋진 겨울 외투가 너무 헐렁해진 것이다. 게다가 페그리오 부인이 얼룩을 뺀답시고—물론 내가 시킨 일이지만—너무 서둘러 휘발유를 묻힌 나머지 흉한 얼룩이 덧나버리고 만 것이다. 너무 기름진 수프에 둥둥 떠 있는 무지개무늬 꼴이었다. 매일 입고 다니던 외투를 입고 가려니 내키지 않는다. 여러 번 손을 보았고 특히 팔꿈치는 여러 번 기운 외투이다. 가난하다는 것을 광고하는 꼴이 될까봐 걱정이다.

또한 나는 사람들의 주의를 끌지 않고 무사히 식사를 할 수 있기를 간절히 바라고 있다. 하지만 내 위가 하도 변덕을 부리니 어찌 될지 알 수 없는 노릇이다. 아무리 작은 위험 신호에도 옆구리에 통증이 와서 마치 일종의 시동장치가 작동되고 경련이 일어나는 느낌이다. 그러면 입이 말라버려 아무것도 삼킬 수 없게 되어버리는 것이다.

하지만 그런 증상이야 그저 조금 불편할 뿐 나는 잘 견디는 편이다. 나는 어머니를 닮아 약골이 아니다.

"네 어머니는 튼튼한 분이셨어"라고 에르네스트 외삼촌은 자주 말하곤 했다. 가난한 사람에게서 이 말은 쉬지 않고 일을 해대고, 앓아눕지도 않으며 죽을 때 큰돈 안 드는 사람을 뜻하는 것이라고 나는 생각한다.

*

백작은 내가 보좌 신부일 때 접촉한 적이 있는 부유한 실업가보다는 나처럼 농민에 더 가까운 양반이다. 그는 한두 마디 말로 나를 편하게 해주었다. 겉으로는 다른 사람과 조금도 구별되지 않는 것 같으면서도 그 누구와도 다른 행동을 하는 이런 사교계 인사들의 능력이란! 그가 사소한 경의만 표해도 나는 당황한다. 하지만 그는 내게 극도로 공손하면서도 그 경의가 내가 입고 있는 사제복에 대한 경의일 뿐이라는 것을 내가 한시도 잊지 않게 해준다.

나는 백작이 젊은이들을 위한 내 계획의 일환인 스포츠 동아리 결성에 보다 큰 열의를 보여주기를 원했지만 뜻을 이루지 못했다. 개인적인 협력이야 그렇다 치더라도 왜 라트리에르에 있는 작은 공터와 비어 있는 헛간 사용까지 거절하는 것일까? 헛간만 내준다면 손쉽게 실내 운동장, 강의실, 영화 관람실 등등으로 사용할 수 있을 텐데. 나는 내가 남에게 베푸는 데 서툰 만큼 그 무언가를 청하는 데도 서툴다는 것을 분명히 느낄 수 있었다. 사람들은 좀 더 생각해볼 시간을 필요로 하는데 나는 내 열의에 상대방의 마음이 움직여 똑같은 열의를 곧바로 보여주기를 기대하고 있는 것이다.

나는 아주 늦게야 백작의 저택을 떠났다. 나는 어떻게 하직 인사를 하고 자리를 떠야 할지 모른다. 시곗바늘이 돌아갈 때마다 그저 떠나겠다는 의향을 넌지시 비칠 뿐이다. 그러면 정중하게 항의가 들어오고 나는 거역하지 못한다. 몇 시간이고 그런 식으로 계속될 수 있는 것이다! 마침내 나는 그곳에서 나왔다. 나오면서 내가 무슨 말을 했는지 전혀 기억이 나지 않는다. 하지만 얼마나 안심이 되고 마음이 가벼웠는지! 마치 친구

에게 알려주고 싶은 멋진 소식을 안고 나온 것 같은 느낌이었
으며 조금만 더 흥분되었다면 사제관으로 향하는 길을 달려갔
을지도 모른다.

*

　나는 거의 매일 제브르가(街)를 통해 사제관으로 돌아온다.
그리고 언덕 위에 이르면 비가 오건 바람이 불건, 버려진 채 썩
어가는 포플러나무 등걸에 앉는다. 나는 바로 그곳에 앉아 일
기를 쓰기로 마음먹은 것이었다. 숲이 많고 생 울타리에 의해
경계가 나누어진 이 목초지의 고장에서 마을 전체를 손바닥에
올려놓은 듯 한꺼번에 조망할 수 있는 곳은 이곳밖에 없다.
　나는 마을을 내려다본다. 하지만 마을도 나를 바라본다는 느
낌은 받아본 적이 없다. 그래도 마을이 나를 모른 체한다고는
생각하지 않는다. 마치 나로부터 등을 돌리고 눈을 반쯤 감은
채 곁눈질로 나를 관찰하고 있는 고양이 같다고나 할까?
　마을은 내게서 무엇을 원하고 있을까? 아니, 그 무언가 원하
고 있기나 하는 걸까? 이곳에서 나 아닌 다른 사람, 예컨대 돈
이 많은 사람이 마을을 바라본다면 저 흙벽 집들의 값이 얼마

인지 따지고 저 밭과 목장의 정확한 면적을 계산하면서, 돈을 얼마를 들여야 이 마을을 수중에 넣을 수 있을지 꿈을 꿀 수도 있으리라. 하지만 나는 아니다.

내가 무슨 일을 하건, 마지막 내 핏방울을 그들에게 내준다고 해도(아닌 게 아니라 나는 가끔 그들이 저 언덕 십자가 위에 나를 못 박아놓고 내가 죽어가는 모습을 바라보고 있다고 상상하곤 한다.) 나는 그들을 수중에 넣을 수 없을 것이다. 나는 마을이 수 세기에 걸쳐 저 자리에 있었다는 것을 잊을 수 없으며 그렇게 오래 되었다는 사실이 나를 두렵게 한다. 내가 그저 길손에 불과한 작은 교회가 15세기에 세워지기 훨씬 전부터 마을은 이곳에서 끈기 있게 더위와 추위, 비바람과 태양을 견뎌왔고 때로는 번창하고 때로는 비참한 지경에 빠지기도 하면서 한 조각 땅에 달라붙어 그 즙을 빨아들이기도 했고 죽은 자를 땅으로 돌려보내기도 해왔다. 이 마을의 삶에 대한 체험은 그 얼마나 은밀하고 깊을 것인가! 마을은 나를 다른 사람들처럼, 아니 분명 다른 사람들보다는 빠르게 처리할 것이다.

*

오늘 아침 옛 친구로부터 새로 편지를 받았다. 먼저 편지보다 더 이상했다. 그 편지는 다음과 같이 끝을 맺고 있다.

건강이 좋지 않네. 그것만이 나의 유일한 현실적 걱정거리라네. 수많은 폭풍우를 이겨내고 이제 겨우 항구에 닿았는데 죽는다는 건 견디기 힘든 일이지 않은가? 인베니 포르툼(Inveni portum, 항구를 발견했다). 그럼에도 불구하고 나는 내 병을 원망하지는 않네. 내가 필요로 하던 여가를 얻었으니 말일세.

나는 요양원에서 18개월을 보내고 나온 참이네. 삶의 여러 문제들을 진지하게 천착해볼 수 있는 기간이었지. 아우레아 메디오크리타스(Aurea mediocritas, 아름다운 중용[中庸])! 이 두 단어만으로도 내 의도가 소박하다는 것, 나는 반항아가 아니라는 것을 자네에게 증명해줄 수 있을 걸세. 나는 모든 악이 우리의 교리 자체에 있는 것이 아니라 우리가 받은 교육에 있다고 생각하네. 다른 방식으로 사유하고 느끼는 방법을 차단하고 있는 교육. 그런 교육이 우리를 개인주의자로, 고립된 사람으로 만들어놓았다네. 요컨대 우리는 한 번도 유년기에서 벗어나 본 적이 없는 채 끊임없이 우리들의 고통과 기쁨을 만들어 낸 것이고, 삶을 사는 대신 삶을 만들어 낸 거라네. 그러니 우리의 좁은 세계에서 한 발자국이라도 벗어날 수 있으려면 처음부터 다시 시작해야만 하네. 아주 고통스러운 일이고 자존심에도 상처를 입겠지. 하지만 고독보다 더 고통스러운 것은 없다네. 자네도 언젠가 알게 되겠지.

나에 대해 자네 주변에 말할 필요는 없네. 열심히 건강하게 정상적(그는 이 단어에 밑줄을 세 번이나 그어 강조했다)인 생활을 하는 사람에게 무슨 비밀 같은 게 있겠나. 그런데 애석하게도 우리 사회는 행복에 대해 늘 의심하는 꼴이 되어버렸네. 신자건 비신자건 공통으로 만연해 있는 이 편견에 대해 복음정신에서 아주 멀어져 버린 기독교 일파에게 책임이 있다고 나는 생각하네. 다른 이들의 자유를 존중하기에 나는 이제까지 침묵을 지키는 편을 택했네. 하지만 심사숙고 끝에 나는 더없이 큰 존경을 받아 마땅한 어느 사람을 위해 침묵을 깨기로 결심했네.

몇 달 전부터 내 상태가 호전되기는 했지만 아직 심각한

걱정거리들이 남아 있다네. 자네를 만나면 이야기해주겠
네. 어서 와 주게.

'어서 와 주게'라는 말이 가슴을 조여 왔다. 그토록 티를 내
지 않으려고 공을 들인 글 말미에 끝내 참지 못하고 터져 나온
이 어린아이 같은 말……. 한순간 나는 내가 공연한 생각을 하
고 있는 것이라고, 그가 가족 중 한 사람으로부터 간호를 받고
있는 것이라고 애써 생각했다. 하지만 불행히도 그에게는 몽트
뢰이의 작은 카페에서 종업원으로 일하고 있는 누이밖에 없지
않은가. '더없이 큰 존경을 받아 마땅한 어느 사람'이 그 누이
가 아닌 것은 분명했다.
　어찌되었건 꼭 가야겠다.

*

백작이 나를 보러 왔다. 언제나 그렇듯 공손하고 친근했다.
그는 소블린 숲에서 잡은 두 마리 토끼를 두고 갔다.
　"페그리오 부인이 내일 아침 요리해 드릴 겁니다. 미리 말해
놓았습니다."

요즘 내 위가 마른 빵밖에는 받아들이지 못한다는 말을 차마 하지 못했다. 토끼 고기 스튜를 만드는 데 반나절 파출부 품삯이 들 것인 데다 그녀조차 그 요리를 즐기지 못할 것이다. 사냥터지기 가족 모두가 토끼고기라면 질색이기 때문이다. 복사아이를 시켜 남은 고기를 종치기 노파에게 보내는 수밖에 없겠다. 사람들 눈길을 피해 밤에 보내야겠다. 사람들이 신통치 못한 내 건강에 대해 이러쿵저러쿵 말이 많기 때문이다.

백작은 내 계획에 대해 별로 탐탁해 하지 않는다. 그는 주민들의 고약한 정신 상태를 경계하라고 말한다. 전쟁 이후 너무 배가 불러 있으니 그들에게는 '자업자득'이 필요하다는 것이다.

"너무 빨리 그들을 찾아 나서지 말고 마음을 너무 빨리 주지도 마세요. 그들이 먼저 찾아오게 하세요"라고 그는 말한다.

백작은 라 로슈마세 후작의 조카로서 후작의 영지는 내가 태어난 마을에서 겨우 8킬로미터 정도 떨어진 곳에 있다. 백작은 옛날에 휴가 때면 그곳에 와서 며칠씩 지내곤 했고 그 저택에서 하녀로 있던 불쌍한 나의 어머니를 잘 기억하고 있다. 어머니는 매우 인색했던 후작 몰래(물론 그는 작고했다) 백작에게 커다란 빵에 버터를 듬뿍 발라 주곤 했다고 한다. 경솔한 질문임이 분명했지만 백작은 내 질문에 전혀 거북해하는 기색 없이 곧바로 대답해주었다. 오, 사랑하는 어머니! 그토록 젊고 가난했지만 존경과 호감을 불러일으켰던 분! 백작은 어머니에 대해 '신부님의 자당(慈堂)'이라고 부르지 않는다. 짐짓 너무 꾸민 듯 보일 수 있기 때문이다. 대신 백작은 '신부님의 어머니'라고 하면서 '신부님의'라는 단어에 정중함과 존경을 듬뿍 담는다. 나도 모르게 눈물이 글썽해진다.

그는 단순해 보이는 사람이고 언제나 방학을 맞은 초등학생처럼 쾌활하다. 나는 그가 다른 사람들보다 지적인 사람이라고는 생각하지 않는다. 듣자하니 소작인들에 대해서도 꽤나 엄격한 모양이다. 게다가 그는 모범적인 교우도 아니다. 매주 일요일 소미사에는 빠짐없이 나오지만 영성체 대(臺)에서 그의 모습을 본 적은 한 번도 없다. 그가 부활절 영성체나 제대로 하는지 모르겠다. 그런 그가 내 곁에서 내 친구, 동무의 자리를—그리도 자주 비어 있는 그 자리!— 차지하게 된 것은 무슨 연유일까? 아마 다른 사람들에게서는 찾을 수 없는 자연스러운 모습을 그에게서 발견했기 때문일 것이다. 자기가 윗사람이라는 자의식, 여러 대에 걸쳐 몸에 밴 명령하는 습관, 심지어 그의 나이까지도 그에게 음침하고 신중한 모습, 까다롭게 거드름피우는 모습을 덧씌워놓지는 못했다. 무뚝뚝하면서도 조금치의 교만함도 들어 있지 않은 그의 말투는 그 누구에게도 모욕감을 주지 않으며 더없이 가난한 사람에게도 종속 관계를 떠올리기보다는 자유롭게 합의를 본 일종의 군인의 규율을 떠올리게 한다. 지나치게 멋을 부리고 자부심이 강한 것이 조금 염려스럽기는 하지만 그의 말을 듣고 있으면 나는 즐거워진다.

토르시의 신부님은 그를 별로 좋아하지 않는다. 신부님은 백작을 '허접한 백작'이라고 부른다. 그 말이 거슬린다. 내가 왜 그렇게 부르냐고 물었더니 신부님은 백작이 농사꾼의 장식용 찬장 위에 올려놓으면 그럴 듯한 골동품 같은 사람이기 때문이라고 대답했다. 청년회 후원 사업에 백작이 관심을 가져주었으면 좋겠다고 내가 말했더니 신부가 어깨를 으쓱했다.

"자네의 그 백작은 작센 지방의 예쁜 저금통이야. 하지만 절대 깨지지 않아."

사실 나도 그가 후한 사람은 아니라고 생각한다. 그가 다른 이들처럼 돈에 집착한다는 인상은 주지 않지만 돈을 아끼는 것만은 분명하다.

샹탈 양에 대해서도 신부님과 이야기를 나누고 싶었다. 걱정이 될 정도로 요즘 그녀가 슬픈 표정인 때문이었다. 신부님은 그 문제에 대해서는 입을 다물었다. 게다가 루이즈 양의 이름이 거론되자 당신은 대단히 언짢아하는 것 같았다. 그는 얼굴을 붉히더니 굳은 표정이 되었다. 나도 입을 다물었다.

뒤리외의 수도회 참사위원이었던 옛 스승이 내게 이런 말을 해준 적이 있었다.

"자네는 천성적으로 애정이 많아. 하지만 그것이 정념으로 변질되지 않게 조심해야 해. 그 어떤 것보다도 치유가 불가능한 게 바로 그런 거라네."

*

우리는 보존한다. 사실이다. 하지만 우리는 구원하기 위해 보존하는 것이며, 세상은 바로 그 사실을 이해하려 하지 않는다. 세상은 지속만을 요구하기 때문이다. 그런데 세상은 더 이상 지속되는 것만으로 만족할 수 없다.

옛 세상이 지속될 수 있었을지도 모른다. 아주 오랫동안. 그 세상은 그런 식으로 존재했다. 세상은 무서울 정도로 묵직했고 그 어마어마한 무게로 땅에 박혀 있었다. 그 세상이 불의의 편을 들었다. 불의와 함께 잔꾀를 모의하는 대신 불의를 통째로 받아들여 다른 헌장들을 만들 듯 헌장을 만들었고 노예제도를 만들었다. 악마도 그 사실을 모를 리 없었고 사실 그 누구보다 잘 알고 있었다. 그리고 아담이 받았던 그 저주의 무거운 짐들을, 무지와 반항과 절망으로 이루어진 그 짐들을 모두 모아 희생양으로 삼은 한 백성의 어깨 위에 올려놓았다. 이름도, 역사도, 재산도, 떳떳이 내세울 동맹도 가족도 없는 백성에게! 오, 사회문제를 그 얼마나 간단하게 해결해주었고, 통치 방법을 단순화시켜 주었던가!

하지만 요지부동으로만 보였던 이 제도는 실제로는 가장 취약한 제도였다. 노예제도를 영원히 파기하기 위해서는 한 세기 동안 철폐하는 것만으로 충분했다. 어쩌면 단 하루만으로도 충분했을지도 모른다. 일단 계급을 뒤섞어놓고 희생양이 되었던 백성들을 흩어놓는다면 무슨 힘으로 그들에게 다시 멍에를 씌울 수 있단 말인가?

노예제도는 사라졌다. 그와 더불어 옛 세상도 무너졌다. 전에는 그 제도를 믿었고 그 필요성을 믿는 척했으며 그것을 기정사실로 받아들였다. 하지만 그 제도를 다시 세울 수는 없을 것이다. 인류는 다시는 위험이 너무 큰 그 시도를 하지 않을 것이다. 법이 불의를 용납하고 은밀히 불의의 편을 들 수는 있을 것이다. 하지만 불의를 비준하지는 않을 것이다. 불의가 법적

지위를 갖지는 못할 것이다. 그것은 끝난 일이다. 그렇더라도 불의는 이 세상 여기저기 산재해 있을 것이다. 소수를 위해 감히 불의를 이용할 수 없게 된 사회는 이제 그 자체 안에 존재하고 있는 악을 스스로 깨뜨려나가야만 하게 되었다. 법에서 추방당한 악은 곧바로 사람들의 풍습 속에서 되살아나 지칠 줄 모르고 저 지옥의 악순환을 거꾸로 다시 시작하는 것이다. 싫건 좋건 이제 인간 사회는 인간 조건과 함께 해야 하며 초자연적인 모험을 함께 겪어야 한다. 전에는 선이나 악에 무관심했고 자신의 권능 외에 다른 법이라는 것은 모르고 있던 사회에 기독교는 영혼을 부여한 셈이다. 아예 잃어버리거나 아니면 구해내야 할 영혼을.

*

나는 이 몇 줄의 글을 토르시의 신부님에게 읽으라고 보여주었다. 하지만 그것이 내 글이라고는 차마 말해주지 못했다. 섬세한 분인 데다가 내가 워낙 거짓말이 서툴러서 그가 내 말을 믿었는지는 장담하지 못하겠다. 그는 가볍게 웃으면서 내게 종이를 돌려주었다. 내가 익히 알고 있는 미소로서 좋은 말은 기대하기 힘들었다. 이윽고 그가 말했다.

"자네 친구 글을 제법 잘 쓰는군. 너무 매끈해. 일반적으로 말하자면, 올바른 생각을 하는 게 언제나 좋은 점이 있지만 거기서 그치는 게 나아. 우연히 진리를 발견하게 되면 그게 어떤 건지 제대로 알아볼 수 있도록 잘 들여다보게. 하지만 그 진리가 자네에게 추파를 던지리라고 기대하지는 말게. 복음서의 진리는 결코 추파를 던지는 일이 없어. 자네에게 오기 전에 어디를 떠돌아다녔는지 정확하게 모를 것들과 혼자 대화를 나누는 것은 위험해. 나처럼 늙어빠진 사람을 예로 들고 싶지는 않네. 하지만 내게 무슨 생각, 말하자면 내 영혼에 유익할 수도 있을 생각이 떠오르면…… 나는 그걸 얼른 하느님께 갖다 바치고 내 기도문 속에 집어넣어. 그러면 그 생각이 모습을 얼마나 크게 바꾸는지 놀랄 정도야. 아예 알아볼 수 없을 정도가 되어버리는 것도 한두 번이 아니고…….

어쨌든 자네 친구 말이 옳아. 현대 사회는 주인을 부정하면서 그 대가를 치렀어. 더 이상 공동 관리할 유산이 없으니 싫든 좋든 하느님의 왕국을 다시 찾아 나서게 된 거야. 그런데 그 왕국은 이승에 존재하지 않아. 그러니 결코 그 탐색이 멈출 수 없어. '스스로를 구원하라! 아니면 죽음을!' 그 반대말은 할 수가 없지.

자네 친구가 노예제도에 대해 한 말도 아주 정확해. 구약이 노예제도를 용인했고 사도들도 마찬가지였지. 사도들이 노예들에게 '네 주인에게서 해방되라!'라고 말한 적은 없지. 하지만 예컨대 음란한 자들에게는 이렇게 말했지. '육신에서 벗어나라. 당장!'이라고. 아주 미묘한 차이가 있지. 왜일까? 내 짐작에 사도들은 이 세상이 초월적 모험에 뛰어들기 전에 잠시 호흡을 가다듬을 여유를 준 거야. 사도 바울처럼 혈기 왕성한 분도 환상은 갖지 않으셨던 것 같아. 노예제도 폐지로 인간에 의한 인간의 착취가 종식되는 건 아닐 테니까.

가만히 생각해보면 노예는 비싼 값이 드는 존재였어. 그런만큼 주인도 얼마간은 배려를 해줘야 했지. 그에 반해 내가 젊은 시절 알고 있던 어떤 고약한 유리공장 주인은 열다섯 살짜리 아이에게 대롱을 불게 했어. 그 불쌍한 아이의 가슴이 터지면 그 짐승 같은 주인 놈은 얼마든지 다른 아이를 데려다 쓰곤했지. 나는 그보다는 비록 구두쇠일망정 선량한 저 로마 시민의 노예가 되는 게 백배는 낫다고 생각해.

그래, 사도 바울은 환상을 품지 않았어. 그는 단지 기독교는그 무엇으로도 멈출 수 없는 진리를 이 세상에 풀어놓은 거라고 생각했던 거야. 그 진리는 이미 양심 가장 깊은 곳에 존재했던 것이고 그 때문에 인간은 그 안에서 자신의 모습을 금세 알아볼 수 있었던 거지. 하느님은 우리를 각자 구원하신 것이고 우리들 각자는 하느님의 피에 값하게 된 거지. 자네는 이런 것들을 자네 마음대로 옮겨 말할 수 있을 거야. 모든 언어 중에 가장 어리석은 합리주의적 언어로까지도 가능해. 그러려면 서로 닿기만 해도 폭발해버릴 말들을 서로 가깝게 놓아야 하겠지. 미래 사회는 그 말들 위에 엉덩이를 깔고 앉아 있을 수도 있어! 하지만 엉덩이에 불이 붙어버릴걸.

그런데 이 딱한 세상은 오래전에 마귀와 맺었던 저 고대의 계약을 다시 꿈꾸고 있어. 초인입네, 순수한 피네, 진정한 지상의 왕국입네 하는 것들이 도래하기 위해서는 인류의 4분의 1, 혹은 3분의 1을 가축으로, 그것도 아주 최상급 가축으로 만들어도 비싼 값을 치르는 게 아니라는 식이지. 그런 생각을 하고 있으면서도 감히 입에 올리지 못할 뿐이야. 우리 주님은 가난과 결혼하시면서 가난한 자를 존엄의 위치로 드높이셨기에 더 이상 가난한 자를 그 높은 자리에서 끌어내리지는 못할 걸세. 주님은 가난한 자에게 조상(祖上)을 주셨지. 이름도 주셨어. 어떤 조상이고, 어떤 이름인가! 사람들은 가난한 자가 체념하기보다는 반항하는 모습이길 좋아해. 그래서 가난한 자는 첫째가 꼴찌가 되는 하느님의 나라에 이미 속해 있는 것 같기도 하고 혼인 잔치에 흰 옷을 입고 갔다가 이 땅으로 돌아온 모습 같기도 하고…… 그래서 국가가 허겁지겁 이 불행한 자에게 선심을 베풀기 시작한 거야. 어린애들을 씻겨주고, 부상자들에게 붕대를 매주기도 하고 옷을 빨아주고 거지들 국도 끓여주고……. 하지만 그러면서도 탁상시계를 쳐다보며 일을 할 시간이 아직 남아 있는지 초조해 해. 물론 옛날에 노예가 했던 일을 기계가 해주기를 바라긴 하겠지. 하지만 기계가 쉼 없이 돌아가도 실업자는 늘어만 가니 마치 기계는 실업자만 양산하는 것 같단 말씀이야. 그래서 가난한 자의 생활은 여전히 힘겹기만 하지. 뭐, 저 러시아에서 아직 애를 쓰는 모양이지만…… 내가 러시아 사람들을 다른 사람들보다 나쁘게 생각하는 게 아니라는 걸 알아두게나.—하긴 요즘 사람들은 다들 너나없이 미쳐 날뛰고들 있지!—어쨌든 저 염병할 러시아 사람들은 밥통이 커. 플랑드르 사람의 북극판이라고나 할까. 그들은 닥치는 대로 집어삼키지. 아마 한두 세기 뒤면 우리나라 이공계 인력들을 다 삼켜버리고도 끄떡도 않을 거야.

어쨌든 그들의 생각이 영 터무니없는 건 아니야. 늘 그렇듯 가난한 자의 씨를 말리려는 거지. 가난한 자는 예수 그리스도의 증인이고 유대 민족의 후예들인데! 하지만 그들은 가난한 자를 가축으로 만들거나 죽이는 대신에 미천한 연금 생활자로 만들거나 하급 공무원으로 만들기를 꿈꾸고 있어.—물론 일이 아주 잘 되어 갔을 때 그렇다는 말일세—그보다 더 얌전하고 순응적인 자들은 없으니까."

나는 시골구석에 살고 있지만 가끔 러시아에 대해 생각할 때가 있다. 대(大)신학교 시절 나는 막심 고리키의 유년 회고록을 읽었다. 나를 사랑하신 선생님이 빌려주신 것이다. 나는 러시아 백성들이 비참하고 곤궁한 백성, 비참함에 취해 있으며 그에 사로잡혀 있는 백성이라고 상상한다. 만일 교회가 한 백성을 선택해서 제단 위에 올려놓을 수 있다면 러시아 백성이야말로 비참의 수호자가 될 수 있을 것이며 비참한 자들의 대변인이자 변호사가 될 수 있을 것이다. 고리키의 책에는 모든 것이 다 들어 있다. 채찍질 당하는 농부의 신음 소리, 구타당하는 여인의 비명, 술주정꾼의 딸꾹질 소리, 야만적 기쁨에 으르렁거리는 소리, 내장이 으르렁거리는 소리……. 비참과 음탕은 마치 굶주린 두 마리 짐승처럼 어둠 속에서 서로를 찾고 부르는 것이다! 그렇다, 그 모습은 내게 혐오감을 불러 일으켰을 수도 있다. 하지만 나는 이 비참, 자신의 이름조차 잊어버린 이 비참, 아무것도 구하지 않으며 아무 생각 없이 아무 곳에나 얼굴을 들이미는 이 비참이 언젠가 예수 그리스도의 어깨 위에서 깨어나리라고 믿는다.

나는 이 기회를 빌려 신부님께 물었다.

"하지만 만일 그들이 성공하면요?"

신부님은 잠시 생각에 잠겼다가 입을 열었다.

"내가 그곳 가난한 사람들에게 찾아가 세리(稅吏)에게 연금 증서를 제시하라고 충고할 것이라고는 생각 않겠지? 뭐, 지속될 만큼은 지속되겠지…… 하지만 그래서? 우리는 진리를 가르치기 위해 이곳에 있는 것이고 그걸 부끄러워하면 안 돼."

탁자 위에 놓인 그의 손이 가볍게 떨리고 있었다. 그리 심하게 떨린 것은 아니었지만 내 질문이 그의 내적 싸움에 대한 기억, 그의 용기, 이성, 심지어 믿음까지도 무너뜨릴 수도 있었던 그 싸움에 대한 기억을 들추어냈음을 나는 알 수 있었다.

"이보게, 가르친다는 건 유쾌한 일은 아니야. '살다 보면 알게 될 것이다'라든지, '차차 알게 될 것이다'라든지 허튼 소리나 내뱉는 자들 이야기를 하는 게 아닐세. 그들은 그게 진리이고 진리가 위로를 줄 것이라고 말하지. 하지만 진리란 우선은 사람을 해방시키는 거야. 위로(慰勞)는 그다음에 오는 거지. 긴 이야기는 하지 말기로 하세. 이보게, 그 어떤 바보라도 복음서가 우리에게 전하는 주님 말씀의 부드러움과 정다움에 감동하지 않을 수 없는 법이라네. 주님도 그걸 원하셨지. 무엇보다 그게 사리에 맞는 거야. 입을 열기도 전에 눈알을 굴리면서 흰자위를 드러내는 자들은 나약한 자들이거나 소위 사상가들뿐이야. 자연의 순리도 마찬가지라네. 요람에 누워 있는 갓난아이 생각을 해보게. 전전 날 갓 뜬 눈으로 세상을 품고 있는 그 아이에게 삶이란 온통 감미롭게 미소 지으며 자기를 어루만지고 있는 게 아니겠는가? 하지만 삶이란 그 얼마나 힘든 건지! 그래도 좋게 본다면 삶이 우리를 그런 식으로 맞아준다고 해서 우리를 속이는 게 아니야. 죽음이 우리에게 요구하는 건 인생의 첫 아침에 한 약속을 지키라는 것뿐이고, 죽음의 미소는 제 아무리 심각한 모습을 하고 있더라도 첫 아침의 미소만큼 부드럽고 감미로운 거니까 말일세. 요컨대 말씀도 어린아이들과 함께 할 때면 작아지는 법이라네. 세칭 훌륭한 사람들, 대단한 사람들이 복음서에서 감동적이고 시적인 부분들만 마치 '어미 거위' 동화처럼 되풀이해서 들려주는 것을 보면 겁이 난다네. 위선자, 음란한 자, 수전노, 사악한 부자들이 두꺼운 입술을 내민 채 눈을 빛내며 '어린아이들을 내게 오게 하라(Sinite parvulos)'라고 되뇌는 걸 본 적이 있겠지? 하지만 그들은 그 뒤에 오는 말씀, 인간의 귀에 들려올 수 있는 가장 무서운 말씀은 조금도 아랑곳 하지 않는 것 같아. '너희가 이 어린아이들 중의 하나와 같지 않으면 하느님 나라에 들어가지 못할 것이다'라는 말씀 말일세."

그는 혼잣말처럼 그 구절을 되뇌더니 두 손에 얼굴을 묻은 채 한 동안 말을 이어갔다.

"이상적인 건 복음을 어린아이에게만 전하는 거라고 생각하지 않나? 우리는 너무 계산이 많고 그게 고약한 거야. 그래서 그저 가난의 정신을 가르치려고만 들 뿐이야. 자네도 알다시피 그건 정말 힘든 거야. '부자가 하느님 나라에 들어가는 것은 낙타가 바늘구멍으로 지나가는 것보다 어렵다'라는 경고와 저주가 있지. 실은 나도 그 경고가 아주 가혹하다고 생각하는 사람이야. 그런데 부자들은 그 좁은 문을 그저 예루살렘으로 들어가는 성문 정도로 생각해. 지나가다가 살갗이 약간 긁혀 벗겨지거나 입고 있는 옷의 팔꿈치가 약간 닳을 뿐이라고 생각하는 거지. 정말 곤란한 일이야! 주님은 금화를 넣어 놓은 전대에 '위험! 만지면 사망!'이라고 써놓고 싶으셨던 건데 말일세. 그런데도 사람들은······."

그는 양팔을 외투 주머니에 넣은 채 방 안을 서성이기 시작했다. 나도 일어나려 했지만 그는 눈짓으로 나를 주저 앉혔다. 나는 그가 망설이고 있음을 느낄 수 있었다. 그가 아직 아무에게도 하지 않은 이야기, 혹은 최소한 같은 용어를 사용해 말해본 적이 없는 이야기를 시작하기 전에 나를 마지막으로 판단하고 가늠해보려는 것 같았다. 그는 약간 의혹을 담은 눈길, 하지만 더없이 부드럽고 다정한 눈길로 나를 바라보았다. 그 눈길은, 그토록 강인하고 건장하며 거의 세속적이라고 할 수 있는 사람, 삶과 사람들에 대해 수많은 경험을 한 사람에게는 전혀 어울리지 않는 표현일지 모르지만, 놀라울 정도로, 뭐라 이루 표현할 수 없을 정도로 순수함 그 자체였다.

"부자들에게 가난에 대해 말하려면 미리 깊은 성찰을 해야해. 그러지 않으면 가난한 자들에게 가난을 가르칠 자격이 없어. 그러고야 어찌 예수 그리스도의 심판대에 나갈 수 있단 말인가?"

"가난한 자들에게 가난을 가르친다고요?" 내가 물었다.

"그렇지, 가난한 자들에게. 하느님께서는 우리를 우선 가난한 자들에게 보내신 거야. 그들에게 무엇을 선포하라고? 바로 가난이야. 그들은 아마 다른 것을 기대했을걸! 그들은 자신들의 비참이 끝나기를 기대했을 거야. 그런데 하느님이 가난을 손으로 잡고 오셔서 그들에게 '너희들의 여왕임을 인정하라. 가난을 찬양하고 충성하라'라고 말씀하셨으니 그 충격이 어떠했겠는가! 이것이 요컨대 유대 백성과 그들의 지상의 왕국에 관한 이야기임을 명심하게. 가난한 백성들이란 유대 백성과 마찬가지로 그들의 육신의 희망을 찾아 여러 나라들 사이를 헤매다가 골수까지 실망해버린 백성이라네."

"하지만……."

"물론 비겁한 자는 어려움을 피해갈 수 있을 거야. 암 환자에게 치료될 수 있다는 희망을 주는 식이지. 병이 나을 거라고 말하면 그 말을 철석같이 믿을 거야. 예컨대 가난이란 문명국가에겐 수치스러운 병이라고, 눈 깜짝할 사이에 이 더러운 것을 치워버릴 수 있다고 하는 것과 마찬가지야. 하지만 누가 감히 예수 그리스도의 가난에 대해 그런 식으로 말할 수 있단 말인가?"

그는 내 눈을 똑바로 응시했다. 하지만 그는 결코 나를 설득하려 한 것이 아니었다. 만일 그렇다면 그의 시선에 그토록 비통함이 서려 있지는 않았을 것이다. 그는 자신을 설득하면서 자신의 한 부분과 싸우고 있었다. 수백 번도 더 꺾어버리고 물리쳤지만 여전히 반항하고 있는 그 또 다른 부분과 싸우면서, 자신의 생명을 두고 싸우는 인간이 그러하듯 온 힘을 다해 한껏 다시 몸을 일으키는 모습 바로 그것이었다. 오, 얼마나 깊은 상처란 말인가! 그는 마치 자신의 두 손으로 자신을 찢어버리는 것 같았다.

그가 다시 내게 말했다.

"이런 형편이니 나는 가난한 사람들에게 봉기라도 일으키라고 설파하고 싶다네. 아니, 차라리 아무런 설교도 하고 싶지 않다네. 오히려 우선 이른바 저 '투사들', '말로 벌어먹는 자들', '혁명 조작자들'을 붙잡고 플랑드르 출신 사내의 모습을 보여주고 싶다네. 우리 플랑드르 사람의 핏줄에는 반항의 피가 흐르지. 한번 역사를 더듬어 보게나. 귀족이나 부자라고 해서 그 앞에서 겁먹은 적이 없어. 내 젊은 시절 그 피가 끓어오른 적이 있었다네. 예컨대 교황 레오 13세의 '레룸 노바룸(Rerum Novarum, 새로운 사태, 1891년 발표된 가톨릭교회 최초의 사회 운동 선언-옮긴이 주)을 읽고 우리는 발밑에서 온 땅이 흔들리는 줄 알았지. 얼마나 열광했던지! 나는 당시 노랑퐁트의 주임사제였다네. 광산 지대 한복판에 있는 교회였지. 노동이 수요와 공급의 법칙을 따르는 상품이 아니라는 저 단순한 사상, 임금이나 사람의 생명을 밀과 설탕이나 커피처럼 생각하면 안 된다는 그 단순한 사상이 얼마나 우리들의 의식을 뒤엎어놓았는지 자네는 알겠나? 강론에서 신자들에게 그 사상을 설명했다는 이유로 나는 사회주의자 취급을 당했고 시골 사람들은 나를 몽트뢰이로 추방시켜버렸다네. 자네도 짐작하겠지만 당시 나는 그런 것에 대해서는 콧방귀도 뀌지 않았지. 하지만 당시……."

그는 몸을 부르르 떨며 입을 다물었다. 그는 나를 계속 응시하고 있었다. 나는 나의 사소한 고민 따위가 부끄러웠고 그의 손에 입을 맞추고 싶었다. 내가 감히 눈을 들어 그를 바라보았을 때 그는 창밖을 바라보고 있었다. 그는 한동안 말이 없더니 한결 차분해진 음성으로 말했다. 하지만 목소리는 여전히 갈라져 있었다.

"이보게, 연민이란 건 짐승이야. 그 짐승에게 많은 것을 요구할 수는 있어도 전부 다 요구할 수는 없어. 아무리 훌륭한 개라도 공수병에 걸릴 수 있는 법이야. 연민은 강력하고 게걸스러워. 나는 왜 연민을 눈물이나 훌쩍거리는 얼간이 취급하는지 알 수가 없어. 인간이 지닌 정념 중에서 가장 강력한 것 중의 하나가 바로 연민인데 말이야. 지금 자네에게 이런 이야기를 하고 있는 나를 당시 바로 그 연민이 삼켜버렸던 것 같아. 교만, 질투, 분노, 심지어 음욕까지 포함해서 일곱 가지 주요 죄악이 마치 합창이라도 하듯 고통의 고함을 질러댔지. 기름을 뒤집어 쓴 채 몸에 불이 붙은 늑대가 울부짖는 것 같았다고 보면 될 거야."

문득 그의 손이 내 어깨 위에 놓이는 것을 느낄 수 있었다.

"그래, 나도 당시 골칫거리가 있었던 거야. 제일 힘들었던 건 그 누구에게도 이해를 받지 못하고 웃음거리가 된다는 거였어. 세상 사람들 눈으로 보면 자네도 보잘것없는 민주주의적 사제, 허영꾼이나 어릿광대로 보일 거야. 일반적으로 민주주의적 사제들은 별로 혈기가 없다고들 하잖아. 하지만 당시 나는 혈기가 남아돌 정도였다네. 그래, 그때 나는 루터를 이해했어. 그도 다혈질이었지. 에르푸르트의 수도승들의 소굴에서 그는 정의에 대한 배고픔과 목마름에 허덕이고 있었을 거야. 하지만 하느님은 누군가 당신의 정의에 손을 대는 걸 별로 좋아하지 않으셔. 그리고 제길, 루터의 분노는 우리가 보기에는 좀 지나쳤어. 그런 분노는 우리를 취하게 만들고 짐승보다 못한 존재로 만들지. 그렇기에 추기경들을 덜덜 떨게 만들었던 루터가 늙어서는 그 잘난 독일 제후들의 구유로 제 여물을 옮겼던 게야……. 임종 시의 그의 초상화를 보게나……. 두툼한 입술에 배가 불룩 나온 그 노인에게서 옛날 수도사의 모습은 찾아보기 어려울 거야. 원칙적으로는 옳았던 그의 분노가 그를 차츰차츰 중독시킨 거야. 그게 추한 비곗살이 되고 만 거지."

"신부님께서는 루터를 향해 기도하십니까?" 내가 물었다.

"매일 기도하지." 그가 대답했다. "내 이름도 그 사람과 같은 마르탱(독일어로 마르틴으로 발음-옮긴이 주) 아닌가?"

그때 매우 놀라운 일이 벌어졌다. 그가 의자를 내 앞으로 끌고 와 앉더니 내 손을 잡고 나를 똑바로 바라본 것이다. 그의 눈에는 눈물이 가득했지만 그 어느 때보다도 강압적인 시선이었고 동시에 죽음까지도 아주 쉽고 단순하게 만들어버릴 수 있는 시선이었다.

"나는 자네를 맨발의 가난뱅이 취급하지." 그가 말했다. "하지만 나는 자네를 존경하네. 중요한 말이니 액면 그대로 받아주게. 내가 느끼기로는 하느님이 자네를 부르셨네. 의심의 여지가 없어. 자네는 어깨가 떡 벌어지지는 않았지만 보병 노릇할 자격이 있어. 하지만 내가 이르는 말을 명심하게. '절대 후송되지 말 것! 한번 병실에 들어가면 다시는 나오지 못할 거네. 자네는 소모품으로 전장에 나선 게 아니야. 끝까지 전진해서, 어느 날 참호 안에서 배낭을 짊어진 채 조용히 생을 마감할 준비를 하게."

내가 그의 신뢰를 받을 만한 자격이 없음을 나는 잘 안다. 하지만 그가 내게 신뢰를 준 그 순간부터 그것을 저버리지 않을 것 같다. 이것이 바로 약자들이, 어린이들이 지닌, 또한 내가 지닌 힘의 전부이다.

내가 뭔가 말을 하려 하자 신부님이 내 말을 막았다.

"아무 말도 마! 자네는 지금 불의가 뭔지 모르고 있어. 아마 차차 그 사실을 알게 될 거야. 자네는 불의란 놈이 멀리서 냄새를 맡으면서 자네를 덮치려고 끈기 있게 노려보고 있는 종족에 속해. 그러다 언젠가는……. 잡아 먹혀서는 안 돼. 그리고 그놈 눈을 똑바로 바라보면 뒷걸음질을 치리라고 생각하면 안 돼. 그놈이 주는 매혹에서, 그놈이 주는 아찔함에서 벗어나지 못할 거야. 꼭 필요한 만큼만 바라봐야 해. 그리고 기도 없이 놈을 바라보면 안 돼."

그의 목소리가 떨리기 시작했다. 순간 그의 눈앞에 어떤 이미지, 어떤 기억이 스쳐지나가고 있었을까? 하느님만이 아시리라.

"그래, 자네는 이가 들끓는 아이들, 거지들, 주정뱅이들에게 아침마다 기꺼운 마음으로 찾아가서 팔을 걷어붙이고 저녁까지 일하는 어린 수녀님을 수도 없이 부러워하게 될 거야. 헌데 불의란 놈은 그런 자네를 비웃을 거야! 수녀님은 그 절름발이 무리를 씻기고 닦아주고 싸매주고 마지막에는 묻어주기까지 하지. 하지만 주님이 당신의 말씀을 의탁한 것은 수녀님이 아니야. 하느님의 말씀! 마지막 날에 심판자가 '내 말을 내게 돌려 달라!'라고 말씀하실 걸세. 그때 자신의 자그마한 보따리에서 뭔가 꺼내려는 사람들 생각을 하면 웃음조차 나오지 않아! 정말이야!"

그가 다시 몸을 일으키더니 다시 나를 바라보았다. 나도 따라 일어났다.

"우리가 그 말씀을 보존하고 있었던가? 고스란히 보존했더라도 혹시 감춰놓지는 않았을까? 부자들에게처럼 가난한 이들에게도 그 말씀을 주었는가? 주님이 가난한 자들에게 온유하게 말씀하신 건 사실이지만 내가 좀 전에 말했듯 주님은 가난을 선포하셨어. 교회가 가난을 지킬 임무를 맡은 이상 거기서 벗어날 수 없는 건 사실이야. 그건 아주 쉬운 일이지. 동정심이 있는 사람들은 교회와 함께 가난 보호에 나서지. 하지만 '가난이라는 명예'를 보호하는 일은 오로지 교회의 몫이야. 아, 하긴 우리 적들도 멋진 역할을 맡고 있지. '우리들 사이에는 언제나 가난한 사람들이 있을 것이다!' 자네도 알다시피 그건 선동가

들이 지어낸 말이 아니야! 그건 바로 복음서 말씀이고 우리가 그 말씀을 받은 거야. 그 말씀이 자신들의 이기주의를 정당화 시켜준다고 믿는 부자들은 정말 딱한 노릇이지. 비참한 자들의 군대가 천국의 성벽을 무너뜨리려 할 때마다 강한 자의 볼모 구실을 하는 우리들도 딱한 노릇이고! 이 말씀이야말로 복음서에서 가장 슬픈 말씀이며 슬픔을 가장 많이 지니고 있는 말씀이야.

그래, 그 말씀은 그 누구보다 우선 유다에게 전하신 말씀이야. 성 요한에 의하면 유다는 회계를 맡아보고 있었는데 출납부가 별로 깨끗하지 못했다지. 그도 그럴 것이 그는 열두 사도 중에서 은행가였던 셈이니까. 은행 회계가 깨끗한 경우가 어디 있었나? 그가 한 마지막 거래를 보면(「마태복음」 27장 3~10절) 유다는 아마 환전상 노릇도 했던 모양이야. 어쨌든 주님께서는 우리의 불쌍한 사회를 있는 그대로 받아들이신 거야. 종이 위에서 이런저런 구상을 한 다음 팔을 걷어붙이고 사회를 개혁한다고 나서는—물론 여전히 탁상공론일 뿐이지—어릿광대들하고는 전혀 다르지. 요컨대 주님께서는 돈의 힘을 아셨고 당신 곁에 자본주의를 위한 자그마한 자리를 마련해놓으셨고 기회도 주셨지. 게다가 최초의 투자도 하셨어. 정말 놀라운 일이 아닌가! 정말 멋져! 하느님은 그 어느 것도 경멸하지 않으셔. 어쨌든 일이 잘 되었더라면 유다는 분명 요양원이나 병원, 도서관이나 연구소에 기부금을 냈을지도 몰라. 그가 이미 빈곤 문제에 관심을 기울였던 것을 주목해 봐. 그러자 주님께서는 '너희들 가운데는 언제나 가난한 자들이 있을 것이다. 하지만 나는 항상 너희들 곁에 있지 않을 것이다'라고 대답하셨지. 그 말씀의 뜻은 이런 거야.

'긍휼의 때를 알리는 종이 헛되이 울리게 만들지 마라. 향수 공장 기금이나 사회 구제 계획에 대한 허황된 사변으로 나의 사도들의 머리를 어지럽히는 대신 당장 네가 내게서 훔쳐간 돈을 내놓아라. 그런 식으로 한다고 해서 부랑자, 거지를 향한 내 마음을 흡족하게 하리라고 생각한다면 완전히 착각한 것이다. 나는 영국의 노파들이 주인 잃은 고양이를 사랑하거나 투우장의 황소를 사랑하듯이 가난한 백성을 사랑하는 것이 아니다. 그런 것은 부자들이나 쓰는 방법이다. 나는 가난에 내 손으로 손수 왕관을 씌웠다. 제 마음대로 가난을 숭배하지도 말고, 흰 삼베옷을 입지 않았다면(「마태복음」 26장 6~13절 참조) 가난을 섬기지도 마라. 누구나 제 마음대로 가난과 함께 고난의 빵을 나누려 하지 마라. 나는 가난이 겸손하면서 자부심을 갖기를 원하지 비굴하기는 원치 않았다. 만일 나의 이름으로 주는 것이라면 가난은 한 잔의 물도 거절하지 않을 것이며 가난은 나의 이름으로 그것을 받아들일 것이다. 만일 가난이 지닌 권리가 생필품일 뿐이라면 너희들의 이기심은 딱 필요한 것만 주는 데 그치고 말 것이며 그로 인해 감사의 말을 듣고 영원히 굴종을 받게 될 것이다. 너희들은 부랑자에게 두 푼을 주고는 그가 당장 빵집에 가서 빵을 사서 배를 채우지 않는다고 분개하는 부류의 인간이다. 너희들이 그들 입장이었다면 너희들도 마찬가지로 빵집으로 가지 않고 술집으로 달려갔을 것이다. 비참에 처한 자의 배는 빵보다는 환상을 필요로 하기 때문이다.

오, 불행한 자들! 너희들이 그토록 소중하게 여기는 황금은 실은 하나의 환상, 꿈, 혹은 꿈에의 약속이 아니더냐? 가난은 하늘에 계신 나의 아버지의 저울에서 너희들의 온갖 보물로는 절대로 평형을 이루지 못할 정도로 무게가 나간다. 언제나 부자가 있기에, 다시 말해 소유만큼 권력을 추구하는 탐욕스럽고 냉혹한 인간들이 있기에 가난이 언제고 존재하는 것이다. 이런 인간들은 부자들 사이에서뿐 아니라 가난한 자들 사이에서도 있는 법이니 개천에 처박혀 술에서 깨어난 비참한 사람도 진홍색 커튼이 달린 침대에서 잠을 자는 카이사르와 똑같은 꿈을 꿀 수 있다. 그러니 부자건 가난한 사람이건 마치 거울을 들여다보듯 가난에 너 자신을 비춰보아라. 가난이란 너희들의 근본적 실망의 이미지 바로 그것이고 이 지상에 자리 잡고 있는 실낙원이기 때문이며 너희들 가슴과 두 손의 공허이기 때문이다. 내가 그것을 그토록 높이 들어 올리고 가난과 혼인하고 왕관을 씌운 것은 내가 그대들이 사악하다는 것을 잘 알고 있기 때문이다. 너희들이 가난을 적으로 간주하도록, 혹은 단순히 낯선 것으로 여기도록 내가 허락했다면, 너희들에게 어느 날 이 세상에서 가난을 몰아낼 수 있다는 희망을 주었다면 나는 동시에 약자들도 처단했을 것이다. 약자들이란 너희들에게 언제나 참아내기 어려운 짐이며 너희들 그 오만한 문명이 화를 내고 혐오하며 서로에게 떠넘기는 무거운 짐인 때문이다. 나는 그들의 이마 위에 나의 표지를 해두었다. 너희들은 살금살금 접근해서 길 잃은 양을 잡아먹을 수 있을 뿐 감히 그 양떼 전체를 공격할 수는 없을 것이다. 내 팔이 조금만 느슨해져도 내가 혐오하는 노예제도가 이런저런 이름과 이런 저런 구실로 부활하겠지. 너희들의 법은 약자와도 셈을 철저히 치르려 하지만 약자가 내줄 수 있는 건 껍질뿐이니까'"

내 팔 위에 얹힌 그의 큰 손이 떨리고 있었고 그의 두 눈의 눈물은 여전히 나를 응시하고 있는 그 시선에 의해 말라버린 것 같았다. 나는 울 수 없었다. 나도 모르는 새 밤이 찾아와서 마치 사자(死者)처럼 고결하고 순수하고 평화로운 그의 얼굴, 꼼짝도 않고 있는 그의 얼굴을 간신히 알아볼 수 있을 뿐이었다. 그리고 바로 그 순간, 삼종기도를 알리는 첫 종소리가 울렸다. 마치 저녁의 정점처럼 현기증 나도록 드높은 저 하늘 어디에선가 들려오는 것 같았다.

*

어제 블랑제르몽의 수석 신부님을 만났다. 매우 자상하게 여러 가지 이야기를 해주었지만 거의 모두가 현실적인 조언들이었다. 그는 내게 무엇보다 금전 문제를 깨끗이 처리하라고 충고한 다음(아마도 파미르 부인이 나의 포도주 몇 병 외상값에 대해 그에게 불평했나보다) 무엇보다 오늘날의 성직자들은 부르주아들과 잘 지내야 한다고 한참 동안 말했다. 몸 상태가 좋지 못해 나는 무척이나 예민해 있었나보다. 나는 내 입술에 떠오른 말을 그에게 내뱉고 말았다. 스스로도 놀랄 만큼 떨리는 목소리였다.

"그들이 부당 이익을 취했다고 자신을 고해하는 일은 거의 없습니다."

수석 신부님은 내 눈을 정면으로 바라보았지만 나는 그 눈길을 견뎌냈다. 나는 토르시의 신부님을 생각했다. 아무리 정당화될 수 있는 것이라 할지라도 분노란 사제가 빠져서는 안 되는 영적 동요이다. 그런데 누군가 부자에 대한 내 의견을 물을 때면, 정신까지 속속들이 부자인 사람, 주머니에 땡전 한 푼 없으면서도 정신까지 속속들이 부자인 사람, 말하자면 오로지 돈밖에 모르는 사람에 대한 나의 분노 속에는 그 무언가가 들어 있음을 나는 늘 느낀다.

"자네 생각이 놀랍군." 신부님이 냉랭한 어투로 말했다. "하느님께서 우리를 개혁주의자로부터 보호해주시기를! 아마 자네는 기독교사에서 성인의 반열에 오른 분들은 모두 개혁자들이었다고 생각할지 몰라. 맞아. 그분들은 개혁자들이었어. 하지만 감히 말하지만 기적과 이적을 행하는 성인들, 고위 성직자들도 덜덜 떨게 만드는 그런 초월적 모험가들의 수를 하느님께서 극도로 제한하셨다는 것도 염두에 두어야 하네. 그게 바로 하느님의 뜻이야. 기적을 행한 건 그분 성인들인지 모르지만 교회를 오늘날까지 이끌어 온 것은 죽어서 성인이 되지 못한 수많은 성직자들, 평범한 신도들이었다네. 조금 농담을 섞어 말

제2장

77

한다면 '하느님께서 우리들을 성인들로부터 보호해주옵소서' 라고 기도하고 싶을 정도라네. 성인들이 교회의 명예를 드높이기보다는 교회에 시련을 가져온 경우가 더 많았던 걸 자네도 알겠지? 나는 자네에게 성인이 되라고 충고하기보다는 교회를 지키라고 충고하고 싶은 거야.

그러니 스스로 애써 자신의 지위를 드높인 사람들, 이 물질 사회에서 우리에게 가장 훌륭한 참고가 되어주는 사람들, 교회 의식을 치르는 데 드는 경비의 한 몫을 담당해주는 사람들, 날이 갈수록 성직 지망생이 줄어드는 현실에서 우리에게 사제들을 공급해주는 그 사람들을 멸시할 수 있겠나? 귀족 계급은 빈사 상태이고 프롤레타리아 계급은 우리에게서 멀어지고 있어. 그러니 모든 문제를 해결해 달라고 기대할 수 있는 곳이 중산층밖에 더 있나? 자네 나이 때는 너무 단호하게 판단하는 경향이 있어. 그런 결점은 경계해야 하네. 사람들을 너무 추상적으로 보지 말게. 주어진 모든 것을 좋은 쪽으로 이용하도록 힘써야 하네."

그는 우리 고장 한 집안사람들을 예로 들며 그 집안이 어떻게 성공했는지, 그들이 어떻게 교회와 연을 맺고 있는지 길게 설명했지만 이 일기에 그의 이야기를 다 옮겨놓고 싶지는 않다.

나는 이런 식의 대화를 제대로 따라가지 못한다. 내적인 공감을 느끼면서 상대방의 생각을 열정적으로 앞서가게 되는 대화가 아니라면 내 주의력은 금세 흩어지고 그냥 질질 끌려갈 뿐이다.

신부님이 말을 마친 후에도 내가 반박도, 맞장구도 치지 않고 가만히 있자 신부님이 다시 입을 열었다.

"내 말이 좀 거칠었던 모양이로군. 자네 좋으라고 한 이야기야. 세상 경험을 좀 더 하게 되면 이해할 수 있을 거야. 어쨌든 살아야 하네."

"어쨌든 살아야 한다고요? 끔찍합니다. 그렇지 않습니까?"

나는 앞뒤도 재지 않고 대답했다.

나는 그가 폭발할 줄 알았다. 내가 보기에도 내 목소리에 반항심이 잔뜩 묻어 있던 때문이었다. 그 목소리는 어머니가 '네 아버지 목소리와 똑같구나'라고 가끔 말씀하시던 그 목소리였다.

하지만 수석 신부님은 주의 깊게 오랫동안 내 얼굴을 들여다볼 뿐이었다. 이윽고 그가 말했다.

"자네는 꼭 시인 같구먼. 자네에게 교구가 둘 더 딸려 있어서 할 일이 많다는 게 다행이야. 바쁜 일이 모든 걸 다 해결해줄 테니."

가정교사가 오늘 나를 만나러 제의실로 왔다. 우리는 샹탈 양에 대해 길게 이야기를 나누었다. 이 소녀는 점점 더 까다로 워져서 더 이상 집에서 지내는 것이 불가능하고 기숙학교에 보 내는 것이 좋을 것 같아 보인다. 백작 부인은 아직 그런 조치를 취할 결심을 하지 못한 듯하다. 내가 은근히 백작 부인에게 말 을 넣어주었으면 하는 눈치였다. 그렇지 않아도 다음 주에 백 작 저택에서 저녁 식사를 하게 되어 있다.

물론 가정교사는 모든 일을 다 털어놓으려 하지는 않았다. 나는 성당 부속 묘지로 통하는 문까지 그녀를 배웅했다. 그녀 는 그 문턱에서 마치 고해소에서 어렵게 말을 끄집어 낼 때와 비슷한 말투로 이토록 위험하고 미묘한 상황에서 도움을 요청 해서 미안하다고 말했다.

"샹탈은 정열적인 성격에 괴팍해요. 나쁜 애 같지는 않아요. 그 나이 때면 누구나 고삐 풀린 상상을 하기 마련이잖아요. 그 냥 두면 뭔가 분별없는 짓을 저지를 것 같아요. 교구에 새로 오 셨다고 해서 자비심으로 너그럽게 대해주시며 속내 이야기를 나누려는 것처럼 보이는 건 쓸데없을뿐더러 위험하기까지 할 거예요. 그 속사정이란 게……. 백작께서 아시면 용납하지 않으실 거예요."

그녀가 그렇게 덧붙였는데 그 말투가 거슬렸다.

물론 그녀가 편견을 지니고 있으며 부당하다고 의심할 근거는 전혀 없다. 어쨌든 내가 그녀에게 손을 내밀지도 않고 한껏 냉정한 작별 인사를 보내자 그녀의 눈에 눈물이 글썽거렸다. 물론 요즘 샹탈 양의 태도가 마음에 들지 않은 것은 사실이다. 그 애는 퉁명스러웠고 표정이 굳어 있었다. 도무지 속내를 알 수 없는 태도이고 표정이었다.

그건 그렇다 치고 나는 루이즈 양의 행동이 좀 의심스럽다는 생각을 떨칠 수 없다. 그토록 미묘한 가정사에 개입할 만큼 경험도 권위도 없는 나 같은 사람을 끌어들이지 않는 게 현명한 행동이 아니겠는가! 게다가 내가 그 일에 개입하는 것이 유익하리라고 생각했으면서도 내 스스로 판단하지 말라고 말하는 것은 대체 무슨 의도에서란 말인가? 백작이 알면 용납하지 않을 거라고? 아무래도 도가 지나쳤다.

어제 친구에게서 새로 편지가 왔다. 아주 간단한 내용이었다. 일이 있어서 파리에 갈 일이 있으니 릴에 오는 것을 며칠 연기해 달라는 것이었다. 그는 다음과 같은 말로 편지를 맺었다.

내가 이른바 '법복'을 벗어버렸다는 것을 자네도 이미 오래전부터 짐작하고 있었겠지. 하지만 내 마음이 변한 것은 아니라네. 단지 보다 인간적인 개념, 말하자면 삶에 대한 보다 관대한 개념을 향해 열렸을 뿐이야. 나는 '밥벌이'를 하게 된 거라네. 아주 중요한 단어이고 중요한 일이지. 밥벌이를 한다! 신학교 때부터 그날그날의 빵과 강낭콩 한 접시를 마치 동냥이라도 받듯 윗사람으로부터 얻어먹던 버릇이 우리를 죽을 때까지 어린 초등학생으로 만들어놓지. 자네야 지금까지도 분명히 그렇겠지만 나는 내가 지닌 사회적 가치에 대해 완전히 무지했다네. 변변찮은 일거리라도 맡을 수 있으리라는 엄두를 내지 못했지. 그런데 내 부실한 건강이 걸림돌이 되었음에도 불구하고 아주 고무적인 제안을 많이 받을 수 있었다네. 때가 되면, 보수가 적지 않은 대여섯 개의 일자리 중 하나를 고르기만 하면 된다네. 자네가 다음번에 나를 방문할 때면 자네를 어엿한 집에서 아주 기쁘고 떳떳하게 맞아들일 수 있을 것 같네. 지금까지 살던 곳은 너무 형편없어서……

너무 유치한 내용이어서 그냥 어깨를 으쓱해 버릴 수도 있었을 것이다. 그러나 그러지 못했다. 나는 그의 편지에서 여전히 성직자의 교만을 읽을 수 있었다. 다만 마치 소스가 변질되듯 모든 초자연적인 특성은 사라져버린 그런 교만을 읽어내고 나는 부끄러워졌다. 오, 우리들은 인간들 앞에서, 삶 앞에서 그 얼마나 무장 해제되어 있는 것인지! 얼마나 어처구니없을 정도로 유치한 것인지!

　그렇지만 내 옛 친구는 신학교에서 가장 재능이 뛰어난 우수한 학생으로 통했다. 게다가 조숙한 경험도 했던 터라서 교수 신부들을 아주 날카롭게 재단하기도 했다. 그런데 왜 지금 이런 유치한 허풍을 내게 늘어놓는 것일까? 스스로 유치하다는 것을 빤히 알면서……

　우리는 아주 비싼 값을 치르고 우리들의 소명이 지닌 초인적 위엄성을 얻는다. 우스꽝스러운 것과 숭고한 것은 늘 얼마나 가까이 있는 것인지! 또한 평소 우스꽝스러운 것에 대해서는 그토록 너그러운 세상이 우리들의 우스꽝스러움은 본능적으로 증오한다. 그들이 왜 그러는지 아무리 그럴 듯하게 이유를 대더라도 그 어느 것도 충분하지 않다. 추한 것 앞에서 반감을 느끼기 위해서 미(美)에 대해 정확한 개념을 지닐 필요는 없는 법이다. 아름다운 게 어떤 건지 몰라도 추한 건 그냥 추한 것이다. 평범한 사제는 추하다.

나는 나쁜 사제에 대해 말하고 있는 것이 아니다. 나쁜 사제는 괴물이다. 그리고 괴물성은 모든 척도 밖에 있다. 괴물에 대해 하느님이 어떤 계획을 품고 계신지 그 누가 알 수 있단 말인가? 괴물은 어디에 쓰일까? 그토록 놀라운 실총(失寵)의 초자연적 의미는 무엇일까? 예를 들어 나는 예수께서 기도하기를 거부하신 바로 그 세계에 유다가 속해 있다는 것을 도저히 믿을 수 없다. 그는 그 세상에서 오지 않은 것이니……!

나는 내 불행한 친구가 나쁜 사제로 불려야 마땅하다고는 생각하지 않는다. 그는 자기 동료에게 진심으로 애착을 느낄 것이다. 그가 감상적이라는 것을 알고 있기 때문이다. 그런데 애석하게도 평범한 사제는 언제나 감상적이니! 어쩌면 악덕이 그저 무미건조한 것보다는 덜 위험한 것이 아닐까? 우리의 뇌가 말랑말랑 나약해질 때가 있다. 하지만 우리의 마음이 나약해지는 것이 더 나쁘다.

나는 심한 병에 걸렸다. 어제 저녁 마치 계시처럼 그런 확신이 들었다. 내가 이 병에 걸렸다는 생각이 든 것은 6개월 전이다. 내가 다른 사람들처럼 먹고 마시곤 했던 기억이 가물가물할 정도이다. 나쁜 징조이다.

나는 고기와 야채를 단호히 끊어버리고 가벼운 어지럼증을 느낄 때마다 포도주에 적신 빵을 조금씩 먹을 뿐이다. 단식이 큰 성공을 거둔 것 같다. 머리가 가뿐하고 3주 전보다 훨씬 더 힘이 나는 것 같다.

오늘 델방드 의사 선생을 만났다. 이 노(老)의사는 거친 사람으로 통하며 거의 폐업 상태이다. 융 반바지를 입고 언제나 비계 냄새를 풍기며 반짝거리는 장화를 신고 다니는 그의 모습을 동료들이 비웃기 때문이다. 토르시의 신부님이 내가 방문하리라고 미리 알려놓았다. 의사는 나를 긴 의자에 앉힌 다음 그리 깨끗하지 않은 길쭉한 손가락으로(그는 막 사냥을 하고 돌아온 터였다) 내 위를 오랫동안 더듬어 보았다. 그가 진찰을 하는 동안 커다란 개가 마치 흠모하듯 비상한 주의를 기울이며 그의 일거수일

투족을 바라보고 있었다.

"신통치 않아요." 그가 말했다. "여기만 봐도 알 수 있어요(그는 마치 개를 증인으로 삼는 것 같았다). 식사를 늘 시원찮게 하는 걸 알 수 있어요. 그렇지요?"

"아마, 전에는 그랬지만." 내가 대답했다. "하지만 요즘은……."

"요즘이라! 너무 늦었어요! 그리고 알코올 말인데, 대체 알코올로 뭘 하겠다는 겁니까? 아, 물론 신부님이 마신 술만 말하는 게 아닙니다. 신부님이 세상에 오기 훨씬 전부터 사람들이 마셔 댄 술을 두고 하는 소리입니다. 암튼 보름 후에 다시 오세요. 릴에 있는 라비뉴 교수에게 소개장을 써드리겠소."

그는 나를 부엌으로 안내했다. 장작을 잔뜩 넣어놓은 벽난로에서 불길이 훨훨 타오르고 있었다.

"너무 따분할 때면 들르도록 해요." 그가 말했다. "누구한테나 그런 말을 하는 건 아닙니다. 토르시의 신부가 신부님에 대해 자주 말했고 신부님 눈이 마음에 들기 때문이오. 충직한 눈, 개의 눈이지요. 내 눈도 그런 개의 눈이오. 아주 드문 일이지. 토르시의 신부와 신부님, 그리고 나는 같은 종족에 속해요. 이상한 종족이지."

내가 저 강인한 두 사람과 같은 종족이라는 생각은 꿈도 꾸지 못할 일일 것이다. 하지만 나는 그가 농담하는 것이 아님을 알 수 있었다.

"어떤 종족이라는 말씀입니까?"

"서 있는 종족 말이오. 그런데 왜 서 있을까요? 누구도 정확히 알 수 없지요. 신부님이야 하느님의 은총이라고 말할지도 모르지. 그런데 이보세요, 나는 말이오, 하느님을 믿지 않아요. 아니, 아니, 내가 훤히 다 아는 말씀으로 내게 설교할 생각은 마시고……. 자, 왜 누워 있지 않고 서 있느냐? 뭐, 생리학적 설명이 문제가 되는 게 아니라는 건 아시겠지? 뭐, 체질 운운하며 입증할 수 있는 것도 아니고……. 당신들은 천국을 만들어냈지. 그런데 전에 토르시의 신부에게 이렇게 말한 적이 있소. '자네는 천국이 있건 없건 견뎌낼 걸세'라고. 게다가 우리끼리 말이지만 당신들의 천국에는 아무나 들어갈 수 있는 거 아닌가요? 11시의 일꾼들(「마태복음」 20장 1~16절 참조)도 들어갈 수 있는 거 아닙니까? 뭐, 너무 일을 많이 하는 것도 술을 지나치게 많이 마시는 것과 마찬가지로 좀 오만한 거 아닌가 하는 뜻에서 한 말이오."

그는 재미있는 농담을 했다는 듯 크게 웃어넘겼지만 그의 웃음소리는 듣기 괴로웠다. 개도 나와 같은 생각인 듯 바닥에 배를 깔고 엎드려 주인에게 귀를 기울였다.

"저는 서 있다는 선생님 말씀이 무슨 뜻인지 알고 싶습니다만……."

"답하자면 길어요. 간단히 말해 직립 자세는 강한 자에게만 가능하다는 걸 인정합시다. 분별 있는 사람이라면 힘이나 힘의 기호, 즉 권력이나 돈을 가질 때까지 기다릴 거요. 나는 기다리지 않았소. 내가 중학교 때 피정(避靜)을 간 적이 있는데 몽트뢰이 중학교 교장 선생이 우리에게 좌우명을 하나씩 만들어보라고 하더군. 내가 택한 게 뭔지 아시오? '맞서라'는 것이었소. 열세 살 먹은 소년이 도대체 뭐와 맞서리라고 생각하시오?"

"아마 불의(不義)같은 것이었겠지요."

"불의? 그럴 수도 있고 아닐 수도 있소. 나는 주둥이에 정의라는 단어를 달고 다니는 사람이 아니오. 우선 나는 결단코 나를 위해서 정의를 요구하지 않소. 하느님을 믿지도 않는데 어디 가서 요구한단 말이오? 불의로 고통 받는 것, 그게 죽을 수밖에 없는 인간의 운명이오. 예를 하나 들어볼까? 내가 위생관념이 없다는 소문을 내 동료들이 퍼뜨리고 다닌 덕분에 손님들은 다 빠져나가고 나는 진료비 대신 닭 한 마리나 사과 한 바구니들을 내미는 촌뜨기들이나 상대하고 있소. 이 촌사람들은 어떤 의미에서는 벼락부자들에 비해 희생자들인 셈이지. 그런데 신부 양반, 내게는 그 촌사람들도 그들을 착취하는 사람들과 똑같이 보인단 말씀이야. 나을 게 없어요. 착취할 기회가 오기만 기다리며 나를 속이고 있는 거지. 다만⋯⋯."

그는 머리를 긁적이며 나를 곁눈질했다. 그의 얼굴이 붉어진 것을 분명하게 알아볼 수 있었다. 노인의 얼굴에 떠오른 홍조는 아름다웠다.

"다만, 불의를 당하는 것과 그것을 감수하는 건 다른 거요. 그들은 감수하고 있는 거지. 불의가 그들의 격을 떨어뜨려요. 나는 그 꼴은 못 보지. 어떤 의미에서 젊은 신부 양반, 나는 가난한 사람들의 벗이 아니오. 나는 그들을 곤경에서 구해내는 명견 노릇을 하고 있는 게 아니니. 나는 차라리 그들이 나 없이도 문제를 해결하기를, 권력자들과 문제를 해결하기를 바라고 있는 편이오. 그런데 뭐야! 그들이 내 직업을 망쳐놓고 나를 수치스럽게 만들어요. 의학적으로 말해 차라리 폐기물이라고 해야 할 명칭이 무리들과 연대감을 느낀다는 건 불행한 일이오. 아마 종족 문제겠지. 나는 켈트족이오. 머리끝부터 발끝까지 켈트족이오. 우리 종족은 희생적이오. 이유 불문하고 나서지! 나는 정의를 어떻게 보느냐에 따라 인간이란 두 부류로 분명히 나뉜다고 생각한다오. 한쪽에게는 균형이자 타협이고, 다른 한쪽에게는……."

"다른 한쪽에게 정의란 자비가 만개하는 것, 자비가 승리를 외치며 도래하는 것 아닐까요?" 내가 도중에 말을 끊고 말했다.

의사가 놀란 눈으로 뭔가 망설이는 듯 꽤 오랫동안 나를 바라보았기에 조금 난처한 기분이었다. 내가 사용한 문장이 마음에 들지 않은 모양이라고 나는 생각했다.

"승리를 외친다! 승리! 젊은 친구, 당신의 승리, 아주 보기 좋군! 아마 하느님의 왕국은 이 세상의 것이 아니라고 대답하시겠지? 좋아요. 하지만 시간을 좀 거꾸로 돌려볼까? 나는 당신들에게 오늘날까지도 가난한 자들이 있다고 비난하는 게 아니오. 절대 아니지. 게다가 당신들만 좋은 몫을 차지하고 그들을 먹이고 입히고 돌보고 닦아주는 일을 나처럼 늙은 멍청이에게 맡겨도 좋아. 하지만 그들을 지켜준다는 당신들이 그들을 그렇게 더러운 꼴로 우리에게 넘겨준 건 용서할 수 없소. 내 말 이해하겠소? 정말이지, 그리스도교가 2,000년이나 이어왔으니 이제 가난한 게 부끄럽지 않을 때도 되지 않았소? 아니면, 당신들이 당신들의 그리스도를 배반한 것이거나! 그 생각을 조금도 양보할 마음이 없소이다. 원, 제기랄! 당신들은 부자들을 부끄럽게 만들고 그들을 굴복시킬 수 있는 모든 걸 갖고 있소. 그들은 존중받으려고 기갈이 나 있소. 더욱더 부자가 될수록 그 갈증은 더 커지지. 당신들에게 그런 부자들을 성당 맨 뒷자리나 성수반 근처로, 아니면 아예 문밖 광장으로 쫓아낼 용기만 있었어도—못할 게 뭐 있소?—부자들에게 깊이 성찰할 기회를 줄 수 있었을 거요. 그러면 부자들은 가난한 자들이 앉아 있는 의자들을 부러운 눈으로 훔쳐보느라 바빴겠지. 나는 그자들을 잘 알아요.

'다른 곳에서는 언제나 맨 앞줄에 앉아 있는데, 여기 주님 앞에서는 맨 뒷줄이네!'라고 생각하겠지.

뭐, 그렇게 쉬운 일이 아니라는 건 나도 알아요. 하지만 가난한 사람이 예수의 상징이고 예수와 닮았다면,—아니 예수 자신이라면—2,000년 동안이나 그 얼굴에 뱉어놓은 침을 닦아줄 방법조차 찾지 못한 채 그를 그저 집사석에 기어올라 앉게 해서 그 조롱거리 얼굴을 만천하에 드러내 왔다는 건 좀 곤란한 일이 아니오? 사회문제란 무엇보다 명예의 문제가 아니겠소? 가난을 부당하게 경멸하는 것, 그게 바로 비참한 사람들을 만들어내는 거요. 뭐, 대대로 살찌는 습관조차 잃어버려서 뻐꾸기처럼 말라버린 사람들을 당신들이 살찌우라는 건 아니요. 그리고 부득이한 경우라면 편의상 꼭두각시 같은 자들, 게으른 자들, 술주정뱅이나 정말로 해로운 자들을 없애더라도 눈감아 줄 수 있소. 그렇지만 가난한 자, 정말로 가난한 자가 바로 제 집인 주님의 집으로 찾아와 맨 뒷자리에 가서 몸을 웅크리고 앉을 때, 영구차처럼 멋지게 검은 옷으로 치장한 수위가 성당 저 구석에 앉아있는 그를 찾아가, 기독교 혈통을 잇는 왕자에게 합당한 예를 표하며 성당 안쪽으로 모시는 일은 본 적이 없고 앞으로도 볼 수 없을 거요. 이런 생각은 당신 동료들에게 비웃음이나 살 뿐이지. 쓸데없는 짓이고 허영이라며. 그런데 제길, 왜 지상의 삶을 즐기는 지상의 권력자들에게는 그토록 경의를 남발하는 거지? 그런 걸 우습게 생각한다면 왜 그렇게 비싼 값을 치르는 거지? 뭐, 이렇게 이야기하겠지. '넝마를 걸친 사람이 성당 안쪽에 앉는다면 사람들이 우리를 비웃을 겁니다. 금세 웃음거리가 될 겁니다.' 좋아요, 그렇다 칩시다! 다만 그 사람이 누더기를 벗고 가장 싸구려 관 속에 눕게 되어 이제 손가락으로 코를 풀지도 않고 당신네 양탄자 위에 침을 뱉지도 않으리라는 사실이 분명해졌을 때, 당신들을 그 사람을 어떻게 할 거요? 나를 바보 취급해도 상관없소. 교황이 와도 꿈쩍 않을 만큼 내가 유리한 입장이거든. 내가 말한 건 당신네들 성인들이 실천한 바이니 어리석은 짓일 수 없단 말씀이야. 가난한 자, 불구자, 나환자 앞에 무릎을 꿇는 게 당신들 성자의 모습 아니오? 하사관들이 왕의 옆을 지나가면서 마치 보호자인 양 그 어깨를 툭툭 건드리고 장군들은 그 발밑에 조아리고 있으니 군대치고는 정말 특이한 군대지."

내가 침묵을 지키자 그는 약간 거북한지 입을 다물었다. 물론 나는 경험이 별로 많지 않다. 하지만 그가 영혼에 입은 깊은 상처를 드러내고 있다는 낌새를 단번에 알아차릴 수 있었다. 내가 아닌 다른 사람이라면 그를 설득하거나 위로해줄 말을 찾으려 했을지 모른다. 하지만 나는 그런 말을 모른다. 인간으로부터 나온 참된 고통은 우선 하느님께 속한 것처럼 보인다. 나는 그 고통을 있는 그대로 겸손하게 내 마음에 받아들이고 그 고통을 내 고통으로 삼아 사랑하려고 애쓸 뿐이다. 그리고 '함께 한다'라는, 이제는 진부해진 그 표현 속에 숨은 의미를 이해한다. 나는 진실로 그 고통과 한 몸이 되었으니 말이다.

개가 일어나더니 주인에게로 가서 그 무릎에 머리를 얹었다.

나는 그에게 한 마디도 답변을 하지 못했다. 스스로 자책은 되지만 마음 깊은 곳에서 잘못했다는 생각은 들지 않는다. 내가 무슨 말을 할 수 있었겠는가? 나는 철학자들이 말하듯 하느님의 대사(大使)가 아니라 예수 그리스도의 종일 뿐이다. 내 입술에 어떤 말이 떠올랐다할지라도 아주 강한 논박이면서도 허약하기 그지없는 말이었을 것이다. 내 논박은 나 자신을 오랫동안 설득시키긴 했지만 나를 달래주지는 못했으니 말이다.

예수 그리스도 외에 평화란 없다.

*

내 계획의 첫 부분이 실행 단계에 이르렀다. 최소한 세 달에 한 번씩 각 가정을 방문하기로 하고 그 일을 시작한 것이다. 동료 신부들은 주저하지도 않고 이 계획을 허황된 것으로 치부한다. 하긴 정규 임무도 간신히 해낼 정도로 바쁘고 일도 많은 우리들이니 그렇게 말하는 것도 무리가 아니다. 웃어른들 입에서 "저 교구는 제대로 돌아가는군"이라는 말이 나올 수 있게 해주는 일상적인 일들 외에 돌발적인 일이 얼마나 많은지! 게다가 어느 것 하나도 소홀히 할 수 없는 일들이니! 과연 내가 주님이 원하시는 그 자리에 제대로 있기는 한 것인가? 하루에도 스무 번 이상 자문해본다. 왜냐하면 우리가 섬기는 주님은 우리들의 삶을 단지 판단하시기만 하는 것이 아니라 우리들의 삶과 함께하시고 함께 떠맡아주시는 분이기 때문이다. 기하학자나 도덕군자 같은 신을 만족시키는 일이라면 훨씬 힘이 덜 들 것이다.

오늘 아침 대미사 후에 스포츠 팀 결성에 뜻이 있는 교구 내 젊은이라면 저녁 기도 후 사제관에 모이라고 공고했다. 젊은이들의 이름을 꼼꼼하게 검토한 결과 잘 하면 열다섯, 아무리 적어도 열 명은 될 것 같았다.

외티샹의 주임신부님이 백작에게 교섭을 해주었다. 그는 백작의 오랜 친구이다. 백작은 부지 제공을 거절하지는 않았지만 연 300프랑으로 5년간 임대해주겠다고 고집했다. 백작은 내 계획이 성공하리라고 믿지 않고 있는 것이 분명하다. 그의 지위나 성격과는 걸맞지 않는 이런 조건을 내세운 것은 사실상 미리 내 뜻을 꺾어놓으려는 것이 아닌지 의심이 들 정도이다.

정작 등록한 젊은이는 넷뿐이었다. 정말 신통치 않은 결과였다. 일곱 군데 읍 주민들에게 일거리를 제공하고 있는 제화업자 베르뉴 씨가 넉넉하게 후원하고 있는 스포츠 연맹이 에클랭에 있다는 것도 모른 채 나섰던 것이다. 에클랭은 12킬로미터 떨어져 있는 곳이다. 하지만 마을 청년들은 자전거를 타고 쉽게 오갈 수 있다.

어쨌든 네 명의 젊은이와 나는 모여서 흥미로운 의견을 나누었다. 이 불쌍한 청년들은 여기저기 무도장마다 아가씨들 뒤를 쫓아다니는 다른 거친 젊은이들과는 다르다. 인원이 얼마 되지 않으니 여건이 좋아질 때까지 게임과 독서를 하자고 결론 맺을 수밖에 없었다.

성당 종치기 아들인 쉴피스 미토네는 이제까지 내가 별로 주목해본 적이 없었다. 몹시 허약한 그는 최근에 병역을 마쳤다. 지금은 페인트공으로 그럭저럭 생계를 꾸려나가고 있지만 게으름뱅이로 통하고 있다. 그와 비슷한 처지의 청년들처럼 그도 도시로 나가 자리를 잡겠다는 꿈을 꾸고 있다. 하지만 내가 보기에 대도시는 위험하다. 마음 여린 사람은 그 위험에서 빠져나오기 더욱 힘들다.

다른 청년들이 떠난 후 나와 미토네는 오랫동안 이야기를 나누었다. 약간은 흐릿하고 뭔가 피하는 듯한 그의 시선은 내게는 픽 감동적인 느낌을 준다. 그것은 몰이해와 고독에 처해 있는 사람의 표정이다. 그 표정은 루이즈 양의 표정과 닮았다.

어제 페그리오 부인이 더 이상 사제관에 오지 않겠다고 내게 통보했다. 일도 별로 없으면서 돈을 받는 게 부끄럽다는 것이었다. (내가 별로 먹는 것도 없는 데다 빨랫감도 별로 없어서 그녀에게 시간이 남아 돈 것은 사실이다.)

그 외에 그녀는 '여기서 만나고 싶지 않은 사람들이 몇 있어서'라는 모호한 암시까지 했다. 무슨 뜻에서 한 말일까?

*

가정교사가 오늘 아침 고해소로 들어왔다. 나는 그녀가 외생의 내 동료를 지도 사제로 삼고 있음을 알고 있다. 하지만 그녀의 고해를 거절할 수는 없었다. 고해 성사(聖事)를 통해 단번에 영혼의 비밀 속으로 들어갈 수 있다고 믿는다면 그 얼마나 순진한가! 나이 들수록 고해를 전혀 하지 않고 지내는 게 별로 어렵지 않게 된다. 하지만 그보다 더 고약한 것은 거짓말, 핑계, 애매한 말들이 양심 주변에서 서서히 굳어가는 것이다. 그 단단한 껍질은 그 안의 형태를 간신히 드러내는 데 그칠 뿐이다.

제2장

그리고 아무리 아둔한 사람이라도 자기만의 고유한 추상적인 언어들을 만들어낼 수 있게 된다. 일종의 교활한 솔직함! 얼핏 속이 보이는 것 같지만 결국 아무것도 알아낼 수 없는 무광택 유리와 비슷하다.

그렇다면 그런 고백을 통해 무엇이 남는가? 겨우 양심의 표면을 살짝 스쳐지나갈 뿐이다. 나는 양심이 와해된다고는 차마 말 못하겠다. 차라리 화석처럼 굳어버린다고 하는 게 옳다.

그녀의 고해를 듣고 나는 왜 내게 이런 생각이 든 것일까? 거짓은 아닌 것 같으면서도 무언가 감추고 있는 모습!

*

끔찍한 밤. 눈을 감자마자 슬픔이 밀려왔다. 정의조차 내릴 수 없는 이 진이 다 빠진 상태, 이 영혼의 출혈을 슬픔이라는 단어 외에 달리 표현할 길이 없다. 그러다가 갑자기 귀에서 들리는 커다란 부르짖음에 그 상태에서 깨어났다. 커다란 부르짖음이라—과연 그 말도 적합한 표현일까? 분명 아닐 것이다.

몽롱한 상태에서 깨어나 생각의 갈피를 잡을 수 있게 되자 내게 갑자기 평온이 찾아왔다. 내 신경과민을 다스리기 위해 습관적으로 작동시키는 나의 제어장치가 생각보다 강력한 모양이다. 나도 모르게 행하게 되는 이 노력은 하느님께서만 가능하실 수 있다.

인간의 삶이 실제로 무엇인지에 대해 우리는 그 얼마나 무지한가! 특히 우리 사제의 삶. 우리의 행동에 비추어 우리 자신을 판단하는 것은 우리를 우리의 꿈에 비추어 판단하는 것만큼 헛된 일이다. 하느님이 당신의 정의에 의해 한 무리의 모호한 것들 중에서 선택하시고, 그분이 현시(顯示)의 몸짓으로 성부(聖父)를 향해 들어 올리는 삶만이 갑자기 태양처럼 빛을 발하며 그 모습을 드러내는 것이다.

워낙 탈진해서 공감과 애정에 찬 말 한마디만이라도 들을 수 있다면 무엇이라도 바칠 심정이었다. 토르시의 신부님을 만나뵙고 싶었다. 하지만 오전 11시에 어린이 교리문답이 있었다. 제아무리 서둘러도 신부님을 만나고 오면 제시간에 맞추기 어려울 것이다.

*

우리의 청년들 연구 모임이 첫 번째 회합을 가졌다. 쉴피스 미토네에게 회장직을 맡길 생각이었지만 친구들이 그를 약간 멀리 하는 것 같다. 당연한 일이지만 굳이 강요할 일이라고는 생각하지 않았다.

그들은 그저 심심풀이로 따분해서 나를 찾아온 것 같다는 인상을 지울 수 없다. 어떻게 되어 가는지 보려고…….

*

데브르 로(路)에서 토르시의 신부님을 만났다. 그는 당신 차로 나를 사제관까지 데려다주었고 나의 그 오죽잖은 보르도 포도주를 사양하지 않고 한 잔 받았다.

그는 내 말을 흘려듣는 것 같으면서도 눈으로는 내게 무슨 질문을 던지고 있었다. 나는 되는 대로 말을 이어갔다. 자신을 끌어들이고 매혹시키는 이런 식의 침묵 앞에서는 아무 말이나 이것저것 하고 싶어지는 법이다.

"자네 몸이 정말 볼만하군." 마침내 그가 입을 열었다. "온 교구를 다 뒤져도 자네보다 더 한심한 친구는 찾아볼 수 없을 거야. 그런 몸으로 말처럼 일을 하니 그 꼴일 수밖에! 게다가 이렇게 썩은 맛이 나는 포도주에 지탱하고 있다니. 자네 같은 친구에게 교구를 맡기는 걸 보면 주교께서도 어지간히 신부가 아쉬운 모양이야. 교구가 견고하다는 게 다행이야! 그렇지 않다면 자네가 깨버릴지도 모를 일이야."

그가 자신의 깊은 염려를 그런 식의 농담조로 돌렸음을 나는 금세 알 수 있었다. 그는 내 눈에서 나의 생각을 읽어냈다.

"자네에게 충고를 해줄 수도 있지만 그만두지. 자네 윗분들이 할 일을 내가 할 수는 없으니까. 언젠가 내가 일하는 방식은 일러줄 때가 있을 거야."

"어떤 방식 말씀입니까?"

그는 직설적으로 대답하지 않았다.

"윗분들이 신중하게 처신하라고 하는 건 다 이유가 있는 거라네. 나야 어쩔 도리가 없어서 신중하게 처신하지. 내 천성이 그래. 어쨌든 우리의 길은 세상의 길과는 달라. 우리는 진리를 무슨 보험증권이나 정화제(淨化劑)처럼 내밀지는 않아. 생명은 생명이야. 하느님의 진리, 그게 생명이야. 마치 우리가 그걸 가져오는 것처럼 보이지. 하지만 이보게, 생명이 우리를 품고 있는 거라네."

"제가 뭔가…… 잘못 생각하고 있다는 말씀이신가요?"(목소리가 떨려서 도중에 한 번 쉬었다가 겨우 말을 끝낼 수 있었다.)

"너무 설쳐. 병 속에 든 말벌 같아. 하지만 자네에게 기도의 정신이 있다는 건 믿어."

나는 그가 내게 솔렘 수도원으로 물러가 수도자가 되라고 권하는 줄 알았다. 그는 단번에 내 생각을 간파했다. (하긴 그리 어려운 일도 아니었으리라!)

"수도사들이야 우리보다 더 교활하지. 자네는 현실 감각이 없고 자네의 그 대단한 계획은 지탱하기도 어려워. 자네는 그 허접한 백작을 무슨 영주나 되는 것처럼 착각하고 교리문답 꼬맹이들을 자네 비슷한 시인처럼 착각하고 있어. 그리고 자네 수석 신부를 사회주의자 취급하지. 간단히 말해 자네는 새로 마주한 자네 교구 앞에서 괴상한 행색을 하고 있는 꼴이야. 미안한 말이지만 한눈에 척 남편 가로세로 치수를 다 재어놓은 아내 앞에서 '아내 연구'를 한답시고 으스대는 남편 꼴과 비슷해."

"그렇다면……?" (나는 어리둥절해서 겨우 입을 뗄 수 있었다.)

"어떻게 하라는 거냐, 이 말이지? 자네가 하고 싶은 대로 계속해! 자네에게는 자만심의 그늘도 없고 자네의 경험에 대해서도 뭐라고 말하기 힘들어. 전력투구해서 일을 하니까 말이야. 다만 그런 걸 핑계로 영적으로 게을러지면 안 돼. 나이를 먹고 경험이 쌓이면서 실망이 늘게 되면 초자연적 나태가 찾아오기 마련이거든. 아, 늙은 사제들이란 그 얼마나 완고한지! 신중함이 지나쳐서 우리가 서서히 하느님 없이도 지낼 수 있게 되어버린다면 바로 그 신중함이 가장 고약한 경솔함이 되는 거야. 정말 고약한 늙은 사제들이 있어."

그가 해준 말을 제대로 옮기기나 했는지 모르겠다. 그의 말이 겨우 귀에 들어올 정도였으니 말이다. 하지만 그 얼마나 많은 것을 알아차릴 수 있었는지! 나는 나 자신을 그다지 신뢰하지 않는다. 그러면서도 내가 정말 커다란 선의를 지니고 있으니 그 선의가 금세 사람들 눈에 띄어 내 의도에 따라 나를 판단해줄 것이라고 상상한다. 미친 짓이다! 나는 여전히 이 세상 문지방에 서 있다고 생각했는데 나는 이미 혼자 아주 깊숙이 들어와 있었던 것이다. 더욱이 퇴로는 막혀 있어서 돌아갈 수도 없다. 나는 내 교구를 알지 못했고 교구는 나를 무시하는 척했다. 그런데 내 교구가 나에 대해 갖고 있는 이미지는 너무나 분명했고 정확했다. 이제 제아무리 큰 노력을 기울이더라도 그것을 바꿀 수는 없다.

내 얼굴이 일그러진 모습을 본 신부님은 나를 안심시키려고 제아무리 애를 쓰더라도 당장은 아무 효과도 없으리라는 것을 알아차린 게 분명했다. 그는 입을 다물었다. 나는 억지로 미소를 지으려 했다. 어쨌든 미소를 지었던 것 같다. 힘든 일이었다.

*

나는 델방드 의사에게 교회는 그가 상상하는 것만은 아니라고, 법률과 관리들과 군대를 지닌 일종의 주권국가 같은 것이 아니라고, 인류의 역사에서 한때 빛을 발했던 그런 영광의 순간 같은 것은 아니라고 말해주었어야 했다. 마치 정상적인 보급이 불가능한 미지의 땅을 행군하는 군대처럼 교회도 시간을 가로질러 나아가는 것이다. 마치 군대가 하루하루 그 지역 주민들에 의지해 살아가듯 교회는 연속으로 이어지는 체제와 사회들을 바탕으로 살아가는 것이다.

하느님의 정통 상속자인 가난한 자에게 어떻게 이 세상에 속하지 않은 왕국을 돌려줄 수 있을 것인가? 교회는 가난한 자들을 찾는다. 교회는 세상 구석구석을 뒤지며 그들을 부른다. 그리고 가난한 자는 여전히 똑같은 자리, 저 아찔한 꼭대기 끝에서 심연의 주님을 마주하고 서있다. 지난 2,000년 동안 지치지 않고 들려오는 저 천사의 목소리, 저 숭고한 목소리, 저 장엄한 목소리에 귀를 기울이며⋯⋯.

"그대 꿇어 엎드려 나를 경배한다면 모든 것이 그대 것이리니……."

많은 사람들이 놀랍게도 체념해버리고 마는 것에 대해 초자연적 설명을 하자면 이런 것이 될 것이다. '권능'은 가난한 자의 손이 미치는 곳에 있지만 가난한 자는 그것을 모르거나 모르는 것처럼 보인다. 그는 땅을 향해 눈을 내리깔고 있다. 유혹자는 우리 인류를 자신에게 넘겨줄 한 마디 말이 들리길 이제나 저제나 기다리고 있다. 하지만 그 말은 하느님이 친히 봉해놓은 그 엄숙한 입으로부터 결코 나오지 않는다.

해결할 수 없는 문제. 가난한 자에게 '권능'을 부여하지 않은 채 그 권리를 다시 세워주는 일. 만일에라도 어떤 가차 없는 독재자가 출현해서, 수백만의 첩보원과 헌병들을 등에 업은 일군의 관료들과 전문가들과 통계학자들의 힘을 빌려 포식자의 지혜를 가진 자들, 이익 추구만을 위해 생겨난 사납고 간교한 짐승 같은 자들, 인간을 먹고 사는 인종들—그 인종들이 지닌 끊임없는 금전욕은 인류 자신을 집어 삼키려는 차마 고백하기 어려운 무시무시한 욕망의 위선적이고 무의식적인 형태이기 때문이다—을 이 세상 방방곡곡에서 일거에 제압하게 된다면 어떻게 될까? 금세 보편적인 규칙으로 정립된 '황금의 중용(aurea mediocritas)'에 대한 환멸이 오게 될 것이며 마치 새로운 봄이 찾아오듯 도처에서 자발적인 가난들이 꽃피어나게 되리라.

그 어느 사회도 가난한 자를 이길 수 없을 것이다. 가난을 극복할 수 없을 것이다. 어떤 사람들은 타인의 어리석음, 허영, 악덕에 기대어 산다. 가난한 자는 '자비로 살아간다.' 이 얼마나 숭고한 단어인가.

*

건강이 많이 좋아졌다. 발작도 뜸해졌고 이따금 식욕 비슷한 것을 느끼기도 한다. 하긴 늘 똑같은 빵과 포도주이지만 포도주에 설탕을 많이 넣고 빵을 썰지 못하고 아예 빠개야 할 정도로 굳어버리게 만든다는 게 달라진 점이다. 그렇게 하면 소화가 훨씬 잘 된다.

쉴피스 미토네가 나를 만나러 매일 온다. 머리가 좋지는 않지만 눈치가 빠르고 차분하다. 그에게 열쇠를 주었더니 내가 없을 때도 집으로 들어와 이곳저곳 손질을 해놓는다. 덕분에 내 조촐한 집이 완전히 달라졌다. 그가 눈물을 글썽이며 자기가 사제관에 자주 찾아온다고 사람들에게 놀림감이 되었다고 하소연했다. 나는 그의 게으름을 진지하게 꾸짖었다. 부지런한 이곳 사람들에게 그의 게으름이 눈 밖에 난 것이라고 생각한 때문이었다. 그는 일거리를 찾아보겠다고 약속했다.

뒤무셸 부인이 제의실로 나를 찾아왔다. 나를 놀림감으로 만들었던 소녀의 어머니이다. 석 달에 한 번 있는 교리 시험에 자기 딸이 응시하지 못한 데 대해 항의하기 위해서였다. 나는 이 일기장에서 내가 일상적으로 겪은 어려움들은 가급적 적지 않으려 한다. 그래서 세라피타 뒤무셸이 여러 주 전부터 내게 꽤나 근심을 끼쳤지만 한 마디도 언급하지 않은 것이다. 이번에도 자세한 이야기는 적지 않겠다. 다만 그 애가 자주, 특히 내 앞에서는 차마 보기 어려운 교태를 부리곤 했다는 것만 간단히 적도록 하겠다. 나는 어린아이들의 순수하지 못한 모습은 아주 인내심 있게 참아주어야만 한다고 생각하는 편이다. 자칫 경솔하게 대처하다가는 끔찍한 결과를 초래할 수도 있기 때문이다. 어린아이가 입을 상처는 다른 상처와 비교하기도 힘들고 자칫 그 상처를 재려고 들다가는 위험하기까지 하다.

그렇다고 세라피타의 빗나간 행동을 그냥 넘길 수는 없어 나는 교리 시험을 못 치르게 조치한 것이다. 그 애의 어머니는 내가 왜 그런 조치를 취했는지 꼬치꼬치 물었다. 나는 그 애가 영리하기는 하지만 그 행동, 최소한 그 태도가 내게는 적절치 않아 보였다고 대답했다.

"무슨 태도가요?" 그녀가 물었다.

"약간 교태를 부립니다." 내가 대답했다.

내가 경솔했나보다. 그 단어에 그녀의 꼭지가 나갔다.

"교태라고요! 이제 별 걸 다 참견하시는군요! 교태 같은 건 신부님하고는 아무 상관없잖아요! 아니, 교태라니! 이젠 신부님이 그런 것까지 맡아 하시나요? 죄송하지만 신부님, 그런 말씀하시기에는 좀 젊으신 것 같은데요. 게다가 어린애한테 말이에요!"

그녀는 그 말만 남기고 벌떡 일어났다. 딸은 텅 빈 성당 의자에 앉아 제 엄마를 얌전히 기다리고 있었다. 빠끔 열린 문틈으로 또래 계집아이들 모습이 보였다. 세라피타는 흐느끼며 엄마의 품에 뛰어들었다. 내가 보기에는 아무래도 연극 같았다.

그들이 떠난 뒤 나는 자문해보았다. 가장 얻는 게 적으면서 힘만 많이 드는 일에 내가 너무 지나친 기대를 걸고 있던 것은 아닐까? 내가 아이들을 너무 믿은 게 아닐까? 이런 어린 존재들에게서 위안을 얻으려 했던 나라는 존재는 도대체 무엇이란 말인가? 나는 아이들에게 마음을 활짝 열고 이야기할 수 있기를 꿈꾸었고 아이들과 내 고통과 기쁨을 나누고 싶었다. 나는 내 삶이 기도와 함께 하는 것처럼 아이들 교육과 함께 하기를 원했던 것이니……. 이 모든 것이 이기적이다.

*

오늘 아침 우편함에서 불로뉴 소인이 찍힌 편지 한 통을 발견했다. 아주 질이 낮은 종이에 쓴 편지였다. 서명조차 없었다.

선의를 지닌 사람으로서 당신이 전임(轉任)하기를 충고합니다. 빠르면 빠를수록 좋을 것입니다. 많은 사람들이 빤히 알고 있는 사실을 당신이 알게 된다면 당신은 피눈물을 흘릴 것입니다. 당신을 동정합니다. 하지만 거듭 당신에게 고합니다.

"꺼져요!"

이게 도대체 뭐란 말인가? 아무래도 페그리오 부인의 글씨 같았다. 그 부인은 분명 나를 좋아하지 않는다. 하지만 그 여자는 왜 내가 이곳을 떠나기를 그토록 원하는 것일까?

*

또다시 고통스러운 밤. 악몽으로 토막 난 잠. 비가 너무 세차게 내리고 있어 성당까지 갈 엄두가 나지 않았다. 기도를 드리기 위해 그토록 애쓴 적은 없었다. 처음에는 침착하게, 그리고 조용히, 하지만 마침내 내 마음이 온통 고뇌로 전율할 만큼 고양된 의지로……. 하지만 아무것도 얻지 못했다.

물론 나는 기도드리려는 열망 자체가 기도라는 것, 하느님이 그 이상은 요구하지 않으신다는 것을 잘 알고 있다. 나는 의무감으로 기도를 한 것도 아니다. 그 순간 허파가 공기를 필요로 하듯, 내 피가 산소를 필요로 하듯 내게는 기도가 간절히 필요했다. 내 뒤에는 아무것도 없었다. 그리고 내 앞에는 벽이, 시커면 벽이 있었다.

우리는 기도에 대해 그 얼마나 잘못된 생각을 하고 있는 것인지! 기도가 무엇인지 거의 알지 못하는 사람들이 그에 대해 어쩌면 그렇게도 경솔하게 많은 말을 하는 것인지! 만일 기도가 그들이 생각하듯 일종의 잡담, 자신의 그림자와의 광적인 대화, 아니면 그보다도 훨씬 못한 이 세상 재물을 얻기 위한 미신적이고 헛된 탄원이라면 수많은 사람들이 마지막 날까지 기도 속에서 확고하고 강한, 그리고 충만한 기쁨을 발견했다는 사실을 어찌 믿을 수 있겠는가?

오, 학자라면 일종의 '암시' 같은 것이라고 말할지도 모른다. 하지만 그들이 그러는 것은 저 나이 지긋한 수도사들, 그토록 사려 깊고 그토록 현명한 사람들, 확고한 판단력을 지니고 있으면서 인류를 향한 그토록 부드러운 이해와 연민을 간직한 그런 사람들을 만나본 적이 없기 때문이다. 보통 사람들이 보기에 반미치광이 같은 그런 수도사들, 꿈에 갇혀 있는 사람들, 깨어 있는 꿈을 꾸는 사람들이 타인의 비참 속으로 점점 깊이 들어가게 되는 것은 무슨 기적에 의해서일까? 그들은 기도를 통해 자신을 남들과 고립시키는 대신 보편적 박애 정신 속에서 모든 사람들과 연대감을 느끼게 되는 것이니, 이 무슨 기묘한 꿈이며 야릇한 아편이란 말인가!

손가락으로 피아노 건반을 몇 번 되는 대로 두들겨 봤다고 해서 어찌 높은 위치에서 음악을 판단할 자격이 생겼다고 할 수 있단 말인가? 오오, 슬프다. 사람들은 정신과 의사의 말은 신뢰하면서 성인들의 한결같은 증언은 아무것도 아닌 양 무시한다. 이런 종류의 내적 심화(深化)는 다른 것들과는 달리 인간 고유의 복잡성을 발견하는 대신, 갑작스러운 전적인 계시에 의해 천상을 향해 열리게 되는 것이라고 말해도 사람들은 그저 어깨를 으쓱하고 말 뿐이다. 하지만 그렇다고 해서 기도가 자신을 실망시켰다고 고백한 '기도자'가 있었는가!

사람은 홀로 기도하지 않는다. 내 슬픔이 그토록 컸던 것일까? 나는 오직 나만을 위해 하느님을 불렀다. 그분은 오시지 않았다.

오늘 아침에 일어나자마자 앞서 썼던 몇 줄을 읽어본다. 그리고…… 열심히 지워버렸다.

만일 이것이 오로지 환각일 뿐이라면? 아니면 혹시…… 성인들도 이런 식의 낙담을 경험하셨으리라……. 하지만 분명히 이 말 없는 반항, 증오에 가까운 이 심술궂은 영혼의 침묵은 아니었으리니…….

새벽 1시. 마을의 마지막 등불이 막 꺼지다. 바람과 비.

똑같은 고독. 똑같은 침묵. 장애물을 돌파하거나 돌아갈 아무런 희망도 없다. 아니, 장애물이란 애당초 없다. 아무것도 없을 뿐이다. 오오! 나는 밤을 내쉬고 들이 마신다. 밤이 내 영혼의 틈, 감히 생각할 수도, 상상할 수도 없는 그런 갈라진 틈을 통해 내 안으로 들어온다. 나 자신이 밤이다.

완벽한 고독이다. 그리고 나는 그것을 증오한다. 나 자신에 대해 조금만치의 연민도 없다.

만일 내가 더 이상 사랑할 수 없게 된다면!

나는 침대 발치에서 얼굴을 바닥에 대고 엎드렸다. 전적인 수용의 자세를 취하고 싶었다. 나는 공허와 무 곁에 마치 거지나 취한(醉漢)처럼, 사자(死者)처럼 엎드려 누가 나를 거두어주기를 기다렸다.

하지만 내 입술이 바닥에 닿는 바로 그 순간부터 나는 이 거짓 태도가 부끄러웠다. 나는 아무것도 기다리지 않고 있었던 것이다.

오, 고통이라도 느낄 수 있다면! 하지만 고통조차 나를 거부했다. 매일 아침 나를 찾아오는 위통마저! 끔찍할 정도로 멀쩡하다. 죽음조차 두렵지 않다. 삶이 그러하듯 죽음도 내게 무심하다. 오, 그것을 어떻게 표현할 수 있으랴!

아주 늦게야 잠에서 깨어났다. 엎드려 있던 상태에서 그대로 잠이 들었나보다. 미사 시간이다. 하지만 미사에 가기 전에 이 말을 꼭 써놓고 싶다.

무슨 일이 있어도 이 일에 대해서는 그 누구에게도 말하지 않으리라. 특히 토르시의 신부님께는……

맑고 평온하며 놀라울 정도로 경쾌한 아침이다……. 어린 시절 나는 이슬에 젖은 울타리 속으로 들어가 몸을 옹크리곤 했다. 그런 후 흠뻑 젖은 몸으로 덜덜 떨면서 행복에 젖어 집으로 돌아오곤 했다. 다정한 어머니는 한 대 철썩 때리면서 뜨거운 우유 한 사발을 내게 주셨다. 종일 머릿속으로 어린 시절의 이미지만이 떠오른다. 나는 죽은 자에 대해 생각하듯 나에 대해 생각했다.

(노트: 이후 일기장 열 장 정도가 뜯겨 나가고 없음. 여백에 적혀 있는 몇 마디 말

도 공들여 지워버렸음.)

넬방드 의사가 오늘 아침 바아쿠르 숲에서 머리가 깨진 차가운 시체로 발견되었다. 나뭇가지에 끼어버린 총을 빼내려다가 총이 발사되었으리라고 추측들을 한다.

이 일기장을 찢어 없애겠다고 마음먹었었다. 하지만 이런저런 생각 끝에 일부분만 없애버렸다. 내 일기는 낮이고 밤이고 입을 다물지 않고 끊임없이 내게 말을 거는 그 어떤 목소리와 같다. 그 목소리는 나와 함께 사그라지리라. 혹은……

며칠 전부터 죄에 대해 곰곰 생각해보았다. 단순히 하느님의 계명을 위반하는 것이라고 정의한다면 죄에 대해 너무 간단하게 생각할 위험이 있다. 사람들은 그 얼마나 자주 그런 어리석은 이야기를 하는 것인지! 그것은 의사들이 병을 건강을 지키기 위한 규칙 위반이라고 정의 내리는 것과 같다. 하지만 의사들은 병을 정의 내리는 게 아니라 병을 치료하기 위해 연구한다. 우리 사제들이 하는 것이 바로 그것이다. 죄에 대한 농담이나 비꼬는 말, 비웃음 따위는 우리가 알 바 아니다.

나는 많은 사람들이 결코 자신의 존재, 자신의 깊은 진정성에 뿌리를 둔 삶을 살고 있지 않다고 생각한다. 아니 확신한다. 그들은 자신들의 표면에서 살고 있다. 인간의 그 표면 토양은 너무 기름져서 그 얇은 층만으로도 조촐한 수확을 안겨줄 수 있으며 사람들은 그것이 자신의 진정한 운명이라는 환상 속에서 살아간다. 얼마나 많은 사람들이 초자연적인 영웅주의에 대해 조금도 모르고 살아가고 있는 것인지! 그것 없이는 내면의 삶도 없는 법이거늘! 그리고 그들이 심판을 받는 것은 바로 그 내면의 삶에 대해서이다. 그에 대해 조금만 생각해 보아도 모든 것이 분명해진다. 그리고…… 죽음에 의해, 사회가 그런 종류의 사람들에게 제공했던 인공적인 손과 발을 빼앗기게 되면 자기의 본 모습을, 발육이 되지 않은 왜소증에 걸린 끔찍한 괴물의 모습을 발견하게 되는 것이니……. 그러니 그들의 죄에 대해 무슨 말을 할 수 있단 말인가? 죄에 대해 무엇을 알 수 있단 말인가? 그들은 자신이 몸을 좀먹어가는 암에 대해서도 마치 다른 많은 종기들처럼 통증을 느끼지 않는다. 아니면 그 무언가 느꼈다 할지라도 대부분의 경우 금세 지워질 수 있는 삶의 한 시기의 덧없는 인상으로밖에 느끼지 않는다. 하지만 어린아이는 사회적 규범과 관례에 대해 모르기에 순수한 선악의 개념에 대해 더 많이 알고 있다. 그러나 어른이 되어서는 그저 어린아이의 유치한 반응으로 넘기고 그 진정한 의미를 깨닫지 못하게 되어버리는 것이다.

설명하기 어려운 그 초자연적인 순수함에 비해볼 때 이른바 진지한 사람들이라고 세상에 알려진 사람들이 그 얼마나 유치한지는 상상하기조차 힘들다. 그런 그들이 나 같은 신부를 대할 때 그 얼마나 너그럽고 동정적인 말투를 쓰는지! 아라스의 공증인으로서 전직 의원이면서 도에서 가장 넓은 토지를 소유하고 있는 사람이 있었다. (내가 그의 임종을 지켰다.) 그가 어느 날 내 권고를 듣고 의심스럽다는 듯, 하지만 매우 호의적으로 받아들이면서 이렇게 말했다.

"신부님, 잘 알아요. 저도 그런 감정을 잘 알아요. 저도 무척 열성적인 신자였거든요. 열한 살 때 성모송을 세 번 외어야만 잠을 잘 수 있었지요. 그것도 숨도 안 쉬고 단숨에 외어야 했어요. 그러지 않으면 제게 불행이 닥칠 것 같았거든요……. 제 생각에는……."

그는 나를 비롯해 우리 모든 사제들을 그 정도에 머물러 있는 존재로 생각하고 있었다. 마침내 그가 죽기 전날 그의 고해를 들었다. 무슨 말을 할 수 있었을까? 별 것 아니었다. 공증인의 삶이란 때로는 몇 마디 말 안에 다 담길 수 있는 정도라고 할 수 있을 것인지…….

희망에 거역하는 죄가 모든 죄들 중에서 가장 치명적인 죄이면서도 사람들이 가장 환대하고 가장 애지중지하는 죄이다. 그것을 알아보기 위해서는 많은 시간이 필요하며 그에 앞서 찾아오는 슬픔은 그토록 감미로운 법이니! 그것은 악마가 만들어내는 묘약 중에, 그가 제공하는 진미 중에 가장 풍요로운 것이다. 왜냐하면 고뇌란……. (페이지가 찢겨져 있다.)

나는 믿음도 희망도 자비도 잃지 않았다. 하지만 죽을 수밖에 없는 인간에게, 이 삶에게 그 영원한 보화 자체가 무슨 가치가 있을까? 중요한 것은 영원한 보화를 향한 갈망이다. 나는 더 이상 그것을 갈망하지 않는 것 같다.

*

토르시의 신부님을 그의 옛 친구 장례식에서 만났다. 델방트 의사에 대한 생각이 한시도 내 머리에서 떠나지 않았다고 나는 말할 수 있다. 하지만 제아무리 쓰린 생각이라도 그것은 기도가 될 수 없다.

하느님께서 나를 보시고 나를 판단하신다.

하지만 델방트 의사를 위해 기도하지 않았다고 하는 말이 전적으로 옳은 것은 아니다. 나는 다른 모든 의무들을 지키듯 그 본분을 지켰다. 나는 요 며칠간 포도주도 끊었다.

토르시의 신부님과 나눈 짧은 대화. 이 존경할 만한 사제가 당신을 통제하려 애쓰고 있는 모습이 역력하다. 신부님의 눈길은 소박하게 우리의 동정과 공감을 구하고 있었다. 그는 시신 곁에서 이틀 밤을 지새웠다. 언제나 깔끔하고 단정하던 사제복이 여기저기 구겨져 있었으며 얼룩이 있었다. 아마 생전 처음으로 면도하는 일도 잊었을 것이다.

그분은 의사 선생의 조카가 대접하는 아침 식사도 마다하고 그곳을 떠났다. 내가 그를 역까지 배웅했다. 기차는 30분 후에나 도착할 예정이어서 우리는 벤치에 앉았다. 나는 느닷없이 그에게 말했다.

"신부님, 그분이 혹시……."

그는 내가 말을 미처 맺을 때까지 내버려두지 않았다. 마치 내가 미처 못 꺼낸 단어를 내 입술 위에 못 박아 버린 것 같았다. 나는 고개를 떨어뜨리지 않기 위해 애써야만 했다. 그가 그런 자세를 싫어한다는 것을 잘 알고 있었기 때문이었다. 그의 표정이 차츰차츰 부드러워지더니 미소까지 지었다.

그와의 대화를 모두 옮기지는 않겠다. 하긴 그것을 대화라고 할 수 있을까? 아마 겨우 20분 정도 이어졌을까……. 보리수가 두 줄로 서 있는 역 광장은 평소보다 더 조용했던 것 같다. 날갯짓 소리가 들릴 만큼 비둘기들이 낮게 날고 있었던 것이 기억난다.

그도 사실 그의 오랜 친구가 스스로 목숨을 끊은 것은 아닌지 괴로워하고 있음이 분명하다.

사람들은 그가 연로한 숙모로부터 상당한 유산을 상속받기도 되어 있었는데 정작 숙모가 종신 연금을 받는다는 조건으로 한 유명 사업가에게 전 재산을 기탁해버리는 바람에 그가 실망했다고들 말한다. 게다가 그가 예전에는 돈을 많이 벌었지만 정신 나간 사람처럼 이상한 방식으로 돈을 다 탕진해버렸다고도 말한다.

신부님이 말했다.

"어쩌겠나? 그는 불이 번지는 것을 막기 위해 애쓰는 사람은 아니었으니. 그는 내게 수도 없이 되뇌었어. 그가 인간의 잔인이랄까 어리석음에 대항해 싸우는 것은 이른바 이 세상 상식이라는 것에 거스르는 행동이라는 것, 게다가 사회를 불의에서 구해내지는 못하는 행동이라는 것을. 요컨대 그는 자신을 '반항하는 사람'으로 간주했어. 오래전에 자취를 감춰버린 종족의 후예라고 생각한 거야. 여러 세기가 흐르는 동안 정당한 소유주처럼 되어버린 침입자에 대항해서 이길 희망이 없는 싸움을 끝끝내 고집하는 사람이라고나 할까? '난 복수 중이야'라고 그는 말하곤 했어. 말하자면 그는 정규군을 믿지 않은 거야. 이해할 수 있겠나? 그가 재산을 탕진한 것도 바로 그런 태도 때문이야. 지난가을에도 어느 할머니의 빚 1만 1,000프랑을 대신 갚아주기도 했지. 그의 숙모가 유산을 남겨주고 갔더라도 30~40만 프랑 정도는 비슷한 방식으로 곧 탕진해버렸을 거야."

순간 나는 경솔하게도 입을 열고 말았다.

"만일 그분이 정말 자살하신 거라면, 신부님께서는……."

그러자 신부님은 마치 내 질문에 꿈에서라도 깨어난 것처럼 깜짝 놀랐다. (실제로 그는 마치 꿈속에서인 양 말을 이어가고 있었다.) 나는 그가 나를 은근히 살펴보고 있음을 알 수 있었다. 마치 내 속을 다 읽어낸 것 같았다.

"자네 말고 다른 사람이 그따위 질문을 했다면!"

그런 후 그는 오랫동안 침묵을 지켰다.

"오직 하느님만이 심판하실 수 있네." 이윽고 그가 평온한 목소리로 말했다. "그리고 막상스(나는 신부님이 그의 오랜 친구 이름을 부르는 것을 처음으로 들었다)는 올곧은 사람이었네. 하느님이 올곧은 사람들을 심판하시지. 내가 깊이 염려하는 대상은 천치들이나 단순한 무뢰배들이 아니야. 그런 건 성자들 몫이야. 그분들이 그들 대신 값을 치르시지. 반면에……."

그의 두 손은 무릎 위에 놓여 있었고 그의 넓은 어깨가 커다란 그림자를 만들고 있었다.

"우리는 전쟁 중이야. 적을 정면으로 바라보아야 해. 정면으로 똑바로 바라본다! 그 친구가 했던 말이지. 기억나나? 그게 바로 그의 좌우명이었어. 이제부터 내 말을 똑바로 들어두게. 아마 이 모든 불행은 그가 범용(凡庸)한 자를 증오한 데서 비롯된 거야. '자네는 범용한 자들을 미워해'라고 내가 말한 적이 있었어. 그는 굳이 변명하지 않더군. 다시 말하지만, 그는 올곧은 사람이었으니까. 우리 조심해야 하네. 범용한 자는 악마가 설치해 놓은 덫이야. 범용은 우리에게는 너무 복잡한 문제야. 그건 하느님 소관이지. 하느님이 심판하시기 전까지 범용한 자는 우리의 그늘, 우리의 날개 밑에서 은신처를 찾아야 할 거야. 따뜻한 은신처를! 그 불쌍한 자들은 따뜻한 온기를 필요로 하니까!

'자네가 진심으로 주님을 찾는다면 주님을 발견할 수 있을 거야'라고 내가 그에게 말했지. 그랬더니 그가 대답했어.

'나는 하느님을 찾을 확률이 가장 높은 곳에서 하느님을 찾고 있다네. 가난한 자들 사이에서 말일세.'

한 대 맞은 기분이었지. 단지 그가 찾은 가난한 자들이란 모두 그와 비슷한 종족들이었어. 요컨대 반항아이자 범용하지 않고 고고한 자들이었지. 어느 날 그에게 이런 질문도 해본 적이 있다네.

'만일 예수 그리스도께서 자네가 멸시하는 저 얼간이들 모습을 하고 자네를 기다리고 있다면 어쩌겠나? 그분은 죄를 제외하고는 우리들의 모든 비참을 받아 안으시고 성스럽게 만드시니 말일세. 비겁한 자건 수전노건 가혹한 자건 실은 모두 병을 앓고 있는 자들일 수 있거든. 자네는 우리 주님을 이런 자들 안에서 찾아본 적이 있나? 그런 곳에서 주님을 찾아보지도 않고 뭘 그리 원망하는 건가? 주님을 저버린 건 자네라네.'

사실상 그가 주님을 저버린 건지도 몰라."

*

비 때문에 들렀다는 구실로 백작이 찾아왔다. 그가 사냥으로 잡은 서너 마리의 토끼가 자루 바닥에 피투성이가 된 채 꾸겨 넣어져 있었다. 그는 군대식으로 거두절미하고 용건을 말하는 것을 용서해달라며 입을 열었다. 쉴피스 미토네의 품행과 소문이 고약하다는 흉흉한 소문이 마을에 돈다는 것이었다. 그 청년이 병역 중에도 백작의 표현에 의하면 '군법재판을 아슬아슬하게 모면했다'는 것이었다. 하지만 모두 소문일 뿐 정확한 것은 아무것도 없었다.

나는 잠자코 있었다. 잠자코 있는 것조차 벅찼다. 게다가 나는 그의 말이 나 아닌 다른 사람, 예전에는 나였지만 이제는 타인이 되어버린 사람을 상대로 하고 있는 듯 느껴졌다. 이미 너무 늦어버린 말들. 갑자기 백작이 보여주는 친근함이 꾸민 듯 느껴졌고 그가 속된 것처럼 느껴졌다. 사방을 둘러보다가 갑자기 나를 향하는 그의 시선에서도 호감이 느껴지지 않는다.

쉴피스 미토네가 평상시처럼 저녁에 찾아왔다. 나는 이상하게도 그의 시선에서 경계심을, 거짓을 읽을 수 있었다. 아니, 그보다는 차라리 거짓말을 하려는 의지 같은 것이었다. 나는 대체 내게서 무슨 일이 일어나려는 것인지 알 수가 없었다. 하지만 그에게 아무 말도 해줄 수 없다. 그가 떠난 후 쉬기 위해 침대 몸을 눕히니 내 안에서, 내 가슴속에서 뭔가 부서지는 것 같았다. 그리고 몸이 떨리기 시작하더니 이 글을 쓰는 지금 이 순간까지 계속되고 있다.

아니다, 나는 믿음을 잃지 않았다! 마치 손지갑이나 열쇠 꾸러미에 대해 말하는 것 같은 '믿음을 잃었다'라는 이 표현이 나는 늘 어리석게 느꼈었다. 믿음을 잃는 것이 아니라 그것이 삶에 그 무언가를 알려주는 것을 그친 것일 뿐 다른 그 어느 것도 아니다. 그들이 잃어버렸다고 말하는 것은 신앙이라는 이름을 붙인 추상적 기호일 뿐이다. 백조 좌 별자리가 백조와 다른 것과 같은 이치이다.

나는 믿음을 잃지 않았다. 너무나 가혹한 시련이 갑자기 번개처럼 다가와서 내 이성과 신경을 뒤흔들어놓을 수는 있지만, 또한 내 속 기도의 정신을 느닷없이 고갈시켜 버릴 수는 있지만,―영원히 그럴 수도 있으리라―절망의 엄습보다 더 무서운 암담한 체념으로 나를 가득 채울 수 있지만, 내 믿음은 온전히 남아 있으며 나는 그것을 느낀다. 그 믿음이 어디에 있는지 그것을 따라잡을 수는 없다. 거의 착란에 가까운 이미지들이나 그릴 뿐 정확하게 두 개념을 연결시킬 줄도 모르는 내 불쌍한 두뇌 안에서도, 내 감수성 속에서도, 심지어 내 양심 속에서도 그것을 찾을 수 없다. 나의 믿음은 이따금 내가 찾지도 않았던 곳, 예컨대 내 살, 내 그 비참한 살 속에, 내 피와 내 살 속에, 필경 멸할 것이지만 동시에 세례를 받은 이 살 속으로 물러나 존속하고 있는 것처럼 보이기도 한다.

나는 내 생각을 가장 단순하게, 가능한 한 가장 솔직하게 표현하고 싶을 뿐이다. 나는 믿음을 잃지 않았다. 하느님이 나를 부정(不淨)으로부터 지켜주셨기 때문이다. 오, 이런 식으로 믿음과 부정을 연결시키는 것에 대해 철학자들은 비웃음을 흘리리라! 믿음과 부정을 연결시키는 짓이 마치 기하학자들의 자명한 공리를 뒤흔드는 짓처럼 여겨지리라. 하지만 예외가 있다. 바로 광기이다. 사람들이 광기에 대해 무엇을 아는가? 광기에 이른 색정에 대해 무엇을 아는가? 색정이란 인간의 옆구리에 나 있는 신비스러운 상처이다. 옆구리라니? 뭐라고 말해야 할까? 생명의 원천 바로 그곳이라는 말이다. 인간에게 고유한 색정을 두 성(性)을 접근시키는 욕망과 혼동하는 것은 종양과 그 종양이 파괴하는 장기에 대해 같은 이름을 붙이는 것과 같은 짓이다. 때로는 장기가 너무 변형되어 종양과 비슷하게 일그러지기도 하지만 말이다. 세상은 때로는 예술이라는 것의 후광을 등에 업고 이 부끄러운 상처를 감추느라 온갖 애를 쓰기도 한다. 순수한 어린 생명들이 이 색정이 찾아오는 것을 느끼고 구역질에 토하려 할 때 얼마나 달콤하게 그 욕지기를 가려주면서 자상한 손길을 그에게 내미는가!

오, 모든 위선을 벗겨버린 쾌락의 면모가 바로 고뇌의 면모라는 것에 왜 사람들의 생각이 미치지 않는 것일까? 수많은 사람들이 방탕으로 일생을 탕진하고 노년의 문턱에 들어설 때까지, 때로는 더 나이가 들어서도, 청소년기에 완전히 충족되지 않은 호기심을 이어가고 있다는 것을 나는 부정하지 않는다. 이 경박한 사람들에게서 무엇을 배울 수 있단 말인가? 그들은 아마 악마의 장난감인지 모른다. 하지만 그들은 악마의 진정한 먹이는 아니다. 하느님께서는 그 무언가 알 수 없는 신비한 계획 속에서 그 호기심이 영혼을 온통 점령하는 것을 허락하지 않으셨던 것 같다. 그 오욕 덩어리도 어떤 어린이의 정신이 지니는 면역력을 누릴 수 있도록 해주신 것이나 아닐지.

그렇다면? 어떤 결론이? 남에게 해를 끼치지 않는 광기가 존재한다고 해서 그 위험한 광기의 존재를 외면하고 용인해야 한단 말인가? 도덕군자는 정의 내리고, 심리학자는 분석하며 시인은 가락을 지어내고 화가는 고양이가 꼬리를 갖고 놀 듯 붓을 놀리고, 어릿광대는 웃음을 터뜨린들 무슨 상관이 있으랴! 사람들이 색정에 대해 무지하듯 광기에 대해 모른다는 것을, 사회는 그 양자에 대해서 똑같은 두려움과 수치심을 느끼며 거의 똑같은 방법으로 그 둘에 대해 자신을 보호하고 있다고 나는 거듭 말하고 싶을 뿐……. 만일 광기와 색정이 같은 것이라면?

사람들은 우리 신부들이 우리들의 저 깊은 마음속에서 남성성에 대해 질투심에 가득 찬 위선적인 증오심을 키우고 있다고 비난하며 앞으로도 그럴 것이다. 참으로 쉬운 비난이다. 하지만 죄에 대해 약간의 경험이라도 있는 사람이라면 색정이 지성뿐 아니라 남성성도 질식시킬 위험이 있다는 사실을 인정할 것이다. 창조력이 없는 색정은 그 싹이 틀 때부터 인류에게 가냘프게 부여된 약속을 더럽힐 뿐이다. 색정은 인류의 흠집의 근원이며 원리일 것이다. 오솔길이 어디에 나 있는지도 모를 거대한 원시림 속에서 그것과 마주치자마자, 기적까지 주물럭거리는 악마의 손아귀에서 나온 그 모습 그대로 마주치자마자 우리의 오장육부에서 나오는 부르짖음은 단지 놀라움의 부르짖음만이 아니라 저주의 외침이기도 하다.

"세상에 죽음을 풀어놓은 것은 바로 너, 오로지 너이다!"

현명함보다 열성을 앞세운 사제들이 범하는 잘못은 나쁜 믿음을 전제하고 있다는 데 있다.

"당신이 믿지 않는 것은 오로지 당신의 믿음이 당신을 거북하게 만들기 때문이다."

얼마나 많은 사제들이 이런 말을 하는 것을 내가 들었던가! 하지만 그보다는 다음과 같이 말하는 것이 옳지 않겠는가?

"순결이라는 것은 징벌처럼 우리들에게 새겨져 있는 것이 아니다. 그것은 신비스러우면서도 자명한 조건들 중의 하나이다. 자기 자신에 대한 초자연적인 인식, 하느님 안에서의 자기 자신에 대한 인식의 자명한 조건. 그것이 바로 믿음이다."

부정(不淨)은 그 인식을 파괴하는 것이 아니라 그 인식을 향한 욕망을 무화시켜 버린다. 믿으려 욕망하지 않기에 더 이상 믿지 않게 되는 것이다. 더 이상 자기 자신을 알기를 원치 않게 되는 것이다. 그 심오한 진리가 더 이상 우리의 흥미를 끌지 않게 되었다. 누구나 욕망하는 것만을 실제로 소유할 수 있다. 인간은 결코 모든 것을 완벽하게 소유할 수 없기 때문이다. 그대들은 더 이상 욕망하지 않는다. 그대들은 더 이상 그대들의 기쁨을 욕망하지 않는다. 그대들은 하느님 안에서만 자신을 사랑할 수 있었거늘, 이제 더 이상 자신을 사랑하지 않는다. 그리하여 그대들은 이 세상에서도, 내세에서도 더 이상 영원히 사랑하지 않을 것이다.

(이 페이지 아래 여백에 여러 번 지웠음에도 불구하고 알아볼 수 있는 다음과 같은 말이 적혀 있었다.)

나는 이 대목을 내 마음과 감각을 온통 사로잡고 있는 커다란 고뇌 속에서 썼다. 생각들, 이미지들, 말씀들의 소란. 영혼은 침묵하고 있다. 하느님도 침묵하고 계신다. 절대 침묵.

*

이건 아직 아무것도 아니라는 느낌. 내가 기다리고 있는 진짜 유혹은 아직 멀리 있으며 저 멀리서 미칠 듯한 울부짖음이 들려오는 가운데 천천히 내게 다가오고 있다는 느낌. 내 불쌍한 영혼은 그것을 기다리고 있다. 내 영혼은 침묵한다. 육신과 영혼의 매혹.

(번개처럼 갑자기 찾아온 불행. 기도의 정신은 마치 저절로 열매가 떨어지듯 찢김의 통증도 없이 내게서 떠났다.)

무서움은 그 뒤에야 찾아왔다. 나는 내 빈손을 바라보며 단지가 깨진 것을 깨달았다.

*

나는 이런 시련이 새로운 것이 아님을 알고 있다. 의사라면 분명히 내가 신경과민증에 걸려 있을 뿐이고 약간의 빵과 포도주만으로 살아가려 한다는 게 말이 되지 않는다고 말할 것이다. 하지만 우선 나는 피곤하지 않다. 아니, 그와는 거리가 멀다. 내 건강은 더욱 좋아졌다. 어제는 식사다운 식사를 하기까지 했다. 감자와 버터를 곁들였으니 말이다. 더욱이 일상 업무도 거뜬히 해낼 수 있다. 하느님께서는 나 자신과의 싸움을 내가 꿋꿋이 견뎌내기를 욕망하고 있음을 아시리라. 다시 용기를 낼 수 있을 것 같다. 가끔 위통이 찾아오기도 한다. 하지만 불시에 찾아오는 바람에 전처럼 이제나저제나 하고 기다리지는 않는다……

나는 진위여부를 떠나 성인들의 고통에 대한 많은 이야기들이 전해져 내려오고 있음을 안다. 하지만 애석하게도 단지 피상적으로만 내 고통과 유사할 뿐이다. 성인들은 자신의 불행과 익숙해지지 않았을 것이지만 나는 벌써 내 불행과 익숙해진 느낌이다. 누구에게든 하소연을 하고 싶다는 유혹에 내가 넘어간다면 하느님과 나를 맺어주는 마지막 끈이 끊어지고 영원한 침묵 속으로 들어갈 것만 같다.

그런데도 나는 어제 토르시까지 꽤 먼 길을 갔었다. 고독이 너무나 깊고 너무나 비인간적이어서 델방드 의사의 무덤에 가서 기도하고 싶었던 것이다.

*

샹탈 양의 방문. 그토록 충격적인 그녀와의 대화에 대해 그 어느 것도 적어둘 수가 없다……. 오, 나는 그 얼마나 불행한가! 나는 사람들에 대해 아무것도 모른다. 결코 앞으로도 알 수 없을 것이다. 내가 저지른 실수들도 아무런 도움이 되지 못한다. 그 실수들은 나를 심하게 흔들어놓기만 할 뿐이다. 나는 필경 의도는 좋으나 무지와 절망 사이를 왔다 갔다 하는 그런 나약하고 비참한 부류의 인간에 속하나 보다.

오늘 아침 미사 후에 토르시까지 달려갔다. 토르시의 신부님
은 병에 걸려 릴에 있는 조카딸 집에 가 있다. 일주일이나 열흘
정도 후에나 돌아올 것이라 한다. 그때까지…….

글을 쓴다는 것이 쓸데없는 짓처럼 여겨진다. 나는 종이 위
에 비밀을 털어놓을 줄 모르며 그렇게 할 수도 없을 것 같다.
게다가 아마도 내게는 그런 권리도 없을 것이다.

신부님이 안 계신다는 소식에 맥이 풀려 벽에 기대고 서 있
어야만 했다. 가정부 아주머니가 불쌍해하기보다는 호기심 어
린 눈으로 나를 바라보았다. 그 눈길은 바로 며칠 전부터 여
러 사람들, 백작 부인과 쉴피스, 그리고 다른 사람들에게서 느
낀 눈길이었다. 내 꼴이 사람들에게 겁을 주기라도 하는 것인
지…….

내가 길을 떠나려고 하니 가정부와 세탁 일을 하는 아주머
니가 나를 두고 하는 소리가 두 귀에 역력히 들려왔다. 그중 더
톤이 높은 목소리에 내 얼굴이 붉어졌다.

"가엾기도 해라!"

그녀들이 도대체 무엇을 알고 있단 말인가?

*

끔찍한 하루였다. 가장 끔찍한 것은 어떤 일들에 대해 전혀 합리적이고 차분한 판단을 할 수 없어, 그 진정한 의미를 모르고 있다는 느낌이 든다는 사실이다. 아, 전에도 혼란과 비탄의 순간들을 경험한 바 있다. 하지만 그때는 그래도 내면의 평화를 여전히 지킬 수 있어서 사건들과 사람들의 이미지가 마치 거울이나 맑은 수면에 비치듯 내게 되돌아오곤 했다. 그 샘이 지금은 흔들리고 흐려졌다.

정말 이상한 일이다. 아마도 부끄러워해야 할 일? 분명 내 잘못임이 틀림없지만, 기도가 내게 별로 도움이 되지 못한다. 대신 이렇게 백지를 마주하고 책상 앞에 앉아야만 조금 차분해진다.

오! 이 모든 것이 꿈이기를, 그저 한 줄기 악몽이기를 바랄 뿐이다.

성당 제의실 문에서 그녀가 나를 기다리고 있었다. 그녀의 야윈 얼굴은 그저께보다도 더 일그러져 있었다. 내가 그녀에게 말했다.

"내가 여기서 아가씨를 접견할 수 없다는 것은 잘 알고 있지요? 어서 가봐요."

오, 맙소사! 그녀의 목소리는 그 얼마나 증오에 차 있었는지! 그녀의 시선은 오만에 가득 차 있을 뿐 부끄러움이라곤 없었다. 부끄러움 없이도 누군가를 증오할 수 있는 것일까?

"신부님, 오늘 당장 신부님을 봬야 해요. 그 여자는 제가 사제관에 찾아갔던 걸 알고 있어요. 그 여자는 모든 걸 다 알아요. 짐승처럼 약은 년! 전에는 별로 경계를 하지 않았어요. 그 두 눈에 익숙해지면 마치 선한 것처럼 보이죠. 이제는 그 눈을 뽑아버리고 싶어요. 그래요, 두 발로 이렇게 으깨버리고 싶어요."

"성체 옆에서 그런 말을 하다니 하느님이 두렵지 않아요?"

"나는 그년을 죽여버릴 거예요." 그녀가 말했다. "신부님은 언젠가 하느님 앞에 가서서 그 일을 해명하셔야 해요."

그녀는 목소리를 높이지도 않고, 아니 오히려 겨우 들릴락 말락 낮은 목소리로 이 미친 것 같은 말을 뱉어냈다.

나는 기도하는 심정으로 그녀의 손을 잡고 말했다.

"아가씨, 이런 이야기를 이렇게 성당 한가운데서 계속할 수는 없어요. 내가 아가씨 말을 들을 수 있는 곳은 단 한 군데뿐이오."

나는 고해하고 싶지 않다며 버티는 그녀를 고해소 쪽으로 부드럽게 이끌었다. 그녀가 자진해서 무릎을 꿇었다. 내가 그녀에게 말했다.

"자, 침착하게 말해 봐요."

"저는 침착해요. 신부님이야말로 저처럼 침착하셨으면 좋겠어요. 오늘 밤 엄마, 아빠가 하는 이야기를 들었어요. 바로 창문 밑 정원에 있었거든요. 나는 그들이 무슨 수를 써서라도 나를 쫓아내려 한다는 걸 알고 있어요. 다음 주 화요일이면 영국으로 떠나야 해요. 엄마의 사촌 언니가 거기 살고 있대요."

이어서 그녀는 차마 이곳에 옮기기 어려운 말로 그녀의 어머니인 백작 부인을 공격했다. 요컨대 어머니는 자신의 행복과 생명을 지킬 줄도 모르는 어리석고 비겁한 여자라는 공격이었다.

무언가 보이지 않는 곳이 훼손되어 그곳으로부터 삶이 흘러나가는 것과 같은 이런 상처 입은 존재를 위해 무슨 말을 해줄 수 있단 말인가! 무엇을 해줄 수 있다는 말인가! 어쨌든 몇 초간의 침묵이 필요할 것 같았다. 게다가 나는 기도할 만한 여력을 어느 정도 회복했다. 그녀도 나와 마찬가지로 입을 다물고 있었다.

그때 이상한 일이 벌어졌다. 나는 그 일을 굳이 설명하지 않고 있던 그대로 여기 적어둔다. 내가 너무 피곤해 있었고 신경이 예민해 있었기에 꿈을 꾼 것인지도 모른다. 요컨대 대낮이라도 얼굴을 알아보기 어려운 그 어두운 구멍에 눈을 고정하고 있자니 샹탈 양의 얼굴이 차츰차츰 제대로 보이기 시작한 것이다. 그 이미지가 일종의 경이로운 불안정성을 띤 채 거기 내 눈 아래 있었다. 내가 조금만 몸을 움직여도 그 이미지가 사라질까 봐 나는 꼼짝 않고 있었다. 어쩌면 그 이미지는 나의 기도 자체일 수도 있었다. 나의 기도는 슬펐고 그 이미지도 기도만큼 슬펐다. 나는 그 슬픔을 겨우 지탱하고 있었다. 나는 동시에 그 슬픔을 함께 나눌 수 있기를, 그 슬픔을 내가 온통 떠맡기를, 그 슬픔이 내게 스며들어와 내 마음과 내 영혼과 내 뼈를, 내 존재 전체를 채우기를 바라고 있었다. 그 슬픔은 2주 전부터 내 안에서 끊임없이 들려오던 저 혼란스럽고 적의에 찬 소리 없는 아우성들을 침묵시켰고 하느님의 말씀이 들려오던 이전의 고요, 그 축복받은 고요를 다시 회복시켰다.

고해소에서 나오니 그녀가 나보다 먼저 나와 서 있었다. 그렇게 얼굴을 맞대고 서 있자니 아까 고해소 안에서 보았던 상

(像)은 더 이상 보이지 않았다. 그녀의 얼굴은 이상할 정도로 창백해져 있었다.

나는 그녀를 성당 문밖까지 데려다주면서 말했다.

"아가씨가 아버님을 사랑한다면 이렇게 무서운 반항은 하지 않을 겁니다. 아가씨는 이런 게 사랑이라고 생각하는 건가요?"

"나는 아빠를 사랑하지 않아요." 그녀가 대답했다. "미워하는 것 같아요. 엄마, 아빠, 모두 미워요. 엄마는 내가 아무것도 모르는 줄 알지만 나는 다 알아요. 열 살 때부터 모르는 게 없게 되었어요. 무섭고 딱한 일이었지만 받아들였어요. 마치 사람들이 병이나 죽음, 그리고 체념할 수밖에 없는 일을 받아들이듯이 말이에요. 하지만 아빠가 있었어요. 아빠는 내게 전부였어요. 주인이고 왕이고 신이었어요. 친구, 그래요, 너무 좋은 친구였어요. 내가 꼬마일 때도 내게 끊임없이 이야기를 해주었고, 나를 동등하게 취급해주었어요. 아버지 사진과 머리칼 한 줌을 목걸이 메달에 넣어 가슴에 지니고 다녔어요. 엄마는 그걸 이해하지 못했어요. 엄마는……."

"어머니 이야기는 하지 말아요. 아가씨는 어머니를 사랑하지 않아요. 심지어……."

"계속 말씀하셔도 좋아요. 나는 엄마를 증오해요. 언제나 미워……."

"그만! 어느 집에건, 심지어 그리스도를 믿는 집안에도 보이지 않는 짐승들, 마귀들이 있는 법입니다. 그중 아주 사나운 놈이 아가씨 마음속에 자리 잡고 있었는데 아가씨는 모르고 있던 거예요."

"정말 무섭고 흉측한 놈이면 좋겠어요." 그녀는 내 말이 끝나기도 전에 받아쳤다. "나는 이제 아빠를 존경하지 않아요. 아빠를 더 이상 믿지 않아요. 그 밖의 것들은 아무 상관도 없어요. 아빠는 나를 속였어요. 아내를 속이듯이 딸을 속인 거예요. 하지만 그건 같은 게 아니에요. 더 나쁜 거예요. 나는 복수할 거예요. 파리로 도망가서 몸을 망친 다음 아빠에게 편지할 거예요 '아빠가 나를 이런 꼴로 만든 거예요!'라고. 그러면 아빠도 내가 겪은 고통을 당하겠죠."

"아가씨는 그렇게 하지 않을 겁니다. 아가씨는 그런 것에 유혹당하고 있는 게 아니라는 걸 내가 잘 알아요."

그녀는 벽에 두 손을 짚을 정도로 심하게 몸을 떨었다.

우리는 조용히 밖으로 나왔다. 거의 잊고 있던 위통이 전보다 훨씬 강하게 몰려왔다. 그녀를 따라 걷기가 힘들어 나는 단 1분 만이라도 걸음을 멈춰달라고 그녀에게 청했다. 그녀가 멈

취 서자 나는 그녀의 얼굴을 들여다보았다. 내가 여자의 얼굴을 들여다본 것은 아마 그때가 처음이었을 것이다. 분노, 멸시, 수치심으로 일그러진 얼굴이었다. 저 얼굴도 언젠가는 순수함으로 빛을 발했으리라. 오, 자존심 강한 한 영혼의 반항이 결국 자기 자신이라는 존재마저 등질 정도로 우리는 비참한 존재란 말인가!

그녀는 내 눈길을 피했다. 하지만 나는 가슴속의 고통을 이기지 못해 떨리는 목소리로 말했다.

"나는 아주 보잘것없고 불행한 신부에 지나지 않습니다. 하지만 나는 죄가 무엇인지는 압니다. 당신은 모르고 있지요. 모든 죄들은 서로 닮았으며, 그렇기에 단 한 가지 죄밖에 없는 셈입니다. 죄의 세계는 은총의 세계와 마주하고 있습니다. 마치 검고 깊은 물가에 비친 풍경처럼 말입니다. 죄인들끼리도 일종의 통공(通功)이 존재합니다. 죄인들은 서로를 증오하고 멸시하면서 서로 뭉치고 껴안고 한 덩어리가 됩니다. 그리고 어느 날 '영원하신 분'의 눈으로 보자면 언제나 끈적거릴 뿐인 진흙에 불과하게 됩니다. 도대체 당신이 무엇이기에 남의 잘못을 판단한단 말입니까? 남의 잘못을 판단한다는 것은 그 잘못과 하나가 되는 것을 뜻합니다. 아가씨가 증오하는 그 여인만 하더라도, 아가씨는 자신이 그녀와 아주 멀리 있다고 생각하지요? 하지만 아가씨의 증오와 그 여인의 잘못은 한 그루터기에서 돋아난 두 개의 싹과 같은 것입니다. 아가씨의 증오 속에서 아가씨와 부모님 세 사람은 똑같이 죄의 덫에 빠져 죄에 물든 하나의 살덩이가 된 것이며 영원한 길동무가 된 것입니다. 죄의 길동무!"

　내가 한 말을 여기 옮긴다고 옮겼지만, 매우 부정확할 것이다. 내 기억 속에는 내가 읽어낼 수 있었던 그녀의 표정 변화 외에는 아무것도 남아 있지 않기 때문이다.

　"그만 하세요"라고 그녀는 가라앉은 목소리로 말했다. 하지만 그 눈은 용서를 빌고 있는 눈이 아니었다. 그토록 굳은 얼굴은 본 적이 없었고 앞으로도 볼 수 없을 것 같았다. 하지만 그것이 하느님을 향한 마지막 커다란 저항이라는, 죄가 곧 그녀로부터 빠져나가리라는 알지 못할 확신이 들었다. 젊음과 늙음에 대해 우리는 무슨 말을 할 수 있을까? 이 고통스러워하는 얼굴이 불과 몇 주 전에 보았던 거의 어린애 같던 얼굴과 같은 얼굴이란 말인가? 나는 결코 그 얼굴의 나이를 알 수 없을 것이다. 아니, 사실상 그 얼굴에는 나이가 없는 것이 아닐까? 오만에는 나이가 없다. 그리고 고통도 결국 마찬가지이다.

　그녀는 오랜 침묵 끝에 한마디 말도 없이 갑자기 가버렸다……. 내가 무슨 일을 한 것인가?

*

저녁 식사 후 오뱅으로 병자들을 방문하러 갔다가 늦게야 돌아왔다. 잠을 청하려 해도 소용이 없을 것이다.

기도를 드리지 않은 지, 더 이상 드릴 수 없게 된 지 벌써 몇 주일이 지났다. 이제 더 이상 기도를 드릴 수 없게 된 것일까? 알 수 없는 일이다. 이 은총 중의 은총은 다른 은총과 마찬가지로 받을 자격이 있는 자만 누릴 수 있는 법인데 나는 분명히 그 자격을 잃었다. 마침내 하느님께서 나로부터 떠나신 것이다. 그때부터 나는 더 이상 아무것도 아니었으며, 그 비밀을 오로지 홀로 간직하고 있었다. 그뿐이 아니었다. 나는 이렇게 침묵을 지키면서 자만했고 심지어 스스로 아름답고 영웅적이라고까지 생각하고 있었다. 토르시의 신부님을 만나러 가려 한 적은 물론 있다. 하지만 그보다 먼저 내 웃어른인 블랑제르몽 수석 신부님을 찾아가서 그 앞에서 무릎을 조아리며 이실직고했어야 했다.

"저는 더 이상 교구를 다스릴 수 없습니다. 신중함도, 판단력도, 양식(良識)도 없으며 진정한 겸손함도 없습니다. 며칠 전만 해도 신부님을 판단하려 했으며 심지어 경멸까지 했습니다. 하느님께서 저를 벌하셨습니다. 저를 다시 신학교로 보내주십시오. 저는 영혼들에게 위험한 존재입니다."

그는 이해했을 것이다. 하긴 한 줄 한 줄 마다 내 나약함이 확연히 드러나 보이는 이 노트를 읽는다면 그 누군들 이해하지 못할 것인가! 이것이 교구를 책임지고 있는 자, 영혼의 지도자, 스승의 증언이란 말인가? 여기저기 손을 내밀 뿐 두드릴 엄두도 내지 못하는 거지꼴이 아닌가?

그저께만 해도 샹탈 양을 만나는 것이 아니었다. 최소한 그녀의 말을 중단시켜야 했다. 그녀의 고통이 용납할 수 없는 도전으로 느껴진 것은 무엇 때문인가? 나는 사제로서 그녀의 고통과 함께 한 것이 아니라 그녀의 고통에서 내 비참했던 어린 시절의 기억을 느꼈을 뿐 아닌가? 어쨌든 나는 좀 더 사려 깊고 신중하게 행동했어야 했다. 무턱대고 창을 휘두르다가 먹이를 물고 달아나는 짐승을 찌른 게 아니라 죄 없고 힘없는 먹잇감을 찔러댄 꼴이었으니! 나는 가정과 사회가 지니기 마련인 불가피한 상황들이나 정당한 타협 같은 것들은 전혀 고려하지 않았음을 느낀다. 무정부주의자, 몽상가, 시인이라고 나를 질타

한 블랑제르몽 신부님 말씀이 너무나 지당하다.

  날이 추웠음에도 불구하고 나는 방금 전까지 한 시간 넘게 창가에 앉아 있었다. 밝은 달빛이 마치 반짝이는 솜처럼 계곡에 펼쳐져 있었다. 너무나 가벼워서 한 자락 바람에 꼬리를 길게 늘이며 비스듬히 하늘로 올라가 현기증이 날 정도로 아득히 높은 곳으로 둥실 떠오른 것 같았다. 실은 그토록 가까웠건만……. 너무나 가까워서 포플러나무 꼭대기 위에 그 조각들이 나부끼는 것이 보일 정도였지만……. 오, 망상이여!
  우리는 이 세상에 대해 정녕 아무것도 모르며 우리는 이 세상에 속해 있지도 않다.
  왼편으로 현무암처럼 단단해 보이는 거대한 덩어리가 보인다. 백작의 저택 정원 중 가장 높은 지대에 있는 느릅나무 숲이다. 언덕 정상에는 가을마다 강한 서풍에 가지가 잘려나가는 거대한 전나무들이 서 있다. 저택은 언덕 다른 쪽 경사면에 자리 잡고 있어 마을과 우리들 모두로부터 등을 돌리고 있는 셈이다.
  상탈 양과의 대화가 단 한 마디도 정확하게 기억나지 않는다. 이 일기장에 몇 줄로 요약해 적으려는 노력이 오히려 기억을 지워버린 것 같다. 기억이 텅 비어버렸다. 다만 평소에 열 단어도 제대로 늘어놓지 못하는 내가 말을 많이 했던 것은 분명하다. 아마도 처음으로 아무런 조심성도 없이, 두려움도 없이 악과 악의 힘에 대한 나의 생생한 감정(하지만 그것은 감정이라기보다는 전혀 추상적이지 않은 하나의 영상이었다), 그 이미지를 털어놓았던 것 같다. 내게 너무 가혹한 시험(試驗)이었기에, 또한 해명할 수 없는 그 어떤 죽음이나 자살에 대한 이해를 요구하기에 평상시에 생각조차 않으려 했던 악에 대한 문제……

그렇다, 많은 영혼들이, 우리가 감히 상상할 수 없을 정도로 많은 영혼들이, 겉보기에는 종교나 심지어 도덕에 무관심해 보이는 많은 영혼들이 어느 날 문득—한순간만으로 족하다—자신이 악에 사로잡힌 것이나 아닌가 하는 의혹에 빠져 어떻게 해서라도 그에서 벗어나길 원한다. 악 안에서의 연대감, 그것이야말로 무서운 것이다! 성인들의 더없이 고매한 행위가 하느님의 광휘에 대해 가르쳐줄 수 없는 것과 마찬가지로 제아무리 흉악한 범죄라도 악의 본성에 대해 제대로 가르쳐줄 수 없기 때문이다. 신학교 시절 한 프리메이슨 언론인이 쓴 글을 보고 충격을 받은 적이 있다. 내가 놀란 것은 인간이 하느님에 거역하기 위해 사용한 방법, 그리고 가련하게도 악마를 흉내 내기 위해 사용한 방법이 극도로 졸렬하다는 사실이었다. 악마는 너무 가혹한 우두머리이기 때문이다. 그는 하느님처럼 단순하게 나를 본받아라! 라고 명하지 않는다. 그는 자신의 희생자들이 자신을 닮는 것을 참아내지 못한다. 악마는 결코 포만감을 느끼지 못한 채 자신의 희생자들이 거칠고 추하게, 그리고 무력하게 자신의 흉내를 내는 것을 즐기고 있을 뿐이다.

요컨대 악의 세계는 그토록 우리의 정신이 포착하기 힘든 것이다. 악은 존재의 극단에 있는, 채 제 모양을 갖추지 못한 추하고 엉성한 초벌 그림일 뿐이며 영원히 그러할 것이다. 나는 바다에 떠다니는 투명한 해파리를 머리에 그린다. 그 괴물에게 죄인이 많거나 적은 것이 무슨 상관이 있겠는가! 그 괴물은 단번에 그 범죄를 꿀꺽 삼켜버리고 단 한순간도 그 무섭고 영원한 부동성에서 벗어나지 않은 채 그것을 흡수하고 소화시킨다. 그런데 역사학자, 윤리학자뿐 아니라 철학가들까지 범죄자에게만 초점을 맞춘 채 악을 인간의 이미지로, 혹은 인간을 닮은 모습으로 만들어놓는다. 그들은 악 자체에 대해, 공허와 무를 향한 이 엄청난 열망에 대해 아무것도 모르고 있는 것이다.

만일 인류가 멸망한다면 그것은 혐오와 권태 때문일 것이다. 혐오와 권태에 좀이 슬어 스르르 무너질 것이다. 그런데도 윤리학자는 정념에 대해 논하고 국가는 헌병과 관리를 늘리고 교육자는 교육과정을 개편할 뿐이다. 그들은 수천 세기가 지났건만 지구는 혹성 생성 초기처럼 아직 젊다고 말한다. 악도 함께 시작되었거늘……. 오, 하느님, 저는 제 힘을 과신했습니다. 당신은 갓 태어난 눈 못 뜬 어린 짐승을 물에 던지듯 저를 절망 속에 던지셨나이다.

이 밤이 영원히 끝날 것 같지 않다. 바깥 공기는 그토록 고요하고 맑아서 3킬로미터 떨어진 곳에 있는 모리앙발 성당의 종소리가 15분마다 들려온다……. 아아, 마음이 평온한 사람이라면 나의 이 번뇌를 비웃으리라! 하지만 사람이 어찌 예감까지 다스릴 수 있겠는가?

어떻게 그녀를 그대로 떠나보낼 수 있었던 것일까? 왜 그녀를 다시 부르지 않았던 것일까?

끔찍한 위통이 다시 찾아왔다. 짐승처럼 낑낑거리며 돌바닥 위를 뒹굴고 싶은 것을 겨우 참을 지경이다. 내가 어떤 고통을 겪고 있는지 하느님만이 아시리라. 하지만 정녕 아실까? (여백에 적혀 있던 이 마지막 문장은 지워져 있다.)

　나는 다음 날 용기를 내어 백작의 저택으로 갔다. 백작 부인이 6개월에 한 번씩 내는 죽은 이들을 위한 봉헌금을 받는다는 구실 덕분이었다. 하지만 저택에 들어서자마자 부인이 지난달에 이미 그 돈을 지불했다는 생각이 나서 아찔해졌다. 하지만 어쩔 수 없는 일이었다. 하인의 안내로 접견실로 들어간 나는 백작 부인을 보자 나의 부끄러움을 지우려는 듯 단숨에 말해버렸다.

　"따님에 대해 드릴 말씀이 있어서 찾아왔습니다."

　백작 부인의 얼굴에서 미소가 사라졌다. 잠시 침묵이 흘렀다. 이윽고 백작 부인이 입을 열었다.

　"듣겠어요. 서슴없이 말씀하세요. 그 딱한 애에 대해서는 제가 신부님보다 더 잘 안다고 생각합니다만⋯⋯."

　내가 얼른 대답했다.

　"부인, 오직 하느님만이 영혼의 비밀을 알고 계십니다. 제아무리 혜안이 있는 사람이라도 잘못 볼 수 있는 법입니다."

　"그렇다면 신부님은요? 신부님은 혜안이 있는 사람 축에 속하는 것 아닌가요?"

"부인, 사람은 언제나 그 누군가의 종입니다. 저는 하느님 앞에서 그 누군가를 위한 물건에 불과하고 어쩌면 그 이하의 폐품일지도 모릅니다. 하지만 그 폐품도 쓸모가 있을지 모른다는 생각에 말씀드리는 겁니다."

그녀는 한숨을 내쉬며 나를 바라보았다.

"그래, 제 딸에 대해 무슨 말씀을 하시려는 거예요?"

"어제 성당에서 따님을 만났습니다."

"성당에서요? 놀랍네요. 부모에게 반항하는 아이가 성당에 무슨 볼 일이 있겠어요."

"성당은 모든 이를 위한 곳입니다, 부인."

그녀는 나를 똑바로 바라보았다. 미소를 짓고는 있었지만 놀람과 경계심, 뭐라 표현하기 어려운 고집을 여실히 드러내고 있었다.

"신부님은 어린 계집아이의 술수에 걸려든 거예요."

"따님을 절망 속으로 밀어 넣지 마십시오." 내가 말했다. "하느님이 금하시는 일입니다."

그녀가 참지 못하겠다는 듯 웃음을 터뜨렸다. 잔인하면서도 증오에 찬 웃음이었다. 하지만 그녀는 내 눈에서 놀람과 연민을 읽었나 보다. 그녀는 곧바로 웃음을 그치고 말했다.

제2장

149

"대체 뭘 알고 계세요? 그 애가 뭐라고 지껄인 거예요? 계집애들은 늘 자신이 불행하고 이해받지 못하고 있다고 생각하는 법이에요. 그 말을 곧이곧대로 믿는 순진한 사람들도 있는 법이고⋯⋯."

나는 그녀를 똑바로 바라보았다. 내가 어떻게 대담하게 다음과 같은 말을 할 수 있었을까?

"부인, 부인은 따님을 사랑하지 않습니다."

"아니, 어떻게 그런 말을!"

나는 그녀가 참지 못하고 욕이나 퍼붓지 않을까 걱정되었다. 하지만 그녀는 부젓가락으로 난로의 잿더미 위에 동그라미를 그리더니 차분하게 말했다.

"신부님, 신부님은 아주 의연하고 솔직한 분이신 걸 알고 있어요. 자, 말씀해보세요. 저를 나쁜 어미나 무슨 계모 같은 사람으로 여기고 계신 거지요?"

"저는 부인이나 따님을 판단할 위치에 있지 않습니다. 다만 고통을 겪어봐서 고통이 어떤 건지 알 따름입니다. 고통은 그자신의 어법을 지니고 있어서 그 말을 그대로 받아들여서도 안 되고 그 말에 대해 비난해서도 안 된다는 것을 저는 알고 있습니다. 사제는 의사와 같습니다. 모든 영혼의 상처는 곪기 마련입니다."

그녀가 갑자기 창백해지더니 일어나려 했다. 하지만 나는 말을 계속 이어갔다.

"의사가 화농을 두려워하지 않듯 사제는 그 영혼의 상처를 두려워하면 안 됩니다. 저는 따님의 말 한 마디, 한 마디를 기억해두지 않습니다. 그럴 권리도 없습니다. 다만 그 고통이 진정한 고통인 한 그 고통에 주의를 기울일 뿐입니다. 어떤 식의 표현이건 무슨 상관이 있겠습니까? 설령 거짓말이라 할지라도……"

"네, 거짓말과 진실을 아주 똑같은 것으로 취급하시는군요! 참 대단한 도덕이네요. 어쨌든 내 딸애는 그저 가정교사를 질투하고 있을 뿐이에요. 신부님께 온갖 끔찍한 이야기를 다 떠벌였겠지요?"

"제 생각에는 무엇보다도 따님이 아버님의 애정에 대해 질투를 하는 것 같습니다."

"아버지에 대해 질투를 한다고요? 그럼 나는 뭐예요? 난 뭘 해야 하는 거예요?"

"안심시키고 달래줘야 합니다."

"아니, 그 애 발아래 무릎 꿇고 빌기라도 해야 한다는 건가요?"

"최소한 마음속에 절망을 품은 채 집과 당신 곁을 떠나게 해선 안 됩니다."

"그래도 그 애는 떠날 거예요."

"부인께서 떠나도록 만드실 수 있겠지요. 하느님께서 심판하실 것입니다."

나는 몸을 일으켰다. 그녀도 나와 동시에 일어났다. 그녀의 시선에서 고통을 읽을 수 있었다. 내가 떠나버릴까 하는 두려움, 모든 것을 말하고 싶다는, 비참한 비밀을 다 털어놓고 싶다는 욕구와의 싸움을 그 눈길에서 읽을 수 있었다. 그녀는 더 이상 참아내지 못했다. 마치 그녀의 딸의 입에서 비밀이 터져 나왔던 것처럼 그녀 입에서 가슴속 비밀이 기어코 밖으로 나오고 말았다.

"신부님은 제가 당한 고통을 모르세요. 우리 딸애는 다섯 살 때부터 이미 지금과 같은 아이였어요. 신부님 같은 사제분들은 가정생활에 대해 정말 어이없을 정도로 순진한 생각을 하고 계시지요. 장례미사 때 하시는 말씀들을 들으면……. (그녀는 웃었다.) 단란한 가정, 존경받는 아버지, 더할 나위 없는 어머니, 서로에게 위안이 되는 곳, 사회의 기본 세포, 우리의 사랑하는 프랑스 어쩌고저쩌고……. 그런 말씀을 하시는 게 이상하다는 게 아니라 그런 말이 감동을 주리라고 생각하고 기쁘게 읊조린다는 게 이상하단 말씀이에요. 신부님, 가정이란⋯⋯."

그녀는 돌연 입을 다물었다. 아니, 이분이 내가 처음 이 저택을 방문했을 때 안락의자에 앉아 있던, 그토록 부드러운 부인과 같은 사람이란 말인가? 목소리마저 쇳소리가 되어 고통스런 표정을 짓고 있는 이분이⋯⋯. 아, 이 모든 것이 내 생각과 마음의 혼란 때문에 빚어진 일일까? 내가 겪고 있는 고통과 불안은 전염력을 가진 것일까? 나는 얼마 전부터 내가 모습을 드러내는 것만으로도 죄를 그 소굴로부터 존재의 표면으로, 눈과 입과 목소리 속으로 끌어내고 있다는 느낌을 받았으니⋯⋯. 마치 적이 그토록 허약한 상대자 앞에서 몸을 감추는 것은 비겁하다는 생각에 나와 정면으로 맞서 나를 비웃는 것 같았으니⋯⋯.

우리는 나란히 서 있었다. 모든 것이 고요했다. 이윽고 그녀가 입을 열었다.

"그 애는 이상한 희생자예요. 아니, 차라리 어린 포식자랄까. 제가 아들을 열렬히 원했던 건 사실이에요. 아들을 두긴 했지요. 하지만 1년 반밖에 살지 못했어요. 누나는 그때 이미 동생을 미워했지요⋯⋯. 그래요, 그토록 어린아이이면서 가슴에 증오를 품은 거예요. 그 애의 아버지는……. 그래요, 부녀가 외출하고 돌아왔을 때 아들은 죽었어요. 그 정도만 말할게요. 어쨌든 그때 저는 우리 어린 딸이 우리 집의 실제 여주인이라는 것, 저는 체념하고 그저 구경꾼, 아니면 하녀 노릇이나 해야 한다는 것을 알게 되었어요. 아, 제가 왜 이런 말들을 신부님께 털어놓는 건지 정말 모르겠어요. 저는 죽은 아들에 대한 추억으로 살았어요. 저는 너무 완벽하게 잘 들어맞는 두 사람 사이에서 삐걱거리며 살아온 거예요. 제가 속을 부글부글 끓였다는 사실에 대해 저를 꾸짖고 싶으면 꾸짖으세요. 저는 자존심 하나로 버티며 살았어요. 저는 가정주부로서의 제 의무를 하나도 소홀히 하지 않았어요. 어떨 때는 행복하다는 착각에 빠지기도 했지요.

상탈이 온통 애정을 쏟아부은 제 남편은 사실 대단한 사람이 아니에요. 그토록 무서울 정도로 판단력이 뛰어난 상탈이 왜 그걸 깨닫지 못했는지……. 신부님, 그 사람이 살아오면서 수많은 부정(不貞)을 저질렀고 저는 그런 부정에 아무런 고통도 느끼지 않았다는 것을 알아주세요. 그 애와 저 중에서 더 큰 배반감을 느낀 건 제가 아니었어요. 그 애는 가정교사를 참을 수 없어 해요. 자신에게 고통을 주는 존재는 그 누구라도 이 집안에 함께 있는 걸 견딜 수 없어 하는 애거든요."

그녀는 입을 다물었다. 온몸에 힘이 다 빠졌는지 손에 쥐고 있던 부채가 땅에 떨어졌다. 그런데 놀랍게도 땅에 떨어진 것은 망가진 부채였다. 그녀의 손아귀 힘에 의해 이미 으스러져 있었던 것이다.

그녀가 호흡을 가다듬으며 다시 입을 열었다.

"제가 너무 흥분했었나 봐요. 자, 이제 신부님 차례예요. 이집에 왜 오신 거고, 용건이 뭐지요?"

"샹탈 양이 곧 집을 떠날 거라고 했습니다."

"그래요, 곧 떠날 거예요. 이미 오래전에 결정된 일이에요. 그 애가 신부님께 거짓말을 한 겁니다. 신부님이 무슨 권리로 반대를 하시는지……?" 그녀는 억지웃음을 띠며 말했다.

"저는 아무 권한이 없습니다. 부인의 의향을 알고 싶었고……. 혹시 결정을 되돌릴 수는 없는지도……."

"신부님은 아직 제게 무언가 기대하고 계신가요? 이 모든 게 저하고는 아무 상관없는 일이에요. 남편이 가정교사에게 친절했건 말건, 딸아이가 질투를 하건 말건……. 오랜 세월을 그보다 더 한 모욕을 견디고 살아왔는데……. 남편이 온갖 하녀들, 저질 여자들을 상대로 무수히 배반을 저질렀어도 참아왔는데 이제 나이 든 노파에 불과한 데다 체념도 해야 할 마당에 뭣

땜에 두 눈 부릅뜨고 싸워야 하는 거지요? 뭘 얻으려고? 내 자존심은 아무것도 아니고 딸애의 자존심만 지켜줘야 한다는 건가요? 내가 그토록 오랜 세월 참아온 것을 그 애는 참아낼 수 없단 말인가요?"

이 끔찍한 말을 그녀는 어조도 높이지 않고 뱉어냈다.

이후 내가 그녀에게 했던 말들, 그녀가 내게 쏟아부은 반박들을 모두 기억할 수도 없고 설령 기억이 나더라도 전부 여기에 기록할 기력이 없다. 나는 상탈이 극단적인 행동, 즉 자살을 할지도 모른다는 걱정을 그녀에게 털어놓았던 것 같고 부인이 주님께서 주신 사랑할 수 있는 권리를 포기한 것 같다고, 이곳이 기도와 꿈을 지닌 집이 되어야 한다고 가난한 사람들의 예를 들어가며 열심히 설파했던 것 같다.

그런데 내 설교를 듣고 그녀는 침착함을 되찾은 것 같았다. 내 말에 설복당하거나 감복해서가 아니었다. 아마 내 말에서 내 마음이 겪은, 아니면 아직 겪고 있는 시련을 느꼈기 때문인지 몰랐다. 그렇다. 내 말은 인간적인 말에 불과할 뿐 그 이상도, 그 이하도 아니었다. 그것은 어린이 같은 내 마음이 겪은 혹독한 시련과 실망을 표현한 것일 뿐이었다.

나는 의자 위에 놓았던 모자를 집어 들었다. 그런데 부인의 눈에 이상한 불안감이 감도는 것을 느낄 수 있었다.

"신부님은 정말 이상한 분이세요." 그녀가 초조와 짜증이 뒤섞인 떨리는 목소리로 말했다. "신부님 같은 분은 본 적이 없어요. 최소한 좋은 친구 사이로서 헤어지기로 해요."

"부인, 제가 어찌 부인의 친구가 되지 않을 수 있겠습니까? 저는 부인의 사제이자 목자입니다."

"말뿐이지요! 대체 신부님이 저에 대해 제대로 아시는 게 뭐가 있으세요?"

"부인께서 말씀해주신 것은 알고 있지요."

"신부님은 저를 곤경에 빠뜨리려 하고 있어요. 하지만 그렇게는 안 될걸요. 저도 양식이 있거든요. 그래요, 우리가 어떤 행동을 하느냐에 따라 심판을 받는다는 거지요? 제가 무슨 과오를 저질렀나요? 딸아이와 제가 남처럼 지내는 건 사실이에요. 단지 그걸 지금까지 드러내지 않고 지냈을 뿐이지요. 그러다 위기가 온 거예요. 저는 남편의 뜻을 실행할 뿐이에요. 오, 그 사람은 딸이 자신에게 돌아오리라고 믿고 있어요."

이후 그녀에게 내가 해주었던 이야기들도 일일이 다 적을 기력이 없다. 나는 지옥에 대하여 '지옥은 더 이상 사랑하지 않는다는 것'을 의미한다고, 사랑하지 않고 살아가는 것만큼 끔찍한 일은 없다고, 이 세상에서건 저 세상에서건 우리 자신보다도, 생명이나 구원보다도 더 사랑했던 것으로부터 우리를 떼어내는 것은 불가능할 것이라고 말했다. 또한 나는 하느님은 사랑을 주재하시는 게 아니라 사랑 그 자체라고 말했다. 하지만 그 말들은 내가 무슨 의도나 계획을 가지고 한 말들이 아니었다. 나는 그저 자신을 변호하고 있었을 뿐이다.

내 말을 듣고 있던 그녀가 마치 독사처럼 얼굴을 쳐들고 말했다.

"하느님은 이제 제게 아무 상관없어요. 그런 말들로 내가 하느님을 증오한다는 것을 확인시키는 게 당신에게 무슨 도움이 되나요? 어리석은 사람 같으니!"

"부인은 하느님을 증오하지 않습니다. 증오는 무관심과 무시를 뜻합니다. 그런데 그런 말을 함으로써 부인은 결국 그분과 정면으로 마주하게 된 겁니다."

그녀는 아무 대답 없이 허공 어딘가를 응시하고 있었다.

순간 나는 까닭 모를 공포에 사로잡혔다. 내가 그녀에게 해준 모든 말들, 그녀가 내게 한 말들, 이 모든 대화가 아무 의미도 없는 것처럼 여겨진 때문이었다. 대체 나는 무슨 근거로 내 앞에 놓인 이 여인을 설득하려 하고 있단 말인가? 나는 질투와 오만으로 분노해 있는 한 젊은 여자에게 속아서 그녀의 눈 속에서 자살의 의지를 분명히 보았다고 확신하고 있었음이 분명했던 것이며, 그것을 막을 힘이 이 눈앞의 여인에게 있다고 생각했을 뿐이었다. 하지만 그것은 분별없는 충동에 불과했고 그 격렬함마저 의심스러운 것이었다. 게다가 마치 판관 앞에 서 있는 것 같은 이 여인은 누구란 말인가? 이 여인은 버림받은 영혼으로서, 그 무서운 평온함 속에서 그토록 오랜 세월을 견뎌온 것이 아닌가? 그리고 그것이야말로 가장 가혹하고 치유가 불가능하며 가장 비인간적인 모습이 아닌가? 사제라면 이런 불행 중의 불행은 가장 조심스럽게, 두려움에 떨며 다루어야 마땅한 것이다. 그런데 나는 이 얼어붙은 마음을 단번에 따뜻하게 만들어보겠다고 하느님이 측은지심으로 저 어두운 곳, 저 자비로운 곳에 남겨두고자 했던 의식의 마지막 보루에 빛을 들이대려고 했던 것 아닌가? 이제 무슨 말을 할 수 있단 말인가? 어떻게 해야 한단 말인가? 나는 마치 아찔한 고갯길을 단숨에 올라간 뒤 눈을 뜨자 어질어질해서 올라갈 수도 내려갈 수도 없는 처지에 처한 사람과 같았다.

바로 그때,—그렇다, 달리 뭐라고 표현할 길이 없다!—내가 온 힘을 다해 의혹과 공포와 싸우고 있던 바로 그때, 기도의 정신이 내게 돌아왔다. 이 말에 오해가 없기를 바란다. 그녀와 이 이상한 대화를 나누기 시작할 때부터 나는 범용한 기독교도들이 말하는 기도를 하고 있었다. 하지만 내게 찾아온 기도의 정신은 그런 것이 아니었다. 숨을 몰아쉬려 애쓰며 인공호흡기를 달고 있던 불쌍한 짐승에게 갑자기 공기가 쉬익 소리를 내며 기관지로 흘러들어 시들어가던 폐의 조직들을 일거에 부풀어 오르게 한 것 같았다.

나는 부인이 소박한 은줄 끝에 달린 메달을 상의 앞섶에서 꺼내는 것을 보았다. 그녀는 그 뚜껑을 열었다. 조용한 모습이었지만 그 어떤 격렬한 몸짓보다도 으스스했다. 뚜껑 유리가 양탄자 위로 굴렀으나 그녀는 아무런 주의도 기울이지 않는 것 같았다. 그녀의 손가락 끝에는 금발 몇 가닥이 들려 있었다. 마치 금빛 대팻밥처럼 보였다.

"맹세해주세요……." 그녀가 입을 열었다. 그녀는 내 시선을 보고 나를 이해했으며 내가 아무것도 맹세하지 않으리라는 것을 알았다.

"나의 딸이여!" 내가 그녀에게 말했다. (내 입에서 저절로 그 말이 흘러나왔다.) "선하신 하느님과는 흥정을 하는 것이 아닙니다. 무조건 하느님께 자신을 돌려드려야 합니다. 하느님께 모든 것을 드리면 그분께서는 그 이상을 돌려주실 것입니다. 저는 예언가가 아닙니다. 다만 우리 모두가 가고 있는 그곳으로부터 그분이 홀로 돌아오셨습니다."

부인은 항변하지 않았다. 다만 바닥을 향해 몸을 점점 더 기울였을 뿐이다. 나의 기도의 말 한 마디 한 마디마다 그녀의 몸이 떨리는 것이 보였다.

"그럼에도 불구하고 부인께 분명히 말할 수 있는 것은 산 자의 왕국과 죽은 자의 왕국이 있는 것이 아니라 하느님의 왕국만이 있을 뿐이라는 것, 산 자이건 죽은 자이건 우리는 모두 그 안에 있다는 것입니다."

나는 그때 그렇게 말했고, 아마 다른 말을 할 수도 있었을 것이다. 하지만 그 순간 그런 것은 조금도 중요하지 않았다. 마치 어떤 신비로운 손길이 보이지도 않고 알지도 못할 벽에 틈을 내어 그 틈으로 평화가 사방으로부터 밀려들어와 마치 물이 차오르듯 방을 채우는 것 같았다. 지상에는 알려지지 않은 평화, 저 깊은 물과도 같은 죽은 자들의 아늑한 평화였다.

"이제 분명한 것 같아요." 부인이 놀랄 만큼 변한, 하지만 평온한 목소리로 말했다. "제가 방금 전에 무슨 생각을 했는지 아시겠어요? 그런 건 고백하는 게 아니겠지요? 그래도 말씀드리겠어요. 저는 이런 생각을 했어요. 이 세상이건 저 세상이건 하느님이 계시지 않은 곳이 있다면, 매 순간 수천 번을, 아니 영원히 죽어도 좋으니 내 애를(그녀는 죽은 아들의 이름을 차마 입에 올리지 못했다) 데리고 가서 하느님께 이렇게 말하려고 했어요. '자, 마음대로 하세요! 우리를 눌러 죽이세요!'라고. 신부님이 보시기에 정말 끔찍한 생각이지요?"

"아닙니다, 부인."

"왜 아니에요?"

"왜냐하면 부인……. 저도…… 가끔은 제게도……."

나는 말을 맺지 못했다. 델방드 의사의 이미지가 내 앞에 떠올랐다. 나로서는 그 뜻을 읽어내기 두려웠던 그 시선, 늙고 지쳤으면서도 꿋꿋하던 그 시선을 내게 고정하고 있던 그 모습이. 그리고 동시에 수많은 사람들의 가슴에서 쥐어짜듯 새어나오는 신음과 탄식, 헐떡임이, 압착기에 눌려 있는 비참한 인류가 내는 그 웅성거림이 들려왔다. 아니 들리는 것 같았다.

백작 부인이 말했다.

"그 애는 손을 얌전히 모으고 심각한 표정을 짓고 있었어요. 그리고…… 그리고…… 좀 전까지 나는 그 애에게 젖을 먹이려고 애를 썼었고……. 그 애의 갈라 터진 입술 위에는 젖 한 방울이 남아 있었어요."

그녀는 마치 나뭇잎처럼 몸을 떨기 시작했다. 마치 나 홀로 하느님과 이 고통 받는 피조물 사이에 서 있는 것 같았다. 그녀가 내게 말했다.

"지옥이란 사랑하지 않는 것이다, 라는 말씀을 다시 해주시겠어요?"

"그러겠습니다. 지옥이란 더 이상 사랑하지 않는 것을 말함이라. 우리는 살아 있는 동안 우리들의 힘만으로도, 하느님 밖에서도 사랑할 수 있다는 환상을 품을 수 있습니다. 하지만 그것은 물속에 비친 달그림자를 향해 팔을 내미는 것과 같은 짓입니다."

그녀는 미소를 지었다. 하지만 긴장된 얼굴이 완전히 풀린 부드러운 미소가 아니라 음울한 미소였다. 그녀는 메달을 한 손에 감싸 쥐고 다른 손으로 그 손을 가슴 쪽으로 끌어다 붙였다.

"제가 무슨 말을 하면 될까요?" 그녀가 내게 물었다.

"'당신의 나라가 임하옵소서'라고 하십시오."

"당신의 나라가 임하옵소서."

그녀가 그 말을 따라 하더니 갑자기 벌떡 일어났다.

"저는 그 기도를 할 수 없어요." 그녀가 신음하듯 말했다.

제2장

163

"그 애를 두 번 잃는 느낌이에요."

"부인이 지금 임해달라고 기도한 왕국은 부인의 왕국이면서 동시에 그 아이의 왕국이기도 합니다."

"그렇다면 그 나라가 임하옵소서!"

그녀는 시선을 들어 내 눈을 바라보았다. 우리는 잠시 그렇게 서 있었다. 잠시 후 그녀가 다시 입을 열었다.

"저는 신부님께 저 자신을 맡깁니다."

"제게요!"

"네, 신부님께요. 저는 하느님을 거역했어요. 미워했나 봐요. 그래요, 이제는 그 미움을 마음속에 간직한 채 죽을 수 있을 것 같아요. 하지만 저는 오로지 신부님께만 저를 맡겨 드려요."

"저는 너무나 보잘것없는 인간입니다. 그건 마치 구멍이 뚫린 손바닥 위에 금화를 올려놓는 격입니다."

"한 시간 전만 하더라도 제 삶은 질서 정연한 것처럼 보였어요. 모든 것이 제자리에 있는 것 같았어요. 하지만 신부님이 제자리에 있는 게 하나도 없는 것처럼 만들었어요."

"그러면 있는 그대로 하느님께 바치십시오."

"저는 몽땅 바치든지 아니면 하나도 안 바치든지 할 거예요. 나는 그런 집안의 딸이에요."

"모든 걸 바치세요."

"신부님, 이해를 못하시는군요. 제가 얌전해진 걸로 믿으세요? 내게 지금 남아 있는 오만만으로도 신부님을 지옥에 빠뜨릴 수 있을 텐데!"

"부인의 오만도 다른 것들과 함께 바치십시오. 모든 것을 다."

나의 말이 끝나기 무섭게 그녀의 시선에 그 무언가 섬광이 번뜩이는 것이 보였다. 그 섬광이 무엇을 뜻하는지는 알 수 없었지만 이미 늦은 터였다. 그녀는 메달을 활활 타오르는 벽난로 속에 집어 던졌다. 나는 얼른 무릎을 꿇고 불 속에 손을 집어넣었다. 잠깐 동안 조그만 머리 다발을 손에 잡은 것 같았지만 다시 놓쳐버렸고 머리카락은 타버렸다. 옷소매가 팔꿈치까지 타버렸다.

"왜, 그런 짓을!" 내가 더듬더듬 말했다. "도대체 무슨 짓입니까?"

부인은 벽 쪽으로 뒷걸음질을 치더니 벽에 등을 기대고 말했다.

"용서해주세요."

"부인은 주님을 형리(刑吏)로 생각하십니까? 주님께서는 우리가 우리 자신도 긍휼히 여기길 원하십니다. 게다가 우리의 온갖 고통은 우리의 것이 아닙니다. 그것은 천주의 가슴 안에

있습니다. 그 고통에 도전하고 범하기 위해 그 고통에게 다가
갈 권리가 우리에게는 없습니다. 아시겠습니까?"

"이미 벌어진 일을 어쩌겠어요?"

"평화가 함께 할지어다, 내 딸이여!" 내가 그녀에게 그렇게
말하며 축성해주었다.

내 손가락에서는 피가 좀 나고 물집이 생겼다. 부인이 손수
건을 찢어 붕대 대신 매주었다. 우리는 아무 말도 나누지 않았
다. 내가 그녀에게 내려달라고 기도한 평화가 내게로 찾아왔다.
우리는 너무나 조용히 일상으로 돌아갔기에 심지어 우리들 사
이에 벌어진 일을 목격한 사람이 있었다 할지라도 무슨 일이
있었는지 눈치를 챌 수 없었을 것이다. 둘 사이의 비밀은 이미
우리 둘에게 속하지 않게 된 비밀이었던 것이다.

부인은 내일 고해를 들어달라고 청했다. 나는 우리 둘 사이
에 있었던 일을 그 누구에게도 말하지 말 것을 약속해 달라고
했다. 그리고 나도 절대적으로 침묵을 지키겠다고 말했다.

"무슨 일이 있더라도"라고 나는 말했다. 그 말을 하면서 나
는 가슴이 미어지는 것 같았고 또다시 슬픔이 밀려왔다. 하느
님의 뜻이 이루어지리다!

*

　내가 백작의 저택을 떠난 것은 11시 경이었다. 나는 그 길로 바로 다른 마을로 가서 일을 보아야 했다. 돌아오는 길에 마을에서 빵과 버터를 조금 사서 맛있게 먹었다. 살아오면서 중대한 시련을 겪고 났을 때마다 늘 그랬듯이 나는 이번에도 일종의 무감각, 사고의 마비 상태를 경험했다. 하지만 조금도 불쾌하지 않았고 마치 환상처럼 일종의 가벼운 행복감마저 느꼈다. 어떤 행복일까? 말하기 어렵다. 그것은 일종의 얼굴 없는 환희였다. 있어야 할 것이 있었던 것이며 이제 더 이상 없다. 그것이 전부이다.

　집에는 아주 늦게야 도착했는데 오는 길에 클로비스 영감과 마주쳤다. 노인은 백작 부인이 보내는 작은 상자를 전해주었다. 나는 열어보기도 전에 그 안에 무엇이 들어있는지 알 수 있었다. 그것은 끊어진 목걸이 줄에 매달린, 이제는 속이 비어버린 메달이었다.

　상자 안에는 편지도 있었다. 아래와 같은 내용이었다. 이상한 편지다.

신부님, 신부님이 저를 어떤 상태로 둔 채 떠나셨는지 상상하실 수 없을 겁니다. 신부님은 이런 심리적인 문제에는 완전히 문외한일 테니까요. 어떻게 말씀드려야 할지? 한 어린아이에 대한 절망적인 기억이 저를 모든 것으로부터 멀어지게 했고 저를 고통스러운 고독 속에 빠뜨렸는데, 다른 어린아이가 저를 그 고독으로부터 끌어내 준 것처럼 보입니다. 신부님을 이렇게 어린아이 취급한다고 해서 신부님 기분이 상하지는 않겠지요? 신부님은 어린아이예요. 선하신 주님께서 신부님을 그 모습 그대로 영원히 지켜주시기를!

저는 신부님이 무엇을 하셨는지, 어떻게 그것을 하셨는지 궁금합니다. 아니, 사실은 더 이상 궁금하지 않습니다. 다 잘되었으니까요. 저는 체념이 가능하다고는 믿지 않았습니다. 사실, 이번에 제게 찾아온 것은 체념이 아니었어요. 체념 같은 건 제 체질에 맞지 않으니까요. 저는 체념한 것이 아니라 '행복'하답니다. 더 이상 아무것도 바라지 않아요.

내일 저를 기다리지 마세요. 평소처럼 ○○신부님께 고해하러 가겠어요. 정말 성실하게, 하지만 매우 조심스럽게 고해할 겁니다. 실은 너무 간단해요. '저는 11년 전부터 늘, 자발적으로 희망에 대하여 죄를 저질러 왔습니다'라고 말하면 모든 것을 다 말한 셈이니까요. 희망! 바람 불고 쓸쓸하던 3월 어느 무서운 저녁에 그것은 내 두 팔에 안겨 죽었습니다……. 내 뺨 위, 나만이 알고 있던 그 부위에서 나는 그것의 마지막 숨결을 느꼈습니다. 그런데 그것이 내게 돌아온 것입니다. 나의 희망, 오로지 나만의 희망이 돌아온 것입니다. 그것은 사랑이라는 단어가 사랑받는 자와는 다르듯, 철학자들이 말하는 희망이라는 단어와는 완전히 다른 것입니다. 내 살(肉)의 살 같은 희망! 뭐라고 표현할 수가 없습니다. 어린아이가 쓰는 단어들이 필요할지 모르겠어요.

오늘 저녁 이 모든 것들을 신부님께 말씀드리고 싶었습니다. 그래야 했습니다. 그러고 나면 우리는 다시는 이런 이야기를 하지 않겠지요? 영원히! 이 말이 감미롭습니다. 영원히. 이 단어를 적으면서 낮은 목소리로 발음해 봅니다. 마치 제가 신부님으로부터 받은 평화를 이루 형언할 수 없을 정도로 놀랍게 드러내는 것처럼 보입니다.

나는 이 편지를 어머니가 지니셨던 낡은 신심서(信心書) 한가운데 끼워 놓았다.

영원히…… 아주 영원히……. 왜일까? 이 단어가 감미롭다는 것은 사실이지만…….

졸음이 몰려온다. 성무일과를 마치기 위해 큰 걸음으로 서성이며 졸음을 쫓아내야 했다. 저절로 눈이 감겼기 때문이다. 내가 행복한지 아닌지 알 수 없다.

6시 30분.

백작 부인이 간밤에 세상을 떠났다.

이 무시무시한 날의 첫 몇 시간을 나는 반항과 가까운 상태에서 보냈다. 반항이란 이해할 수 없는 것이다. 나도 이해할 수 없다. 우리의 힘을 넘어서는 것처럼 보이는 시련은 견딜 수 있다. 하지만 과연 누가 자신의 힘에 대해 제대로 알 수 있단 말인가?

이런 불행한 일 외중에 나는 아무 유익한 일도 할 수 없는 자, 모든 이에게 방해나 되는 우스꽝스러운 자라는 느낌이 들었다. 내가 그저 허둥대기만 하고 있을 때 모두 각자의 몫을 하고 있었고, 결국 나를 외따로 버려두었다. 백작은 나를 거들떠보지도 않았으며 샹탈 양은 나를 못 본 척했다.

일이 벌어진 것은 새벽 2시였다. 백작 부인은 침대에서 미끄러져 떨어졌고 떨어지면서 머리맡 탁자 위에 놓여 있던 자명종을 깨뜨렸다. 하지만 시신을 발견한 것은 훨씬 뒤였다. 이미 뻣뻣해진 부인의 왼팔은 약간 굽어 있었다. 백작 부인은 몇 달 전부터 몸이 불편했지만 의사는 대수롭지 않게 생각했다. 분명히 협심증(狹心症)이었을 것이다.

부인의 얼굴은 모슬린 천으로 덮여 있어서 겨우 윤곽을 알아볼 수 있을 뿐이었다. 하지만 천에 닿아 있는 그녀의 입술 모양은 분명히 알아볼 수 있었다. 부인이 미소를 띠고 있기를 나는 그 얼마나 바랐는지! 망자들의 그 경이로운 침묵과 너무나 잘 어울리는 그 미소를! 하지만 그녀는 미소 짓고 있지 않았다. 입술이 오른쪽으로 일그러져 있었으며 그 입에는 거의 경멸에 가까운 무관심과 오만이 드러나 있었다. 축성하기 위해 손을 들어 올렸을 때 내 팔은 납덩이처럼 무거웠다.

이상한 우연이었는지 수녀 두 명이 지난밤에 저택에 와서 머물고 있었다. 백작에게 기부금을 청하기 위해서였다. 나와 마주친 두 사람은 번갈아 가며 나를 두루 살폈다. 타는 듯한 명치끝만 제외하면 내 몸이 얼음장처럼 차갑게 느껴졌다. 쓰러질 것만 같았다.

마침내 하느님의 도움으로 기도를 드릴 수 있을 정도가 되었다. 아무리 자문해보아도 후회는 되지 않는다. 후회할 것이 무엇이 있겠는가? 오, 하지만! 지난밤을 새우면서 마지막이 되어버린 저 대화에 대한 기억을 몇 시간 더 온전히 지녔더라면 하는 생각이 든다. 게다가 그 대화는 첫 대화이기도 했다. 처음이자 마지막이었다. 나는 행복한지 아닌지 알 수 없다고 썼었다……. 아, 나는 얼마나 어리석었던가! 나는 이제야, 어제 저녁 마치 믿을 만하고 입이 무거운 친구에게 맡기듯 편지를 낡은 책갈피에 끼우던 그때만큼 하나의 현존, 하나의 시선, 하나의 인간 생명으로 가득 찬 시간을 가져본 적이 없었고 다시는 가질 수도 없으리라는 것을 알았다. 그런데 그 소중한 것을, 그토록 빨리 잃어버리게 될 것을 잠 속에, 꿈조차 없는 어두운 잠 속에 묻어버리다니…….

이제 끝났다. 벌써 살아 있는 부인에 대한 기억은 지워지고 하느님의 손길이 놓인 망자의 이미지만 남게 되리라. 마치 내가 눈이라도 먼 것처럼 더듬거리며 지나가버린 그 우연한 상황 중 그 무엇이 내 정신 속에 남아 있기를 바랄 수 있을 것인가? 주님께서 한 명의 증인을 필요로 하셨던 것이며 마치 지나가는 사람을 불러 세우듯 어쩌다 내가 선택된 것이리라. 내가 그 어떤 역할을 맡았다고 생각한다면 나는 미쳐도 단단히 미친 것이리라. 한 영혼이 희망과 화해하는 장면, 장엄하게 맺어지는 장면을 내가 목격할 수 있도록 하느님께서 내게 은혜를 내려주신 것만으로도 과분한 일이다.

나는 2시 경에 저택을 떠나야 했다. 교리 수업 때문이었다. 백작부인 곁에서 밤을 지새우고 싶었지만 수녀들이 여전히 그 집에 있었고 백작의 숙부뻘인 라모트뵈브롱 참사원 신부가 그녀들과 함께 철야하기로 했기에 감히 내 뜻을 주장할 수 없었다. 한편 백작은 이해할 수 없는 냉랭한 태도로 계속 나를 대한다. 거의 적의에 가까울 정도이다. 무슨 연유인가?

나는 저택을 떠나기 전에 마지막으로 다시 방에 들어갔다. 수녀들의 묵주 기도가 끝나가고 있었다. 햇빛보다 촛불에 망자의 얼굴이 더 잘 드러나 있었다. 여전히 위압적인 표정이었지만 상당히 평화롭게 풀어져 있었다. 마치 깊이 모를 묵상에 잠겨 있는 것 같았다. 그때 내 눈길이 우연히 그녀의 아주 가늘고 길쭉한 손에 가 닿았다. 얼굴보다 더 죽음의 자취가 어려 있는 것 같은 손이었다. 그녀가 어제 메달을 가슴에 바싹 끌어안고 있었을 때 내가 우연히 발견한 작은 상처가 눈에 띄었다. 그러자 이유도 모른 채 가슴이 산산이 부서져 내리는 것 같았다. 바로 내 앞에서, 내 눈앞에서 부인이 치른 싸움, 탈진한 가운데도 굴복하지 않고 치러낸 영원한 삶을 향한 그 위대한 싸움에 대한 기억이 너무나 강하게 되살아나 나는 정신을 잃을 지경이었다. 그런 날은 다음 날에 대한 기약이 없다는 것, 우리 둘이 이 보이지 않는 세계의 극단에, 빛의 심연의 가장자리에 맞서고 있다는 것을 어찌하여 나는 짐작조차 못 했단 말인가!

"평화가 함께 할지어다, 내 딸이여!"라고 나는 축복을 내렸었고 그녀는 무릎을 꿇고 그 평화를 받아들였었다. 그 평화를 영원히 간직하길! 바로 내가 그녀에게 그 평화를 주었다. 오, 자신이 지니지 못한 것을 이처럼 선물로 줄 수 있다니 이 얼마나 놀라운가! 오, 우리들의 빈손이 가져오는 기적이여! 내 가슴속에서 죽어가던 희망이 그녀의 가슴속에서 다시 꽃피어난 것이니! 내가 완전히 잃어버렸다고 생각한 기도의 정신을 하느님께서 그녀에게 돌려주신 것이니! 오, 그것도 나의 이름으로……. 그녀가 그것을, 그 모든 것을 간직하기를! 주님, 당신만이 우리를 모두 헐벗게 만드실 수 있사오니, 이제 저는 이렇게 헐벗었나이다. 당신의 무서운 배려, 당신의 무서운 사랑에서 벗어날 수 있는 것은 아무것도 없나이다.

사제관으로 돌아온 나는 창턱에 팔꿈치를 괴었다. 저 멀리 자동차 행렬이 이어진다. 마치 명절인 것처럼 소란하다. 매장(埋葬)은 토요일이다.

*

오늘 아침 최대한 일찍 백작 저택으로 갔다. 백작은 너무 슬픔에 잠겨 나를 만나볼 수 없다며 라모트뵈브롱 참사 신부님이 오후 2시경 내 사제관으로 찾아와 장례에 대해 나와 의논하게 될 것이라는 전갈을 하인을 통해 전해왔다. 사제관으로 돌아와 점심을 먹은 후 끔찍하게 어질러진 집을 부랴부랴 정리했다.

*

라모트뵈브롱 신부님이 막 이곳을 나가신 참이다. 내가 생각했던 것과는 다른 분이었다. 왜 분명하고 솔직하게 내게 말을 하지 않는 걸까?

우리는 우선 장례식 세부 절차에 대해 의논했다. 백작은 예절에 어긋나지 않을 정도로 요란하지 않게 치르길 원한다고 했다. 부인이 여러 번에 걸쳐 그런 희망을 피력했다는 것이었다.

장례에 대한 논의가 끝나자 우리는 오랫동안 말없이 앉아 있었다. 신부님은 시선을 천장으로 향한 채 커다란 금 손목시계 뚜껑을 열었다 닫았다 했다. 이윽고 그가 입을 열었다.

"내 조카 오메르가(나는 백작 이름이 오메르라는 것을 이제야 알았다) 오늘 저녁 이곳 사제관으로 찾아오겠다고 전합디다. 내, 하나만 묻겠소. 내 조카의 여식을 만난 적이 있지요?"

"샹탈 양이 이곳으로 저를 찾아왔었습니다, 신부님."

"길들이기 힘든 아주 위험한 아이입니다. 분명히 그 애가 신부님 마음을 흔들어 놓았을 텐데……."

"아닙니다. 저는 그녀를 엄하게 대했고 하느님의 말씀만 전했습니다."

"들리는 말은 다르던데요. 암튼 신부님이 교구를 다루는 방법은 다른 신부님들과 다른 것 같소. 신부님이 지닌 힘은 바로 신부님이 다른 사람들과 다르다는 걸 모른다는 점에, 아니 차라리 그런 걸 알려고 하지 않는 데 있는 것 같소."

그는 분명 할 말이 따로 있는 것 같았다. 그 말을 하면서 그는 내 책상 위에서 종이 한 장을 집어 들더니 펜 꽂이와 잉크병을 당신 쪽으로 끌어당기더니 내 앞에 놓았다.

"자, 실례가 되지 않는다면 내 말대로 해주길 부탁하오." 그가 말했다. "내가 당신과 그……, 그러니까, 고인 사이에 무슨 일이 있었는지 알 필요는 없겠지만……. 그래도 그에 대해 어리석고 위험한 말이 떠도는 건 차단하고 싶소이다. 내 조카는 하늘과 땅이라도 주무를 수가 있고 신부님은 너무 순진해서 그를 뭐 대단한 인물로 알고 있고……. 자, 여기 그저께 둘 사이에 있었던 대화를 간단히 몇 줄로 요약해서 적어주시오. 정확하지 않아도 상관없고 사제로서의 직무나 부인과의 약속 때문에 부인이 했던 말을 적지 않아도 좋아요. 이 종이가 내 주머니에서 나갈 일도 없으리라는 것을 약속하오. 떠도는 말 따위는 무시하겠소."

나는 그런 대화가 무슨 보고 거리가 되겠는지 모르겠다고, 곁에서 들은 증인도 없으니 오직 백작 부인 당사자만이 필요한 경우 발설을 허락할 수 있을 뿐일 것이라고 대답했다.

그는 어깨를 으쓱하며 말했다.

제2장

"신부님은 관료 정신이란 게 뭔지 모르는군요. 내 손을 거쳐 제출된다면 아무 문제없이 끝날 것을…… 나중에 구두로 설명하자면 혼쭐이 날 겁니다."

나는 침묵을 지키고 있었다. 그러자 그가 말을 이었다.

"자, 그 정도로 그만합시다. 괜찮다면 내일 다시 만나기로 합시다. 내 조카가 당신을 만나러 올 것인즉 그 준비를 하라고 일러주기 위해 온 것이기도 하오."

마침내 나도 참지 못하고 외쳤다.

"아니, 제가 무슨 잘못을 저질렀단 말인가요? 무슨 비난들을 한다는 말인가요?"

"바로 당신이 지금 보이는 모습의 그런 사람이니까. 거기에는 약도 없어요. 순진한 사람 같으니! 하지만 사람들은 당신의 그 순진함을 미워하는 게 아니오. 그 순진함에 대해 자신을 방어하는 거지. 신부님의 순진함이 자신들을 태워버릴까 봐 그러는 거요. 당신은 은총을 청하는 겸손한 미소를 띤 채, 한 손에 횃불을 들고 세상을 거닐고 있지요. 그 횃불을 목자의 지팡이라 여기면서…… 하지만 결국 열에 아홉은 그 횃불을 당신 손에서 빼앗아 발로 뭉개버릴 거요.

하긴 나는 내 조카며느리를 별로 좋아하지 않았어요. 그 집안사람들이 좀 드세거든. 악마가 나서더라도 그 입에서 한숨이 나오게 하거나 눈에서 눈물을 흘리게 만드는 게 쉽지 않아요. 어쨌든 내 조카를 보거든 신부님 생각을 솔직하게 말하도록 해요. 그가 어리석은 작자라는 것을 잊지 마시고. 그 친구는 귀족이 아니에요. 내가 젊었을 때만 해도 귀족 두셋은 있었는데……. 요즘은 온통 귀족 행세를 하는 낯 뜨거운 부르주아뿐이니까."

나는 그를 문까지 배웅했다. 그는 솔직함과 신뢰를 기대하고 찾아온 것이었겠지만 나는 침묵을 택했다. 나는 백작이 대체 왜 그러는지 도무지 종잡을 수 없었다. 따라서 우리는 방금 동문서답을 나눈 셈이라는 것을 참사 신부님께 어떻게 납득시킬 수 있었겠는가?

*

백작은 아주 차가운 표정이었지만 예의를 차렸다. 당신의 숙부가 나서서 일을 처리한 것을 모르는 모양이라서 장례 문제를 다시 논의해야만 했다. 그와 대화를 나누는 동안에 나는 라모트뷔브롱 참사의 말이 사실인 것을 알았다. 참으려고 애를 쓰는 것 같으면서도 백작은 점점 더 신경질적이 되어 갔다. 장례에 대한 논의가 끝나갈 무렵 드디어 그가 하고 싶은 말을 하겠구나, 라고 나는 생각했다. 바로 그때 끔찍한 일이 벌어졌다.

우리에게 필요한 서식을 찾으려고 책상 서랍을 뒤지던 나는 서류들을 사방에 흩어놓게 되었다. 그것들을 급히 정리하고 있는데 내 등 뒤에서 더욱 가빠진 그의 호흡 소리가 들리는 것 같았다. 이상한 예감에 나는 문득 몸을 돌렸다. 하마터면 그와 몸이 부딪칠 뻔했다. 그는 얼굴이 온통 시뻘겋게 되어 바로 내 등 뒤에 서 있었다. 그는 탁자 밑에 떨어져 있던 네 겹으로 접은 종이쪽지를 내게 내밀었다. 백작 부인의 편지였다. 나는 자칫 소리를 지를 뻔했다. 그는 내가 그 편지를 받으면서 떨고 있음을 알아차렸을 것이다. 우리의 손가락이 서로 닿았던 것이다. 별 의미 없는 말을 몇 마디 주고받은 후 우리는 정중한 인사를 나누고 헤어졌다. 내일 아침 백작의 저택을 방문해야 할 것 같다.

나는 밤을 꼬박 새웠다. 동이 터오기 시작한다. 한두 시간 동안 꿇어앉아 기도를 드리니 문득 속이 텅 빈 듯 허전해져서 이대로 죽어버릴 것만 같다. 아늑했다.

어제 아침 약속대로 백작의 저택을 방문했다. 문을 열어준 것은 샹탈 양이었다. 그 어느 때보다도 딱딱한 표정이었다.

그녀는 나를 덧창이 닫혀 있는 작은 방으로 몰아넣더니 느닷없이 물었다.

"저는 신부님이 저를 어떻게 생각하는지 알아요. 신부님은 저를 괴물이라고 생각하시지요?"

"괴물이란 존재하지 않아요."

"만일 저 세상이 사람들이 말하는 것과 같다면 엄마는 깨달았을 거예요. 엄마는 나를 사랑한 적이 없어요. 내 동생이 죽은 이래로 나를 미워했어요."

"아가씨는 어린아이처럼 말하는군요." 내가 말했다. "신성모독도 꼭 어린아이처럼 하는군요."

나는 그 말을 하면서 밖으로 나가려고 문 쪽으로 다가갔다. 하지만 그녀가 문손잡이를 꼭 잡고 놓아주지 않았다.

"가정교사가 짐을 싸고 있어요. 목요일에 떠날 거예요. 내가 원하는 건 꼭 얻고 만다는 걸 아시겠지요?"

"그런 건 중요하지 않아요." 내가 말했다. "그런다고 나아질 것은 아무것도 없어요. 아가씨가 지금 상태 그대로라면 필경 미워할 다른 대상을 찾고야 말 겁니다. 아가씨가 내 말에 귀를 기울일 준비가 되어 있다면 한 마디 더 해주고 싶지만……."

"무슨 말인데요?"

"아가씨는 아가씨 자신을, 오직 아가씨 자신만을 미워한다는 사실입니다."

그녀는 잠시 생각에 잠겼다.

"아무러면 어때요. 내가 원하는 걸 얻지 못하면 나 자신을 미워한들 어때요. 나는 행복해야 하니까요. 그렇지 않으면……. 게다가 이번 일도 내 탓은 아니에요. 왜 나를 이 더러운 요새 같은 데 가두어 두는 거지요? 암튼 나는 길게 요설을 늘어놓는 건 질색이에요. 신부님 보시기에 제가 거짓말쟁이에 위선자 같지요?"

"제가 아가씨에게 어떤 이름을 붙일지는 하느님만 아십니다."

그러자 그녀가 벌컥 화를 냈다.

"맨날 그렇게 대답하시니 약이 오르는 거예요. 그렇다면 저도 더 이상 아무 말씀도 못 드려요."

그녀는 문에서 물러나면서 길을 내주었다. 그 방을 나서면서 나는 생각했다. 거짓말쟁이에 위선자라니 무슨 소리일까? 더 이상 아무 말도 못하겠다니 무슨 해줄 이야기가 있다는 것일까? 문지방을 넘으면서 살펴보니 그녀는 벽에 기댄 채 양손을 늘어뜨리고 고개를 가슴까지 푹 숙이고 있었다.

백작은 15분 후에야 돌아왔다. 술 냄새를 풍기고 있었지만 취하지는 않았고 행복한 표정이었다. 백작은 앞장서서 나를 식당으로 안내했지만 앉기를 권하지는 않았다. 그가 불쑥 내게 말했다.

"신부님, 솔직히 말씀드리지요. 나는 성직자를 존경하오. 저희 집안사람들은 선임 신부님들과 아주 좋은 관계였어요. 하지만 그 관계는 서로 공경하고 존중하는 관계였소. 드물게 우정을 맺는 경우도 있었지만 나는 사제가 나의 가정사에 개입하는 걸 원치 않아요."

"우리는 본의 아니게 그런 일에 개입하게도 됩니다." 내가 말했다.

"신부님이 의도적으로 그랬다는 건 아니고……. 최소한 의식적인 건 아니겠지만……. 그래도 큰 불행의 원인이 되었으니……. 내가 돌아오기 전에 딸아이와 대화를 나누었겠지요? 나는 그게 마지막 대화가 되었으면 합니다. 모든 사람들이, 심지어 신부님의 웃어른들까지도, 신부님처럼 젊은 분이 저 애 또래 처녀의 양심을 지도할 수는 없을 거라는 사실에 동의할 겁니다. 게다가 샹탈은 과민합니다. 교회의 임무는 가정과 사회를 보호하는 데 있고 모든 지나친 일은 배격하지 않나요? 질서와 절도의 힘을 지닌 게 교회 아닌가요?"

"제가 어떻게 큰 불행의 원인이 되었다는 거지요?" 내가 말했다.

"라모트뵈브롱 숙부님이 밝혀주실 겁니다. 다만 나는 신부님의 무모함을 받아들일 수 없다는 것을, 그리고 신부님 성격이—그는 약간 뜸을 들였다—신부님의 습관과 함께 우리 교구에 위험해 보인다는 내 생각을 알아주셨으면 합니다. 그만 실례하겠습니다."

그는 등을 돌렸다. 나는 백작 부인의 방에 올라갈 엄두를 내지 못했다. 마음이 평정할 때만 고인에게 가까이해야 할 것 같았기 때문이다. 나는 지금 막 들은 말, 게다가 무슨 뜻인지 도저히 알 수 없는 말들 때문에 너무 혼란스러웠다. 내 성격은 그렇다고 치자. 하지만 내 습관이라니? 대체 무슨 습관을 말하는 것인지?

사제관으로 돌아와 이 일기를 쓰고 있는 지금, 나는 멍하니 열린 창문을 통해 밤 풍경을 바라본다. 그리고 이리저리 잡동사니들이 흩어져 있는 책상 위를 바라본다. 그것들은 마치 지난 몇 시간 동안 겪은 나의 고뇌가 오로지 내 눈에만 보이는 신비스러운 언어로 새겨진 기호들인 것 같다. 이제 내 정신이 좀 맑아졌는가? 아니면 그 자체 하등 중요하지도 않은 사건들을 한 묶음으로 묶을 수 있는 나의 예지의 힘이 피로와 불면과 환멸감으로 인해 둔해져버린 것인가? 알 수 없다.

모든 것이 터무니없어 보인다. 왜 나는 백작에게 모든 것을 밝혀달라고 요구하지 않았는가? 우선은 샹탈 양이 뭔가 끔찍한 계책을 꾸민 것이나 아닌가 하는 생각에 그 사실을 알기가 두렵기 때문이었다. 그리고 고인이 집 안에 안치되어 있는 동안만이라도, 내일까지만이라도 사람들이 입을 다물고 있기를 원했기 때문이다. 나중이라면 혹시……. 하지만 나중이란 것은 없을지도 모른다. 교구에서의 내 입장이 너무 어려워졌기에 백작이 주교님에게 청원하면 쉽게 그의 청이 이루어질지 모른다.

상관없다! 아무리 다시 읽어보아도 고칠 것이 없어 보이는 이 페이지들, 이것들마저 헛되어 보인다. 이 세상 그 어떤 추론도 진정한 슬픔, 영혼의 슬픔을 야기하거나 이겨낼 수 없다. 그 슬픔이 그 어떤 틈새를 통해 우리에게 들어왔는지 우리는 알수 없다. 아니, 그것은 우리에게 들어온 것이 아니라 우리 안에 이미 있었던 것이다. 나는 점점 더, 우리들이 슬픔, 고뇌, 절망이라고 부르는 것들, 우리의 영혼의 움직임에 의해 그런 것들이 생겨나는 것이라고 우리를 설득하기 위해 그런 이름을 붙인 것들이 실은 우리의 영혼 자체로 보인다. 그리고 원죄 이후 오직 고뇌의 형태 하에서만 자신의 내면과 외부를 지각할 수 있게 된 것이 바로 인간 조건인 듯 보인다. 하느님의 주도면밀한 연민이 없었다면 인간은 자기 자신에 대한 인식을 하자마자 먼지로 화해버릴 것처럼 보인다.

창문을 닫고 불을 지폈다. 백작 부인의 편지를 다시 읽어보니 그녀의 모습이 보이는 듯하고 그녀의 목소리가 들리는 듯하다.

'더 이상 아무것도 바라지 않아요.'

그녀의 기나긴 시련은 끝이 나고 완성되었다. 내 시련은 이제 시작이다. 어쩌면 같은 것이 아닐까? 하느님께서는 어쩌면 기진맥진한 한 피조물의 어깨 위에서 막 내려놓으신 짐을 내 어깨 위에 올려놓으신 게 아닐까? 내가 그녀에게 축성을 내리는 그 순간 내가 느꼈던 공포와 뒤섞인 기쁨, 그 무서운 아늑함은 어디에서 온 것일까? 내가 죄를 사해준 그 여인, 몇 시간 뒤

죽음이 안정과 휴식의 방문턱을 넘어와 맞아들인 그 여인은 이미 보이지 않은 세계에 속해버렸다. 나는 미처 알아보지도 못한 채 그녀의 이마 위에서 죽음의 평화가 깃든 것을 보았던 것이다.

이제 정녕 그 빚을 치러야 한다.
(이곳에 여러 장이 황급히 찢겨 나간 것 같다. 다만 백지 한 장이 그대로 남아 있고 거기에는 다음과 같은 몇 줄이 적혀 있다.)

이 일기장을 없애버리지 않기로 결심했지만 정말 정신이 나간 상태에서 쓴 것 같은 몇 장은 찢어버려야 한다고 판단했다. 하지만 가혹한 시련으로 인해 내게 인종(忍從)과 용기가 사라졌던 이 순간만은 증거로 남겨두는 것이…….

문장은 미완으로 끝이 났다. 다음 장 첫 몇 줄도 없어졌다.

*

"어떤 대가를 치르더라도 끊어야 해."

제2장

187

"어떤 대가를 치르고라도 말입니까? 저는 이해할 수 없습니다. 저는 그저 남의 눈에 띄지 않기만을 바라는 불행하고 미약한 사제일 뿐입니다."

이어서 나는 나도 모르게 이런저런 넋두리를 늘어놓았다.

"입 다물게. 어린애처럼 굴지 말고." 토르시의 신부님이 말했다.

바람이 세차게 불고 있었고 그분의 다정한 얼굴은 추위로 파랗게 질려 있었다.

"저리로 들어가세. 몸이 얼어붙겠어."

클로비스가 장작을 보관하는 작은 헛간이었다.

"신부님, 저를 위해 돌아오신 거지요?" 내가 그에게 말했다.

그는 화가 난 듯 어깨를 들썩이며 말했다.

"장례 때문이야. 자네는 생각이 너무 많아. 부사(副詞)를 너무 많이 써서 갈피를 못 잡고 있어. 프랑스 문장처럼 명료하게 자기 인생을 세워야 해. 각자 자기 방식대로, 자기의 언어로 하느님을 섬겨야 한단 말이야. 그런데 자네 꼴이 그게 뭔가? 그 외투하며……."

"이 외투는 숙모님이 선물로 주신 겁니다."

"자네는 독일 낭만주의자를 닮았어. 어휴, 저 안색은 또……."

나는 신부님이 짐짓 화난 척하는 줄 알았다. 하지만 자신도 모르게 엄하게 꾸짖는 말이 나오는 것을 어쩌지 못하는 자신에게 화를 내는 것 같기도 했다.

"안색을 제 마음대로 할 수는 없는 노릇 아니겠습니까?" 내가 반박했다.

"천만에! 도무지 말도 안 되는 식사를 하고 있어. 그 형편없는 포도주만 마시고……. 어쨌든 그런 건 나중에 이야기하지. 이런 헛간에서 이야기하기에는 적당하지 않으니까. 게다가 자네는 기도도 충분히 하지 않는 것 같아. 내가 보기에는 자네가 기도하는 대상을 위해 너무 고통스러워하는 것 같아. 피로도에 따라 영양 섭취가 달라져야 하듯, 기도도 우리의 고통과 보조를 맞춰야 하는 거야."

"저는…… 저는…… 기도를 드릴 수가 없어서!"

나는 큰소리로 외쳤다. 그리고 그의 시선이 점점 더 엄해지는 것을 보고 고백한 것을 곧바로 후회했다.

"기도를 할 수 없다면 그냥 같은 말을 되풀이하기라도 해! 이보게, 나도 어려움들을 겪었어. 악마가 기도를 거부하도록 어찌나 유혹하던지 묵주 기도를 하면서 얼마나 많은 식은땀을 흘렸는지 알겠나? 하긴 내가 자네에게 던지는 질문은 나 자신도 스스로 자주 반추해 보는 질문이긴 해. 말이 나온 김에 내 이야기를 해주겠네. 나는 소명(召命)에 대해 깊이 생각해보았네. 우리 모두 소명을 받은 거야. 다만 각자 방법이 다를 뿐이지. 상황을 좀 단순화해서, 우리를 각자 복음서 안에서 자신이 차지하고 있을 자리로 옮겨 놓는다고 해보지. 그러면 물론 우리는 2,000년이나 젊어지겠지. 하지만 하느님께 시간 따위는 아무것도 아니야. 그분의 시선은 시간을 꿰뚫으시니까. 우리가 태어나기 훨씬 전에—인간의 언어로 말한다면 말일세—주님은 베들레헴이나 나자렛, 혹은 갈릴리 땅 어느 길에선가 우리를 만나셨다고 생각해. 여러 날 중의 어느 날인가 그분의 눈길이 우리에게 머물렀고 장소와 시간과 상황에 따라 우리에게 내려진 소명이 각자 나름대로 특색을 지니게 된 거지. 무슨 신학적 관점에서 말하는 게 아니야! 요컨대 나는 이렇게 생각한다네. 아니, 상상하고 꿈꾸는 거지. 만일 모든 것을 잊지 않고 늘 기억하고 있는 우리의 영혼이 우리의 가여운 육신을 저 2,000년이라는 엄청난 고갯길을 거슬러 올라갈 수 있게 해준다면 곧바로 그 장소로 인도할 수 있으리라는……. 아니, 자네 왜 그러나?"

나는 내가 울고 있다는 것을 알아차리지도 못했고 울 것이라는 생각도 하지 못했다.

"자네, 왜 우는가?"

사실 나는 오래전부터 이미 '올리브 동산'에 있었고, 그것도 바로 그 순간, 그러니까 그분께서 베드로의 어깨에 손을 얹으시며 너무나 정중하고 다정하게 "그대 잠자고 있는가?"라고 물으시던 그 순간, 던질 필요조차 없는 그 순진한 질문을 던지시던 그 순간에 바로 그곳에 있었던 것이다. 그것은 너무 친숙하고 자연스러운 내 영혼의 움직임이어서 지금까지 알아차리지 못했는데, 그런데 갑자기…….

"대체 왜 그러나?" 토르시의 신부님이 참지 못하고 되물었다. "내 이야기는 귀담아 듣지도 않고 꿈을 꾸고 있군. 이보게, 기도하려는 자는 꿈을 꾸면 안 되는 법이라네. 기도가 꿈속으로 흘러가 버린단 말이야. 영혼에게는 그런 식의 출혈보다 위험한 것은 없어."

나는 입을 열어 대답하려 했지만 그럴 수 없었다. 하지만 어쩌겠는가! 주님께서 나의 노스승의 입을 통해, 그 어떤 것도 나를 위해 영원히 선택된 그곳으로부터 나를 떼어내지 못하리라는 것, 내가 '거룩한 고뇌'의 포로라는 것을 일깨워주는 은총을 베풀어주셨으니 그것으로 충분하지 않은가! 감히 누가 그런 은총을 받았다고 우쭐댈 수 있겠는가!

내가 눈시울을 닦으며 얼마나 서툴게 코를 풀었던지 신부님이 빙그레 웃었다.

"나는 자네가 그토록 어린아이인 줄은 몰랐네. 신경이 극도로 예민해져 있어."

그는 주의 깊게 나를 살펴보았다. 더 이상 침묵을 지키기가 어려울 정도였다. 그의 시선은 내 마음속 비밀 근처까지 와 닿아 있는 것 같았다.

나는 마음속으로 외치지 않을 수 없었다.

'오, 진정한 영혼의 스승이시며 지도자이신 분!'

신부님이 다시 입을 열었다.

"이제 그만하세. 이런 헛간에 저녁이 될 때까지 있을 수는 없지. 어쨌든 주님께서 자네를 슬픔 속에 머물게 하셨을 수도 있어. 하지만 이런 시험이 우리를 아무리 큰 고뇌에 빠뜨린다 하더라도 우리의 선한 영혼이 작동하는 순간, 우리가 잘못된 판단을 하지 않게 된다는 것을 나는 알고 있네. 사람들이 자네에 대해 따분하고 성가신 이야기들을 여러 번 되뇌었지만 상관없네! 나는 사람들이 얼마나 악의적인지 잘 알고 있어. 하지만 자네가 그 불쌍한 백작 부인과 어리석을 짓을 한 건 사실이야. 무슨 연극 같은 일인지!"

나는 신부님의 말씀을 이해할 수 없었다.

"대체 무슨 말씀이신지?"

"그 메달 이야기는 대체 어떻게 된 건가?"

"메달이라뇨?"

"이런, 멍청한 사람 같으니! 두 사람 말을 듣고 본 사람이 있어. 내가 무슨 기적 같은 이야기를 하는 게 아니니 안심해."

"누가 봤다는 말이지요?"

"부인의 딸. 라모트뵈브롱 신부가 이미 말했을 텐데 바보처럼 굴지 마."

"못 들었습니다."

"못 들어? 그럴 리가! 허허, 내가 걸려든 거로군. 이렇게 된 이상 자네에게 자초지종을 들을 수밖에 없네."

하지만 나는 아무 말도 하지 않았다. 어느 정도 평정을 되찾은 덕분이었다. 신부님은 나의 침묵에 당황한 듯 보였다. 그가 다시 말했다.

"자네가 무슨 의미로 '체념'이라는 말을 했는지 궁금하네. 어머니가 죽은 자식에 대한 유일한 기억으로 간직하고 있는 메달을 불에 던지라고 강요한 건, 무슨 구약에 나오는 유대인 이야기처럼 들리는군. 그리고 자네는 무슨 권리로 영원한 이별 이야기를 한 건가? 이보게, 영혼을 마음대로 다룰 수는 없는 법이야."

나는 순간 샹탈 양이 진실을 왜곡해서 퍼뜨렸음을 눈치챘다. 하지만 해명하려다가는 고인의 비밀을 발설하지 않고는 그 거짓말의 그물 속에서 허우적거리다가 빠져나올 수 없다고 생각했다. 나는 단지 이렇게 말할 수밖에 없었다.

"신부님은 사태를 그런 식으로 말씀하시지만 저는 다른 식으로 말씀드릴 수 있습니다. 하지만 무슨 소용이 있겠습니까! 핵심적인 건 사실이니까요."

"자네가 답변할 수 있는 건 그게 전부인가?"

"네."

나는 그분이 나를 심하게 꾸짖을 줄 알았다. 하지만 그는 얼굴이 창백해진 나머지 거의 납빛이 되었을 뿐이었다. 나는 그가 나를 얼마나 사랑하는지 알 수 있었다.

"앞으로 백작의 딸을 만나지 말게." 그는 더듬더듬 말했다. "악마야."

"저는 그녀에게 문을 닫아걸지 않을 겁니다. 제가 이 교구의 사제로 있는 한 그 누구에게도 문을 닫아걸지 않을 겁니다."

"그 애 말에 의하면 어머니가 자네에게 끝까지 저항했다고,

자네는 그녀를 극심한 혼란과 동요 속에 내버린 채 떠났다고 하던데 사실인가?"

"아닙니다! 저는 부인을 하느님과 함께, 하느님의 평화 속에 남겨두었습니다. 그분은 평화 속에 세상을 떠나셨을 것입니다."

"자네가 그걸 어떻게 아나?"

나는 편지에 대한 이야기를 꺼낼 생각조차 하지 않았다. 나는 침묵을 지켰다.

"어쨌든 부인은 세상을 떴네. 사람들이 어떻게 생각하겠나! 심장병 환자와 그런 장면을 연출하는 건 아무런 도움도 되지 않는다고 생각할 거야."

나는 침묵을 지켰다. 신부님의 그 말을 마지막으로 우리는 헤어졌다.

나는 사제관으로 천천히 돌아왔다. 나는 고통스럽지 않았다. 오히려 무거운 짐을 벗은 것 같았다. 토르시의 신부님과의 이 대화는 내가 앞으로 끊임없이 윗분들과 갖게 될 대화의 예행연습 같았다. 그리고 내게 아무런 할 말이 없다는 사실이 기쁘기까지 했다. 신부님을 만나기 전까지는 내가 저지르지 않은 잘못에 대해 비난을 받을 것을 무의식적으로나마 두려워하고 있었다. 그럴 경우 정직(正直)을 구실 삼아 입을 열었을 것이다. 하지만 이제는 누구나 나에 대해 이런저런 판단을 하건 그냥 내버려 둘 수 있다. 신부님과의 대화 덕분이다. 게다가 샹탈 양이 고의로 사실을 왜곡한 것이 아니라 백작 부인과 나의 대화를 잘못 들었을 수도 있다는 생각이 큰 위안이 되었다. 그녀는 아마 창틀에서 멀리 떨어진 창문 밑에서 대화를 엿들었을지도 모른다.

사제관으로 돌아오자 나는 시장기를 느끼고 사과와 달걀을 먹으며 덥힌 포도주를 마셨다. 그런데 식사가 막 끝나가려는 순간 놀랍게도 토르시의 신부님이 들어왔다.

"비그르 씨가 나를 태워다 주겠다고 했는데 내가 늦는 바람에 떠나버린 것 같아. 그래서 되돌아온 거야."

하지만 나는 그것이 핑계에 불과하다는 것을 알았다. 왠지 나는 그가 모든 말을 다 하리라고, 단 한 마디도 아끼지 않으리라고 느꼈다. 그에게 앉으라고 권하는 내 목소리가 가슴속부터 떨리는 것을 나는 느낄 수 있었다. 뭔지 모를 영혼의 움직임에 의해 때가 왔음을, 내가 정면으로 맞서야 함을 알게 될 때마다 느끼는 떨림이었다. 맞선다는 것이 저항을 뜻하는 것은 아니다. 그런 순간에는 오히려 나 혼자 하느님과 조용히 있게만 해준다면 무엇이든 고백할 수 있을 것이라는 생각마저 든다. 하지만

이 세상 그 어떤 힘으로도 나를 굴복시키지는 못하리라.

"들어보게나." 토르시의 신부님이 다시 입을 열었다. 신부님은 짐짓 내 식생활을 탓하는 것부터 시작했다.

"자네 그렇게 질이 나쁜 포도주만 마시고 있으면 안 돼. 큼직한 소고기에서 찾아야 할 힘과 용기를 포도주에서 찾고 있는 꼴이야. 내 경고를 듣지 않으면 하느님께 거스르는 게 될 거야. 그건 그렇고……."

그는 입을 다물었다. 나는 마치 미토네와 샹탈 양, 혹은 다른 누구를 바라보듯이 그를 바라보았다. 오, 나는 그때와 마찬가지로 내게서 슬픔이 넘쳐흐르는 것을 느꼈으니……. 하지만 그는 강하고 조용한 사람이었다. 진정한 하느님의 종이었고 한 남자였다. 그도 나를 바라보았다. 마치 보이지 않는 길의 양쪽 끝에 서서 작별 인사를 나누는 것 같았다.

"자, 이제," 그가 평소보다는 다소 갈라진 목소리로 마치 결론 내리듯 말했다. "너무 상상력을 발동하지 말고 차분하게 생각하게. 자네에게 딱 한 마디만 하겠어. 자네는 어쨌든 제법 훌륭한 사제니까! 고인을 헐뜯을 생각은 없지만 그래도 솔직하게……."

"제발 그만하세요!" 내가 말했다.

제2장

197

"자네 좋을 대로!"

나는 할 수만 있다면 그 자리를 떠나고 싶었다. 하지만 그가 내 집에 와 있으니 그가 이만 가보겠다는 의향을 밝히기만 기다릴 수밖에 없었다.

오, 하느님은 찬미 받으소서! 나의 노스승이 나를 내치지 않고 다시 한번 당신의 의무를 다하도록 허락하셨으니! 신부님의 걱정스러운 시선이 갑자기 단호해지더니 다시 내가 잘 알고 있는 그의 목소리, 그토록 강인하고 대담하며 신비할 정도로 경쾌한 목소리가 들려왔다.

"일해! 우선 매일 매일 작은 일들을 해. 정성 들여 공책에 고개를 숙이고 혀를 내밀고 있는 초등학생을 생각해. 하느님께서 우리를 우리의 힘에만 맡겨놓으신 것은 그런 우리의 모습을 보고 싶으시기 때문이야. 작은 것들은 아무것도 아닌 것처럼 보이지만 평화를 주지. 그건 들판의 꽃들 같은 거야. 마치 향기가 없는 것 같지? 하지만 함께 있으면서 짙은 향기를 내뿜어. 작은 것들의 기도는 순진무구해. 작은 것들 하나하나마다 천사가 깃들어 있다네. 자네 천사들에게 기도를 드리나?"

"네, 그럼요……. 물론이지요."

"사람들은 천사들에게 충분히 기도를 드리지 않아. 천사들은 신학자들에게 얼마간 두려운 존재거든. 동방교회의 저 옛날 이단 탓이긴 하지만 그 두려움은 과민일 뿐이야. 세상은 천사로 가득하다네. 그리고 성모님은? 자네 성모님께 기도를 드리나?"

"신부님도 참! 무슨 그런 질문을!"

"말들은 그리 하지. 단지 제대로 기도를 드리고 있느냐고 묻는 거야. 물론 그분은 우리의 어머니이시지. 그분은 인류의 어머니이시자 새로운 이브야. 하지만 인류의 딸이기도 해. 저 옛 세계, 은총 이전의 세계는 동정녀(virgo genitrix)에 대한 막연한 기다림 속에서, 그 불가해한 기다림 속에서, 수 세기에 걸쳐 그 슬픔에 잠긴 가슴에 그분을 품고 있었지. 수 세기에 걸쳐 세상은 죄로 더럽혀진 그 늙은 손, 그 무거운 손으로 이름조차 알지 못하는 그 경이로운 어린 딸을 보호해 왔다네. 한 어린 소녀이자 천사들의 여왕을! 동정녀는 지금도 여전히 천사들의 여왕임을 잊으면 안 돼!

자, 주의해서 듣게. 성모님은 그 어떤 승리도, 기적도 누리지 않으셨어. 인간적 영광이라는 그 야만적이고 거대한 날개의 가느다란 끝 한 자락이라도 그분을 스치는 것을 그분 아드님께서는 허락하지 않으셨어. 자기 자신의 존엄성, 자신을 모든 천사들 위에 올려놓게 만드는 그 존엄성에 대해 까맣게 모르면서 그토록 순진하게 살고 고통받고 죽는 존재는 그분밖에 없어. 아무도 그렇게 할 수 없어. 요컨대, 그분은 죄 없이 세상에 나셨으니 그 얼마나 놀라운 고독인가! 너무나도 순수하고 깨끗한 샘물, 너무나도 순수하고 깨끗해서 자신의 얼굴조차 비출 수 없는 샘물, 오로지 성부(聖父)의 기쁨만을 위한 샘물! 오, 그 신성한 고독! 저 오래전부터 존재해 온, 인간에게 친숙한 악마들, 인간의 주인이자 동시에 종인 저 악마들, 저주받은 세계의 문턱을 향해 아담에게 첫발을 떼게 한 그 무서운 족장들, 그 '교활'과 '오만'들이, 도저히 그들 손이 미치지 않는 곳에 존재하는, 아무 손상도 입힐 수 없는 이 무장 해제된 경이로운 분을 멀리서 바라만 보고 있었음을 자네도 알고 있겠지.

우리 인류는 정말이지 아무 가치가 없네. 하지만 어린 시절은 언제나 우리 인류를 폐부까지 감동시키고 어린아이의 무지는 그들의 눈을,—선과 악을 아는 그들의 눈, 수없이 많은 것을 보고 경험한 그 눈을—내리깔게 만들지! 하지만 어린아이의 무지는 결국 그냥 무지일 뿐이야. 동정녀는 결백 그 자체였어. 우리 인류가 그분에게 어떤 존재인지 이제 알겠나? 오, 당연히 성모님은 죄를 미워하셔. 하지만 그분은 죄를 전혀 경험하지 못하셨어. 위대한 성인들, 천사와 같았던 성 프란체스코까지도 겪을 수밖에 없었던 그런 경험을 말이야. 동정녀의 눈길만이 진정으로 어린아이의 눈길이라네. 우리의 치욕과 불행으로부터 결코 떠나지 않는 그 눈길. 이보게, 기도를 잘 드리려면 그 눈길을 느끼면서 기도를 해야만 하네. 그 눈길은 너그러운 눈길이라고 할 수도 없어. 너그러움이란 뭔가 쓰라린 경험을 전제로 하는 거니까. 그 눈길은 애정 어린 공감과 연민의 눈길, 고통스러운 놀람의 눈길이야. 그 눈길은 성모님을 죄보다 더 젊게, 자신을 낳은 인류보다 더 젊게 만드는 눈길, 은총에 의해 어머니가 되셨고, 은총들의 어머니이시면서도 인류의 가장 어린 막내딸이 되도록 해주는, 이루 생각할 수도, 표현할 수도 없는 그런 감정에서 나온 눈길이야.”

“정말 감사드립니다.” 내가 신부님께 말했다. 그 말 외에는 더 이상 해줄 말을 찾을 수 없었다. 게다가 나는 아주 냉정하게 그 말을 했다. “저를 축복해주십시오.” 나는 같은 어조로 말을 이었다. 사실상 나는 10분 전부터 이제껏 그토록 강하게 느껴본 적이 없는 고통과 싸우고 있었다. 오, 고통이야 그런대로 참을 수 있었다. 하지만 고통에 뒤따른 일종의 구역질은 나의 용기를 완전히 꺾어놓았다.

우리는 문지방에 서 있었다.

제2장

"고통스러운 것은 자네이니 자네가 나를 축복해주어야지."
신부님이 그렇게 말하면서 내 손을 잡았다. 그는 내 손을 재빨리 당신의 이마에까지 끌어올리더니 밖으로 나갔다. 바람이 심하게 불어온 것은 사실이다. 하지만 그가 그 큰 키를 꼿꼿이 세우지 않은 채 구부정한 모습으로 걸어가는 모습은 처음 보았다.

(일기를 중단한 지 이틀째. 계속 써대는 일에 혐오감이 일어서였다. 곰곰 생각해보니 회의감[懷疑感]에서라기보다는 부끄러움 때문이었던 것 같다. 끝까지 가보련다.)

*

신부님이 떠난 후 나는 부엌에 잠시 앉아 있다가 외출했다. 병석에 누워 있는 뒤플루이 씨의 병문안을 가야 했기 때문이었다. 그는 빈사 상태를 헤매고 있었다. 의사 말로는 가벼운 폐렴에 걸렸을 뿐인데 너무 비만해서 심장이 갑자기 약해졌다는 것이다. 화덕 앞에 몸을 옹크리고 앉아 있던 그의 아내는 조용히 커피 한 잔을 데웠다. 그녀는 내 말을 조금도 이해하지 못했다. 그녀는 다만 "신부님이 맞겠지요. 곧 갈 거예요"라고만 말했을 뿐이었다. 얼마 뒤 그녀는 시트를 들추면서 이렇게 말했다. "꼴

깍했네요. 다 끝났어요." 내가 성유(聖油)를 가지고 허겁지겁 달려왔을 때 그는 죽어 있었다.

뛰어서 오간 데다 진을 탄 커피를 큰 잔으로 받아 마신 게 탈이었나 보다. 델방드 의사 말대로 포만감 때문에 구역질이 나는 모양이다. 혀가 입안에서 마치 스펀지처럼 부풀어 오른 기분이다. 사제관으로 곧바로 돌아왔어야 했다. 하지만 불행히도 갈바 소유지 쪽의 집 몇 군데를 더 방문해야 했다. 이미 밤이 된 데다 길은 엉망이었다. 방문해야 할 집들이 여기저기 흩어져 있는 통에 그쪽 방문은 언제나 힘이 들었다. 나는 하루 더 이쪽 방문 일정을 잡지 않기 위해 수첩에서 방문할 집들을 하나하나 지우면서 길을 재촉했다. 방문 대상 명단은 끝이 없는 것 같았다.

마지막 방문을 끝내고 밖으로 나왔을 때 몸이 너무 아파서 큰길까지 갈 엄두가 나지 않았다. 나는 숲속의 오솔길을 따라 걸었다. 그 길을 따라 걷다보니 뒤무셸의 집근처를 지나게 되었다. 언젠가 방문하고 싶던 곳이었다. 2주 전부터 세라피타가 교리문답 강의에 나오지 않았기에 그 애 아버지에게 물어보고 싶었던 것이다.

처음에는 제법 용기를 내어 걸었다. 위통은 약간 가라앉은 것 같았고 어질어질하고 구역질이 좀 날 뿐이었다. 오쉬 숲 모통이를 지난 것까지는 기억이 난다. 그곳을 지나자마자 첫 번째로 실신했던 것 같다. 나는 서 있으려고 안간 힘을 쓰고 있는 것 같았지만 뺨에 차가운 진흙의 감촉을 느꼈다. 나는 겨우 몸을 일으켰다. 머리가 어질어질했다. 토르시의 신부님이 그려 보여주었던 '동정녀-어린아이'의 이미지가 끊임없이 나타났다. 겨우 정신을 차리고 기도를 하려 해도 순간순간 스스로에게도 터무니없어 보이는 몽상으로 끝나버리곤 했다. (여기서 몇 줄이 지워져 있었다.)

…… 하늘의 진노를 막아준 그 조그만 손, 은총으로 가득 찬 그 손……. 나는 그 손을 바라보았다. 그 손이 보였다 안 보였다 했다. 통증이 너무나 심했고 다시 몸이 미끄러지는 것 같아서 나는 두 손 중 하나를 잡았다. 그것은 어린아이의 손, 일과 빨래로 거칠어진 가난한 어린아이의 손이었다. 어떻게 표현할 수 있을까? 나는 그것이 꿈이길 원하지 않았지만 눈을 감았던 것이 생각난다. 눈꺼풀을 들어 올리면 모두가 그 앞에서 무릎을 꿇게 될 그런 얼굴을 알아볼까 봐 두려웠던 것이다. 나는 그 얼굴을 보았다. 어린아이의 얼굴, 아주 어린아이의 얼굴이었다.

하지만 빛은 없었다. 그것은 슬픈 얼굴이었다. 하지만 그 슬픔은 내가 함께 할 수 없는, 내가 알 수 없는 슬픔이었다. 그 슬픔은 내 마음, 이 비참한 인간과 그토록 가까이 있으면서도 도저히 다가갈 수 없는 슬픔이었다. 우리의 슬픔은 모두 비참의 경험에서 비롯되는 것인데, 그 슬픔은 결백했다. 지난번 분명하게 깨닫지 못했던 토르시의 신부님 말씀의 한 대목이 무슨 뜻인지 나는 분명히 깨달았다. 하느님께서는 일찍이 그 어떤 기적에 의해 이 순결한 슬픔을 덮어 감추셔야만 했다. 인간이 제 아무리 눈이 멀고 거칠다 하더라도 이 슬픔의 표지에서 그들의 소중한 딸, 저 옛날 그들 종족의 막내 딸, 그 주변에서 악마들이 으르렁거리고 있는 천상의 볼모의 모습을 알아보았을 것이기 때문이다. 그리고 인간들이 모두 함께 일어나 죽을 수밖에 없는 자신들의 몸으로 그 주변에 성벽을 쌓았을 것이기 때문이다.

다시 한동안 걸었던 것 같다. 하지만 나는 길에서 벗어나 구두창 밑에서 푹푹 꺼지는 비에 젖은 풀숲을 비틀거리며 걷고 있었다. 내가 넘어져버리면 빈사 상태에서 발견될 것이고 또 하나의 추문을 덧붙이게 되리라. 내가 사람을 소리쳐 부른 것 같기도 하다. 정신이 몽롱한 가운데 나는 그 자리에서 쓰러졌다.

다시 눈을 뜨자 곧바로 기억이 되살아났다. 날이 밝은 것 같왔다. 하지만 그것은 내 앞, 비탈 쪽에서 비치는 초롱불빛이었다. 왼쪽 나무들 사이로 다른 불빛이 보였다. 나는 그 우스꽝스러운 베란다 모습을 보고 뒤무셸의 집이라는 것을 단번에 알아차릴 수 있었다. 젖은 사제복이 등에 달라붙어 있었다. 나는 혼자였다.

초롱불은 내 머리 가까이에 놓여 있었다. 불빛보다는 검댕이 더 많이 나오는, 마구간 용 초롱이었다. 커다란 날벌레 한 마리가 주변을 날고 있었다. 나는 일어서려 해보았지만 소용이 없었다. 하지만 기운이 조금은 나는 것 같았고 통증도 없었다. 마침내 나는 겨우 일어나 앉을 수 있었다.

'아아, 뒤무셸 집 옆에 쓰러져 있는 꼴을 보이기는 정말 싫은데'라고 생각하며 나는 무릎을 땅에 짚은 채 겨우 몸을 일으켰다. 그러자 갑자기 우리는 서로 얼굴을 마주하게 되었다. 그녀는 서 있었지만 무릎을 꿇고 앉은 나보다 키가 크지 않았다. 평소와 별 차이 없이 교활해 보이는 야위고 자그마한 얼굴이었다. 하지만 제일 먼저 내 눈에 들어온 것은 거의 우습다고 할 정도로 심각한 얼굴이었다. 심지어 그 얼굴에서는 부드러움과 위엄까지 느껴졌다. 세라피타였다. 나는 그 애에게 미소를 지었다. 그 애는 내가 자기를 놀린다고 생각했음이 틀림없었다. 그 애의 회색 눈에 심술궂은 빛이 번득였던 것이다. 그 애는 나를 흥미롭다는 듯 바라보며 말했다. 손에는 물이 찰랑찰랑하는 토기 그릇이 들려 있었다.

"샘가에 가서 물을 떠왔어요. 그래야 할 것 같았어요. 제가 신부님을 발견해서 다행이지요? 가축들을 집 안으로 들이려고 나왔다가 신발이 벗겨져 길 아래로 굴렀어요. 그래서 내려와 본 거예요. 신부님이 죽은 줄 알았어요."

"이제 좀 괜찮아. 일어나야겠다."

"그 꼴로 돌아가시려고요?"

"내가 어때서?"

"토하셨어요. 마치 오디를 드신 것처럼 얼굴이 엉망이에요."

나는 물그릇을 잡으려 했지만 하마터면 손에서 떨어뜨릴 뻔했다.

"신부님, 너무 벌벌 떠시네요. 제가 먹여 드릴게요. 전 이런 거 잘해요. 네? 뭐라고요?"

나는 아래 위가 딱딱 맞부딪치는 통에 제대로 말을 할 수 없었다. 그 애는 내일 사제관으로 찾아오라고, 그러면 다 설명해 주겠다는 내 말을 겨우 알아들을 수 있었다.

"에이, 싫어요. 신부님에 대해 나쁜 이야기 막 하고 다녔는걸요. 저를 때리셔야 해요. 나는 정말이지 샘이 너무 많아요. 하지만 다른 애들도 조심해야 해요. 겉으로만 얌전한 척하는 나쁜 애들이에요."

그런 소리를 늘어놓으면서도 그 애는 헝겊으로 내 이마와 뺨을 닦아주었다. 신선한 물 덕분인지 기운이 나는 것 같아서 나는 일어났다. 나의 착한 사마리아 꼬마 여인은 내 턱 높이까지 초롱을 들어올렸다. 제대로 얼굴이 닦였는지 보기 위해서였으리라.

"제가 길까지 데려다드릴게요. 구덩이들을 조심하세요. 목장 바깥까지만 가면 혼자라도 가실 수 있을 거예요."

그 애는 내 앞에 서서 걷기 시작했고 길이 넓어지자 나란히 걸었다. 몇 걸음 걷자 그 애는 얌전하게 내 손을 붙잡았다. 우리는 둘 다 말이 없었다. 암소들이 구슬프게 우는 소리가 들렸다. 멀리서 문이 삐걱거리는 소리가 들렸다.

"이제 돌아가야겠어요." 그 애가 말했다. 그러면서도 그 애는 내 앞에 꼿꼿이 서 있었다. "돌아가시면 바로 누우세요. 그게 최고예요. 그런데 신부님께 커피를 끓여드릴 사람이 아무도 없지요? 아내 없는 남자가 제일 불쌍하고 안됐어요."

나는 그 애의 얼굴에서 눈길을 뗄 수 없었다. 그토록 해맑고 순수한 이마를 제외하고는 전부 다 시들고 심지어 늙어 보이기까지 했다. 오, 이 이마가 이토록 해맑을 줄이야!

"야, 이년아 어딨냐!" 그 애 아버지 목소리였다. 그 애는 한 손에 신발을, 다른 손에 초롱을 들고 마치 고양이처럼 소리 없이 비탈길을 뛰어내렸다.

"쉿! 빨리 돌아가세요. 어젯밤에 신부님 꿈을 꿨어요. 지금처럼 슬픈 얼굴이셨어요. 엉엉 울면서 잠에서 깨어났어요."

집으로 돌아와서 나는 겉옷을 빨아야 했다. 천은 뻣뻣했고 물은 뻘겋게 되었다. 내가 피를 많이 토했음을 알 수 있었다.

자리에 들면서 나는 날이 밝는 대로 릴행 기차를 타겠다고 거의 결심했다. 얼마나 놀랐던지―죽음에 대한 공포는 나중에야 찾아들었다―델방드 의사가 살아 있었다면 한밤중이었지만 당장에 데브르까지 달려갔을 것이다. 하지만 아침에 덥수룩한 턱수염을 깎아내면서 나는 '그저 코피일 뿐일 수 있잖아'라고 생각하고 너털웃음을 흘렸다. 하지만 의식을 잃기 전에 심한 구토증을 느꼈던 것은 사실이었다.

어쨌든 이번 주 내로 릴에 가서 반드시 진찰을 받으리라.

제2장

미사 후 나는 내가 없는 동안 대신 교구 일을 봐달라고 오콜트의 동료 신부를 방문했다. 별로 잘 알고 지내는 사이는 아니지만 연배도 비슷하고 믿음이 가는 신부이다. 아직 시뻘건 흔적이 남아 있는 내 외투가 보기 흉했는지 친절하게도 자신의 낡은 외투 한 벌을 빌려주었다. 그가 나에 대해 무슨 생각을 했을까? 얼굴 표정만으로는 알 수 없었다.

토르시의 신부님은 어제 아미앵의 병원으로 호송되었다. 심각하지 않은 심장 발작이라고 했지만 간호사가 곁에서 돌보아야 하는 상태라고 한다. 그는 구급차에 오르면서 내게 쪽지를 남겼다.

이 미련한 젊은 친구, 하느님께 열심히 기도드리게. 그리고 다음 주에 아미앵으로 나를 보러 와 주게나.

라모트뵈브롱 참사 신부님이 앙브리쿠르를 방금 떠나셨다. 떠나시는 모습을 뵙지 못했다.

오늘 세라피타를 보았다. 그 애는 언덕에 앉아 소를 지키고 있었다. 내가 그 애 쪽으로 조금 다가가자 그 애는 달아났다.

*

　얼마 전부터 거의 강박증이라고 할 만큼 소심해진 자신을 느낀다. 행인의 시선이 나를 향하는 것을 느끼면 후다닥 뒤를 돌아보곤 한다. 터무니없고 유치한 이런 식의 두려움을 이겨내기란 쉽지가 않은 법이다. 심장이 쿵쿵거리고 상대방이 내 인사에 답하는 것을 보고 나서야 비로소 다시 제대로 숨을 쉴 수 있게 된다. 하지만 그 답례는 언제나 내 기대보다 늦게 오곤 했다.
　하지만 사람들의 호기심은 나를 떠나고 있다. 사람들은 이미 나를 심판해버렸으니 더 이상 무엇을 요구할 수 있단 말인가? 사람들은 이제 내 행동에 대해 나름 그럴 듯한 해석을 한 후 내게서 등을 돌리고 자신의 일에 몰두한다. 사람들은 내가 혼자 몰래 술을 마신다고 알고 있다. 그것만으로도 충분하리라. 다만 사람들이 이해할 수 없는 것은 폭음과는 어울리지 않는 나의 창백하고 음울한 낯빛이다. 그들은 그것도 용서하지 않으리라.

목요일 교리 수업이 무척 걱정되었다. 내가 길에서 기절했던 일을 두고 아이들 사이에서 무슨 큰 소동이 일어나리라고 생각한 것은 아니지만,(시골 아이들은 결코 그런 법석을 떨지 않는다) 아이들 사이에 수군거림이나 수상한 미소는 오가리라고 예상했다. 하지만 아무 일도 없었다.

세라피타는 얼굴이 벌게진 채 헐레벌떡 늦게야 나타났다. 다리를 좀 저는 것 같았다.

수업이 끝나고 아이들이 모두 돌아간 뒤 강론대 밑에 세라피타의 커다란 손수건이 떨어져 있는 것을 발견했다. 너무 커서 그 애 앞치마 주머니에 쏙 들어가지 않아 자주 떨어뜨리곤 하던 손수건이었다. 이 소중한 물건을 잃어버린 채 그 애가 집으로 돌아갈 리 만무했다. 그냥 갔다가는 물건을 무척 아끼기로 유명한 뒤무셸 부인에게 경을 칠 것이 뻔했다.

그 애가 돌아왔다.

"자, 여기 손수건 받으렴. 잃어버리면 안 돼."

그 애의 얼굴은 창백했다. 그 애의 그런 모습은 거의 본 적이 없다. 그 애는 조금만 흥분해도 얼굴이 빨개지는 아이였다. 그 애는 고맙다는 말도 없이 손수건을 휙 낚아채더니 등을 돌리고 문 쪽으로 향했다. 여전히 다리를 절고 있었다.

"왜 다리를 저는 거니?"

그 애는 머리만 내 쪽으로 돌린 채 여전히 달아날 태세로 멈춰 섰다. 내가 천천히 다가갔다. 긴 양말의 찢어진 틈새로 그 애 다리가 자줏빛으로 변해 있는 것이 보였다.

"이래서 다리를 저는 거로구나. 도대체 왜 이런 거니?"

그 애는 뒤로 깡충 물러났다. 내가 그 애의 손을 잡아챘다. 그 애가 뿌리치는 바람에 종아리 위쪽이 흘낏 드러났다. 굵은 노끈으로 종아리를 잡아 묶었는데, 어찌나 세게 묶었는지 가지 색깔을 띤 살이 노끈 양쪽으로 불끈 솟아 있었다. 그 애는 나를 뿌리치고 문을 향해 달아났다. 나는 성당 입구 두어 걸음 못 미친 곳에서 그 애를 붙잡을 수 있었다. 어찌나 심각한 표정인지 무슨 말을 건네기 어려울 정도였다.

"샹탈 아가씨를 길에서 우연히 만나서 신부님이 기절하셨다는 이야기를 하고 말았어요." 그 애가 말했다. "정말 부끄러웠어요. 그래서 모래에 구덩이를 파고 그 안에 들어가 누워서 눈을 감았어요. 평소에 애들이랑 하던 죽은 사람 놀이예요. 조금만 몸을 움직여도 모래가 목덜미로 귓속으로 입안으로 마구 들어와요. 장난이 아니라 정말 죽었으면 했어요. 몇 시간이나 그렇게 누워 있다가 집으로 돌아갔어요. 아빠한테 매를 맞았어요. 그리고 울었어요. 평소에는 절대로 울지 않는데⋯⋯. 샹탈 아가씨한테 그런 이야기를 한 나를 벌주려고 이런 거예요. 오늘 저녁까지 풀지 않을 거예요."

"얼른 잘라!" 내가 말했다. 내가 주머니칼을 건네주었더니 그 애는 아무 말 없이 시키는 대로 했다. 갑자기 피가 통하는 바람에 너무 아팠는지 심하게 얼굴을 찡그렸다. 내가 붙잡아주지 않았으면 그 애는 쓰러졌을 것이다. 그 애는 여전히 심각하게 고개를 숙이고 손으로 벽을 짚으며 밖으로 나갔다. 하느님, 저 애를 지켜주시기를!

*

간밤에 피를 쏟은 모양이다. 대단치는 않았지만 도저히 코피와 혼동할 수는 없어 보인다.

릴행을 자꾸 미루는 게 옳지 않은 것 같아 의사에게 15일에 가도 되겠느냐고 편지를 보냈다. 엿새 후다⋯⋯.

의사로부터 곧장 회답이 왔다. 내가 제안한 날짜가 가능하다는 것이었다. 진료 후 다음 날 아침이면 돌아올 수 있을 것이다.

포도주 대신에 아주 진한 블랙커피를 마시기로 했다. 입맛이 좀 당기면서 기운이 조금 난다. 게다가 날씨가 좋아 건조하고 차갑다. 대기가 청명해지니 전에 무거워 보이던 것도 가벼워진 기분이다. 해가 기울기 시작하면 마을은 대지에 닿아 있지 않고 내게서 벗어나 날아오르는 것처럼 보인다. 나만이 묵직하게 땅에 내려 앉아 있는 듯 느껴진다. 때때로 그 환상이 너무 심해서 일종의 공포감, 설명하기 어려운 혐오감을 느끼고 내 커다란 구두를 내려다본다. 이것들은 이 빛 속에서 무엇을 하고 있는 것인가? 마치 구두들이 땅에 처박히는 것만 같다.

분명히 기도는 좋아졌다. 하지만 내 기도가 낯설다. 이전에는 일종의 집요한 탄원 같았다. 성무일과 중 어떤 말씀이 내 주의를 끌더라도 때로는 호소하고, 때로는 조르고, 때로는 떼를 쓰면서 하느님과 내 속에서 계속 토론을 벌이는 것 같았다. 그렇다! 나는 그분의 자비를 뽑아내고 무슨 수를 써서라도 그분

의 사랑을 받고 싶었다. 하지만 이제는 그 무엇이건 바라는 것
이 어렵게 되었다. 마치 마을처럼 내 기도도 무게를 잃고 날아
오른다……. 좋은 일인가? 나쁜 일인가? 알 수 없다.

*

또다시 약간의 출혈, 아니 각혈. 죽음의 두려움이 스친다. 오,
죽음에 대한 생각이 내게 자주 찾아오고 나를 이따금 걱정되게
만드는 게 분명하다. 하지만 걱정이 두려움은 아니다. 그리고
그것도 아주 잠깐 동안일 뿐이다. 이렇게 순식간에 도망가는
느낌을 무엇과 비교할 수 있을까? 채찍이 한번 내 심장을 후려
치는 것이라고 할까? 오, 주님의 거룩한 번뇌여!

토르시의 신부님이 비꼬는 투로 '가택수색'이라고 불렀던 가
정방문을 끝냈다. 내 동료들이 흔히 쓰는 단어를 빌리자면 '위
안'이 되었다. 나는 좋은 결과를 얻기가 어려워 보이는 방문들
은 마지막으로 미뤄놓았었다. 그런데 갑자기 그 사람들이, 그들
과 관련된 일들이 갑자기 이토록 쉽게 여겨지는 건 무슨 연유
인지? 내 착각인가? 내가 무감각해져서인가? 내가 하찮은 인

간이라는 것이 모두에게 훤하게 밝혀져 이제 사람들이 나에 대한 의혹과 반감을 거둬들였기 때문일까? 모든 것이 그저 꿈같다. (죽음에 대한 공포. 두 번째 발작은 첫 번째보다는 덜 심했던 것 같다. 하지만 가슴의 어느 부분을 중심으로—정확히 어디인지는 모르겠다—온몸이 떨리고 위축되는 것은 이상한 일이다.)

*

막 한 사람을 만났다. 하지만 어쨌든 별로 놀라운 만남은 아니다. 지금 내 상태에서는 아주 사소한 사건이라도 마치 안개 속 풍경처럼 본래의 크기에서 벗어난다. 요컨대 나는, 친구 한 명을 만나 우정의 계시를 받은 것만 같다.

나는 메자르그를 향해 걷고 있었다. 그때 내 뒤에서 경적 소리와 우르릉거리는 소리가 들려왔다. 이미 사람들에게 익숙해져서 사람들은 "올리비에 씨의 오토바이로군"이라고 중얼거릴 뿐 새삼 고개를 돌리지도 않는 소리였다. 반짝이는 작은 기관차를 닮은 이상하게 생긴 독일제 오토바이였다.

올리비에 씨의 원래 이름은 트레빌솜므랑쥬로서 백작 부인의 조카이다. 이곳 노인들은 어린 시절의 그의 모습을 기억하

제2장

217

고 있다. 그들은 그가 너무 다루기 어려운 젊은이여서 열여덟 살에 군대에 보내야 했다고 말하곤 한다.

나는 언덕 위에서 걸음을 멈추었다. 그런데 잠시 후 점점 가까워지던 오토바이 굉음이 내 뒤에서 그쳤다. 사방의 정적이 오토바이 굉음보다 더 크게 느껴졌다.

올리비에 씨가 내 앞에 서 있었다. 두툼한 회색 스웨터를 목까지 올리고 있었고 모자는 쓰지 않고 있었다. 그를 이렇게 가까이서 본 것은 처음이다. 평온하고 주의 깊은 얼굴이었으며 눈은 하도 창백해서 정확히 무슨 색인지 알 수 없을 정도였다. 그가 나를 바라보며 미소를 지었다. "신부님, 한번 타보고 싶지 않으세요?" 그가 내게 말했다. 그런데 그 목소리는, 아아, 내가 잘 알고 있는 그 부드러우면서도 동시에 *꿋꿋한* 그 목소리는, 바로 백작 부인의 목소리임을 나는 금세 알아차릴 수 있었다. 나는 사람 얼굴은 잘 기억하지 못하지만 목소리는 절대 잊어버리는 법이 없으며 그 목소리들을 사랑한다.

"좋지요"라고 나는 대답했다.

우리는 아무 말 없이 서로 바라보고 있었다. 나는 그의 눈에서 놀람과 일종의 빈정거림을 읽어낼 수 있는 것 같았다. 번쩍이는 이 기계 앞에서 내 사제복은 마치 검고 슬픈 얼룩처럼 보였다. 그런데 무슨 기적에 의해서 바로 그 순간 나 자신이 내게 젊게,—정말이지 그토록 젊게—저 의기양양한 아침처럼 젊게 느껴졌던 것일까? 섬광처럼 나는 나의 슬픈 청소년기를 다시 보았다. 그것은 파노라마처럼 펼쳐진 회상으로서가 아니라, 하나의 인격체로서, 하나의 존재로서(살아 있는지 죽었는지는 하느님만 아시리라!) 내 앞에 서 있었다. 내가 그 존재를 알아보았는지는 확실하지 않다. 내가 그 존재를 못 알아보았을 수도 있다. 왜냐하면…… 정말 이상하게 들리겠지만……그 존재가 내게 너무 낯선 때문이었다……. 전에 한 번도 본 적이 없는, 처음 보는 모습이기 때문이었다. 그 존재는, 우리가 형제로 삼을 수 있었을 많은 존재들이 영원히 멀어져가듯 그냥 내 곁을 스치며 지나간 때문이었다.

나는 젊었던 적이 결코 없었다. 그럴 엄두를 내지 못한 때문이었다. 분명 내 주변에서 삶이 흘러갔을 것이고 내 친구들은 그 풋풋한 봄의 맛을 알고 맛보았을 것이다. 하지만 나는 그에 대해 생각하지 않으려고 애쓰면서 일과 공부에만 몰두했다. 오, 난들 왜 내 친구들에게 호감을 갖지 않았겠는가! 하지만 나의 가장 가까운 친구들은 자신도 모르게 나의 유년기부터 내게 새겨져 있던 표지, 비참한 유년기부터 경험한 치욕의 표지를 내

제2장

219

게서 읽고 그 표지를 두려워했으리라! 나는 그들에게 가슴을 열었어야 했다. 하지만 내가 지금 털어놓았어야 했다고 이렇게 간절히 원하고 있는 것을 무슨 수를 써서라도 감추려 했으니……. 오, 지금은 이토록 간단해 보이는데! 아무도 젊음을 나와 함께 하지 않았기에 나는 결코 젊었던 적이 없다.

그렇다, 갑자기 모든 것이 간단해 보였다. 이 기억은 결코 내게서 떠나지 않으리라. 이 맑은 하늘, 황금햇살에 새어나오는 이 엷은 황갈색의 안개, 아직 서리가 하얗게 덮여 있는 언덕들, 햇빛을 받아 부드럽게 숨을 죽이고 있는 저 기계……. 나는 젊음은 축복받은 것임을,—그리고 그 질주의 위험을,—그 위험마저 축복받은 것임을 이해했다. 뭐라고 설명할 수 없는 그 어떤 예감에 의해 *나는 알았다.* 하느님은 결코 내가 이 위험을 겪지 않고는 죽기를 원하시지 않으신다는 것을……. 때가 되었을 때 나의 희생이 온전한 것이 되기 위해서는…….

나는 이 보잘것없는 짧은 순간의 영광을 알게 된 것이다. 나는 나처럼 젊은 이 친구 앞에서 내가 젊다는 것을, 정말로 젊다는 것을 느낀 것이다. 우리는 둘 다 젊었다.

"신부님 어디로 가시는 길입니까?"

"메자르그로 갑니다."

"자, 타세요. 가는 동안 아무와도 마주치지 않을 겁니다. 신부님이 사람들 우스개가 되고 있는 게 싫습니다."

"제가 어리석기 때문이지요." 잠시 침묵 후에 내가 대답했다.

나는 작은 보조 의자에 그럭저럭 기어올랐다. 그러자 그와 동시에 우리 앞에 보이던 기나긴 내리막길이 우리 뒤로 껑충 뛰어 달아나는 것 같았다. 그사이 오토바이 모터 소리만 끝없이 높아지더니 이윽고 이상하게 순수한 단 한 가지 소리만 내뿜었다. 마치 빛의 노래, 아니 바로 빛 그 자체 같았다. 나는 그 소리가 그리는 무한한 곡선, 그 상승을 눈으로 응시하며 함께 위로 오르는 것 같았다. 나는 모든 것에서 해방된 행복감을 맛보았다.

우리는 메자르그로 갈 때보다는 훨씬 얌전하게 사제관으로 돌아왔다. 하늘에는 구름이 덮여 있었고 쌀쌀한 북풍이 약하게 불고 있었다. 나는 마치 꿈에서 깨어나는 듯한 기분이었다.

나는 그가 백작 저택으로 곧장 가려니 생각했다. 그런데 그는 잠시 사제관에 들어가도 괜찮겠느냐고 정중하게 내게 물었다.

나는 뭐라고 해야 할지 몰라 망설였다. 무슨 수를 써서라도 그를 잘 대접하고 싶기 때문이었다. 나 같은 농촌 출신의 머리에서는 군인이란 언제나 배고프고 목마르다는 생각이 떠나지 않기 때문이다. 먹을 것도 없는 데다 탕약처럼 텁텁한 포도주를 그에게 내놓을 수는 없었다. 그 대신 나는 장작불을 활활 피웠고 그는 파이프에 담배를 쟀다.

"제가 내일 떠나야 해서 유감입니다. 다시 한번 달려 보면 좋을 텐데……"

"이걸로 충분합니다." 내가 대답했다. "사람들은 교구 신부가 급행열차처럼 빠르게 길을 내달리는 걸 별로 좋아하지 않을 겁니다. 게다가 죽을 수도 있으니까요."

"그런 게 두려우십니까?"

"오, 천만에요……. 하지만 주교님이 어떻게 생각하시겠어요?"

"신부님이 마음에 듭니다." 그가 말했다. "우린 친구가 될 수도 있었을 겁니다."

"당신 친구요? 제가?"

"그럼요. 신부님에 대해 별로 아는 것도 없으면서 이런 말을 하는 게 아닙니다. 사람들이 온통 신부님 이야기뿐이거든요."

"나쁜 이야기겠지요?"

"뭐, 그렇다고 할 수도……. 사촌 누이 동생은 몹시 화가 나 있는 것 같고……. 걔는 전형적인 솜므랑쥬 핏줄입니다.”

“무슨 말씀이신지.”

“우리 집안이 그렇다는 말씀입니다. 저도 솜므랑쥬 핏줄이니까요. 탐욕스럽고 완고하고, 결코 만족할 줄 모르고 어떻게 손대기도 곤란하고……. 아마 우리 핏줄 속에 들어 있는 악마적인 부분일 겁니다. 그 때문에 우리 자신이 스스로를 극도로 적대시하니까 우리의 덕은 악과 닮은꼴이 되어버립니다. 하느님조차도 우리 집안의 성인들을─아, 물론 어쩌다 그런 성인이 있더라도 말입니다─악당과 혼동하실 겁니다. 우리 집안의 유일한 장점이 있다면 감상벽(感傷癖)을 끔찍하게 싫어한다는 거지요. 우리는 우리의 기쁨을 남과 나누기를 싫어하지만 최소한 우리의 고통으로 남을 귀찮게 하지 않을 만큼의 꼿꼿함은 지녔습니다. 죽을 때가 되었을 때 아주 소중한 자질이지요. 실제로 우리 집안사람들은 아주 깨끗하게 죽는다는 말씀을 드리고 싶군요. 이 정도면 신부님도 우리 집안에 대해 저만큼은 알게 된 셈입니다. 이 모든 것들을 합하면 괜찮은 군인의 모습이 되지요. 불행히도 그 직업은 여자에게 개방되어 있지 않아서……. 그래서 우리 집안 여자들은, 제길! 제 고모는 우리 집안에 격언을 하나 남겨주신 셈입니다. 모 아니면 도! 그건 내기와 같은 거지요. 죽음의 순간만큼 진지하게 그 내기를 거는 때가 또 있을까요? 내기에서 이겼는지 졌는지, 누구랑 내기를 한 건지 돌아와서 말해줄 수 있는 사람은 아무도 없지만……."

"저는 당신이 하느님을 믿는다고 확신합니다." 내가 말했다.

그러자 그가 대답했다.

"우리 집안에서는 그런 질문을 하지 않습니다. 우리 집안사람들은 모두 하느님을 믿습니다. 가장 고약한 사람까지 말입니다. 가장 고약한 사람들이 다른 사람들보다 더 믿는지도 모르겠습니다. 우리는 아무 위험도 없는 악을 행하기에는 너무 오만하기 때문입니다. 언제고 맞설 만한 증인이 필요한 거지요. 바로 하느님 말입니다."

너무 신성모독적인 발언이어서 내 가슴이 찢어지는 듯 아플 수도 있었다. 하지만 그 말에 내 마음은 조금도 동요되지 않았다.

"하느님과 맞서는 게 그리 나쁜 건 아닙니다." 내가 그에게 말했다. "그러려면 자신의 모든 것을 다 걸어야 하니까요. 희망을, 자기가 품을 수 있는 희망 전체를 걸어야만 합니다. 다만 이따금 하느님께서 등을 돌려버리시지만……."

그는 흐릿한 눈으로 나를 뚫어져라 바라보았다.

"고모부는 신부님을 그저 고약하고 하찮은 시골 신부로 여기고 계십니다. 그 양반 말로는⋯⋯." 나는 얼굴로 피가 치솟는 것을 느꼈다. "고모부가 뭐라고 하건 신부님은 신경도 쓰지 않으실 줄 압니다. 그 양반은 멍청이 중의 멍청이니까요. 그런데 제 사촌 누이는⋯⋯."

"제발 그만 좀 해 주세요!" 나는 말했다.

나는 눈물이 눈에 고이는 것을 느낄 수 있었다. 갑자기 마음이 약해지면서 몸이 떨려와 나는 벽난로 귀퉁이로 가서 쪼그리고 앉았다.

"제 누이가 그런 감정을 드러내는 건 처음 본 거라서⋯⋯. 누가 자기에게 아무리 경솔한 무례를 범해도 꼿꼿하게 냉정하고 침착하던 애인데⋯⋯."

"제발 그 이야기는 그만하시고 차라리 저에 대한 이야기를 해주십시오."

"아, 신부님이요! 저는 그 검은 자루만 안 걸쳤다면 신부님은 우리 같은 사람 그 누구와도 비슷하다고 생각합니다."

나는 무슨 뜻인지 이해할 수 없었다. (하긴 지금까지도 제대로 이해하지 못하고 있다.)

"당신 말씀은 혹시?"

"그렇습니다. 제가 외인부대에 근무한다는 걸 아시나요?"

"하지만 사제가 어찌 군인과?"

나는 호기심이 일었다. 나는 군인이라는 굳건한 사람들, 그들이 맡고 있는 무섭고도 신비스러운 소명에 대해서는 생각해 본 적이 없는 것이 사실이다. 우리 세대의 사람들에게 군인이라는 단어는 동원된 시민이라는 진부한 이미지밖에 떠올리지 않기 때문이다. 내게는 군인용 배낭을 둘러메고 와서 바로 그날 저녁 다른 농사꾼들과 똑같은 복장으로 돌아갔던 휴가병들의 모습이 떠오른다.

그가 모호하게 대답했다.

"신부님이 자신의 얼굴을 들여다보기만 해도……."

"내 얼굴을 보라고요!"

그는 참을 수 없다는 듯 웃음을 터뜨렸다. 나도 따라 웃을 수밖에 없었다.

그런데 그가 정말 이상한 말을 했다.

"제 말은 신부님 얼굴에 나타난 기도의 습관이……. 제길, 이런 말은 별로 익숙하지가 않아서……."

"기도라! 기도의 습관이라! 만일 당신이 아신다면……. 내가 얼마나 기도를 잘 못 드리는지……."

내 말에 그는 역시 모호한 대답을 했다. 이후 나를 곰곰이 생각에 잠기게 만든 말이었다.

"제게 기도의 습관이란 차라리 기도에 대해 끊임없이 걱정하는 것, 기도와 싸우는 것, 기도를 향한 노력 같은 것처럼 보입니다. 용감한 사람의 얼굴에 떠오른 것도 공포에 대한 끊임없는 두려움, 공포에 대한 공포입니다. 이런 말을 해도 좋다면 신부님 얼굴은 기도로 닳아버린 얼굴 같습니다. 신부님 얼굴이 우리 같은 치외법권(治外法權) 지역에 있는 사람의 얼굴과 같다고 해도 과언이 아닐 것입니다. 게다가 고모부는 신부님께 사회생활에 대한 감각이 없다고 말합니다. 우리들의―저 같은 사람과 신부님 말입니다―질서는 그들과 다르다는 것을 인정하시겠지요?"

"저는 그들의 질서를 거부하지 않습니다." 내가 대답했다. "단지 그 질서에 사랑이 없음을 비난할 뿐입니다."

"우리 같은 사람들은 그에 대해 신부님만큼 잘 알지 못합니다." 여기서 그는 또 엉뚱해 보이는 비약을 했다.

"암튼 저는 신부님께 이런 말씀을 드리고 싶습니다. 저 옛날 병사들은 오로지 그리스도 공동체에 속해 있었습니다. 물론 그들이 모두 정의롭거나 순수한 것은 아니었습니다. 그래도 그들의 '정의'는 수 세기 동안 비참한 사람들의 슬픔과 함께 하던 것, 혹은 그들의 꿈을 채우고 있던 정의를 그런대로 대변하고 있었습니다. 반대로 권력자의 손아귀에 들어간 정의는 다른 모든 것들과 마찬가지로 통치의 도구에 불과합니다. 그런 걸 어떻게 정의라고 부를 수 있지요? 그것은 차라리 불의(不義)라고 불러야 할 것입니다. 그것은 약자들의 저항이 어느 정도인지, 그들이 견뎌낼 수 있는 고통과 수치와 불행이 어느 정도인지를 철저하게 계산해서 고안해 낸 아주 효과적인 '정의', 즉 불의인 것입니다. 저 옛 병사들은 오로지 기독교 세계에 속해 있었는데, 이제 기독교 세계는 아무에게도 속해 있지 않습니다. 기독교 세계는 이제 더 이상 존재하지 않으며 앞으로도 존재하지 않을 것입니다."

"왜지요?"

"더 이상 병사들이 없기 때문입니다. 병사들이 없는 한 기독교는 없습니다. 아, 신부님은 그래도 교회는 살아남았다, 중요한 건 바로 그것이다, 라고 말씀하시고 싶으시지요? 물론 그럴지도 모르지요. 다만 지상의 그리스도 왕국은 더 이상 없을 것입니다. 그것은 끝났습니다. 그 희망은 우리와 함께 죽었습니다."

"당신들과 함께라니요?" 내가 외쳤다. "병사들이 부족한 게 아니잖습니까?"

"병사요? 병사가 아니라 군대라고 불러야 하지요. 진정한 병사는 1431년 5월 30일에 죽었습니다(잔 다르크가 죽은 날을 말함-옮긴이 주). 그 병사를 죽인 것은 바로 당신들 교회 사람들이었습니다. 죽인 것 이상이지요. 선고하고 파문하고 화형에 처했으니까요."

"우리는 그분을 성녀로 시성(諡聖)했습니다……."

"교회가 그런 게 아니라 하느님께서 그것을 원하셨던 겁니다. 그 병사를 그렇게 높이 올린 건 그가 마지막 병사였기 때문입니다. 그런 혈통의 마지막 존재는 성자일 수밖에 없습니다. 게다가 하느님께서는 그 존재가 '성녀(聖女)'이기를 바라셨습니다. 하느님은 옛 기사들의 언약을 존중하신 겁니다. 저는 '귀부인에게 명예를!'이라고 외치던 기사들의 고함 소리를 즐겨 회상하곤 합니다. 여성이라면 경계해 마지않는 당신네 신학자들은 비난조로 눈을 흘기겠지요?"

나는 그의 시선에 슬픔이 어려 있음을 알 수 있었다. 내가 익히 알고 있는 슬픔이었다. 그 슬픔이 내 영혼까지 생생하게 와 닿았고 나는 일종의 어리석은 부끄러움, 극복하기 어려운 부끄러움을 맛보았다. 나는 그만 바보처럼 그에게 묻고 말았다.

"당신은 교회 사람들의 어떤 점을 비난하시는 거지요?"

"저요? 아, 별 거 아닙니다. 우리들을 세속화시켰기 때문이지요. 제일 먼저 병사들을 세속화시켰습니다. 어제 오늘의 일이 아니지요. 그런 후 이 세계를 개인의 복락만 열심히 기도하는 탐욕과 교만으로 가득 찬 이교도 세상으로 만들었습니다. 바로 기독교의 이름으로! 당신은 우리를 국가에 넘겨버렸습니다. 우리에게 무기, 의복, 음식을 제공하면서 국가는 우리의 양심도 관리합니다. 판단 금지, 이해 금지 운운하면서 말입니다. 그리고 당신네 신학자들은 그런 일을 옳다고 인정합니다. 국가는 사형집행인에게 처형권을 주듯 우리에게 아무 데서나 무슨 방법으로건 사람을 죽일 수 있는 권한, 명령에 의해 살해할 수 있는 권한을 줍니다. 우리는 국토 수호자로서 폭동을 진압합니다. 하지만 폭동이 성공하면 이번에는 그것을 섬깁니다. 충심이란 것은 없는 거지요. 그런 체제하에서 우리는 군인이 된 것입니다. 하긴, 곧 이런 군대도 없어질지 모르지만……. 일곱 살부터 예순 노인까지 모두가…… 뭐랄까…… 서로를 향해 달려들게 되면 군대라는 말 자체가 필요 없게 되겠지요. 당신네 신학자들은 점점 더 혐오감에 젖어 관인 면허 서류에 서명을 해댈 거고요. 당신들은 도대체 언제까지 이럴 건가요? 한 도시를 깡그리 날려버릴 극악무도한 죄를 지은 자들이 버젓이 활개치며 일상생활을 누리고 그들이 퍼뜨린 독 때문에 아이들이 제 어미

품에서 폐를 다 쏟아낼 듯 피를 토하는 그 순간 당신들은 바지나 갈아입고 축복된 빵을 나눠주러 간다고요? 당신들은 정말 어릿광대들입니다. 로마 황제와 협상하는 척해봤자 소용없습니다! 고대의 그 도시는 그들의 신들과 함께 죽어버렸습니다. 그리고 현대 도시의 수호신들이 시내에서 외식을 합니다. 그들은 바로 은행가라고 불립니다. 어디 그들과 원하는 대로 정교 분리 조약을 맺어보시지요. 서양에서, 기독교 밖에서의 조국을 위한 자리, 병사를 위한 자리는 없습니다. 그리고 당신들의 그 비겁한 아첨에 의해 그 둘의 명예는 완전히 훼손되어버릴 것입니다."

그는 일어나 있었고 말을 하면서 여전히 흐릿하면서도 푸른 묘한 눈길로 나를 감싸고 있었다. 그늘 속에서 보자니 흐릿한 눈이 금빛을 띤 것 같기도 했다. 그는 마치 화라도 난 듯 담배를 재떨이에 던졌다.

"나야 상관없는 일이지요." 그가 다시 입을 열었다. "그전에 죽을 테니까."

그의 말 한 마디 한 마디가 내 폐부를 찔렀다. 아아, 하느님께서는 우리들의 손에, 우리들 성직자 손에 당신의 몸과 영혼을, 당신의 영예를 기탁하셨다. 그리고 저들에게 그분의 몸과 영혼을 이 세상 구석구석에 아낌없이 나눠주게 하셨다.

'우리들은 죽는 것만이라도 저들처럼 할 수 있을까?'라고 나는 자문했다. 나는 잠시 손으로 얼굴을 가렸다. 손가락 사이로 눈물이 흐르는 것을 알고 나는 당황했다. 그 앞에서 마치 어린아이처럼, 마치 여인처럼 울고 있다니! 하지만 주님께서 내게 약간의 용기를 주셨다. 나는 일어나서 팔을 내렸다. 그리고 내초라한 얼굴, 내 수치스러운 얼굴을 힘겹게 그에게 보여주었다. 그는 오랫동안 나를 지켜보았다. 오! 아직 내 안에는 오만이 생생하게 살아 있었으니! 나는 그의 결연한 입술에서 경멸의 웃음, 최소한 연민의 미소를 찾아보려 했다. 경멸보다는 차라리 연민이 두려웠다.

"당신은 멋진 친구입니다." 그가 말했다. "내 임종 때 다른 신부가 아니라 꼭 당신을 모시고 싶습니다."

그는 마치 어린아이처럼 내 두 뺨에 입을 맞추었다.

*

릴에 가기로 결심했다. 내 대신 교구 일을 맡아 볼 친구가 오늘 아침에 왔다. 그는 나에게 안색이 좋아졌다고 말했다. 사실

몸이 훨씬 더 나아졌다. 내가 나 자신을 너무 의심했던 것이라는 생각이 든다. 그리고 의심은 겸손이 아니라 가장 극단적인 오만이리라는 생각도 해본다. 세상사에 무관한 척하는 것도 겸손이 아니라 오만이 아닐까? 남의 의견을 곧잘 수용하는 것도 신뢰감, 열정, 희망의 상실을 의미하는 것이 아닐까? 내 청춘도 내 소유가 아닌 만큼, 내가 지니고 있는 그 얼마 안 되는 것이라도 감출 권리가 있을까?

올리비에의 말들이 나를 기쁘게 해준 것은 사실이지만 그의 말에 완전히 현혹된 것은 아니다. 수없이 여러 면에서 나보다 훨씬 나은 그런 사람에게 단번에 호감을 줄 수 있었다는 사실만 간직하련다……. 혹시 그건 무슨 징표가 아닐까?

내가 이 일기장 어디 적어두었는지는 모르겠지만 "자네는 소모전에 쓰일 사람이 아니야"라고 하셨던 토르시의 신부님 말씀이 기억난다. 그런데 나는 혹시 지금 소모전을 치르고 있는 것은 아닐까?

아아, 내가 나을 수 있다면! 내가 겪고 있는 증세들이 다만 서른 살의 고비를 넘길 때 나타나는 신체 변화를 보여주는 증

제2장

233

세일 뿐이라면……. 어디서 읽었는지는 모르지만 한두 줄의 문장이 이틀 전부터 머리를 떠나지 않는다. '내 마음은 최전선에 있는 자들과 함께 있다. 내 마음은 기꺼이 죽음을 맞는 자들과 함께 있다.' 기꺼이 죽음을 맞는 자들…… 병사들…… 선교사들…….

*

우편함에 올리비에 씨가 릴에서 보낸 편지가 들어 있었다. 휴가의 마지막 며칠을 릴의 베르트 거리 30번지에 있는 친구 집에서 보내고 있다는 내용이었다. 나도 곧 그곳으로 갈 것이라는 말을 그에게 했는지는 기억나지 않는다. 기이한 우연의 일치!

비그르 씨의 자동차가 오늘 아침 5시 30분에 나를 데리러 올 것이다.

오늘 오후 여행 준비를 마쳤을 때 문이 삐걱하는 소리가 들렸다. 대리 신부를 기다리고 있던 터라 그가 들어온 줄 알았다. 그런데 한참 있어도 아무 소리도 들리지 않기에 부엌으로 가보았다. 샹탈 양이 벽난로 옆 낮은 의자에 앉아 있었다. 그녀는 나를 향해 고개도 돌리지 않은 채 재만 뚫어져라 바라보고 있었다.

솔직히 말하지만 나는 별로 놀라지 않았다. 내가 저질렀건 아니건 내 과오의 모든 결과를 받아들이기로 이미 체념한 상태였기에, 나는 마치 집행유예, 혹은 특사(特赦)를 받은 양 아무것도 미리 예측하고 싶지 않았다. 예측한들 무슨 소용이 있으랴? 내가 인사를 건네자 그녀는 약간 당황한 듯했다.

"내일 떠나신다지요?"

"그래요."

"돌아오실 건가요?"

"두고 봐야 압니다."

"신부님께 달린 일 아니에요?"

"아니, 의사에게 달렸습니다. 릴에 가서 진찰을 받을 거니까요."

"신부님은 병에 걸려서 좋으시겠어요. 병에 걸리면 꿈꿀 시간을 얻을 것 같거든요. 저는 결코 꿈을 꾸지 않아요. 우리 집안 여자들이 모두 그렇듯 모든 일이 제 머릿속에서 공증인 장부처럼 정확하게 진행되거든요. 제 사촌 오빠가 제 이야기를 하던가요?"

"네. 하지만 한 마디도 기억이 나지 않아서 무슨 말을 했는지 아가씨에게 전해줄 수 없어요."

"신부님은 저를 그러니까…… 뭐랄까…… 규율이나 도덕에 의해 판단하시겠지요?"

"나는 은총에 따라서만 판단합니다. 그리고 아가씨에게 무슨 은총이 내렸는지 나는 모르고 앞으로도 영원히 모를 것입니다."

"신부님은 왜 그렇게 속을 감추세요? 모두들 신부님이 나약하고 동정심을 불러일으킨다고 말하지만 실은 완고한 사람이세요."

"나는 완고하지 않아요. 아가씨의 그 꺾이지 않는 어떤 부분, 그게 완고한 거지요. 그리고 그것도 하느님에게 속한 것입니다."

"무슨 말씀을 하시는 거예요? 하느님은 양순하고 겸손한 사람만 사랑한다는 걸 잘 알고 있는데……. 내가 인생에 대해 속에 품고 있는 생각을 신부님께 다 말씀드린다면……."

"아가씨 나이에는 인생에 대해 별로 생각하는 게 없는 법이에요. 이것저것을 원한다, 그게 전부지요."

"그래요, 나는 모든 걸 다 갖고 싶어요. 선이건 악이건. 모든 걸 다 알고 말 거예요."

"곧 그렇게 되겠지요." 나는 웃으며 말했다.

"설마! 제가 아무리 어린 여자애지만 많은 사람들이 그러지 못하고 죽는다는 건 잘 알고 있어요."

"진정으로 추구하지 않았기 때문이지요. 그저 꿈이나 꾼 거지요. 아가씨, 아가씨는 결코 꿈을 꾸지 않는다면서요. 그 사람들은 그저 방 안을 헤맨 거예요. 곧장 앞으로 나아간다면 지구는 작아요."

"인생이 저를 속여도 상관없어요! 복수할 거예요. 악을 악으로 갚을 거예요!"

"그래요. 바로 그 순간 아가씨는 하느님을 뵙게 될 겁니다. 어떻게 해야 제대로 표현할 수 있을지 모르겠고, 게다가 아가씨가 아직 어리니……. 그래, 이렇게 말할 수 있겠네요. 아가씨는 세상에 등을 보이고 떠나는 거라고. 아가씨가 이해할지 모르겠지만 세상은 반항이 아니라 수용이니까. 무엇보다 거짓을 수용하니까요. 그러니 갈 수 있는 한 한껏 앞으로 몸을 던져요. 언젠가 벽이 무너지고 하늘을 향한 틈이 열릴 테니까."

"신부님, 그렇게…… 되는 대로…… 마구 말씀을 하시다니……. 아니면……."

"양순한 사람들이 지상을 차지한 건 사실이에요. 그런데 아가씨와 같은 사람들은 그 사람들과 그걸 두고 다투지는 않을 거예요. 그래 봤자 그걸로 뭘 해야 할지 모르니까. 약탈자들은 천상의 왕국만을 약탈할 뿐이니……."

그녀는 얼굴이 새빨개져서 어깨를 들썩거렸다.

"정말이지, 신부님께…… 욕이라도 퍼붓고 싶어요. 그래, 제 뜻과 상관없이 저를 이리저리 맘대로 할 수 있다고 생각하세요? 저는 할 수만 있다면 저 자신을 저주할 거예요."

"나는 영혼을 걸고 아가씨를 책임질 겁니다." 나는 깊이 생각하지 않고 즉각 말했다.

그녀가 천천히 고개를 들어 나를 바라보았다. 그녀의 얼굴을 내가 그토록 잘 알고 있지 않았다면 거의 평온해 보인다고 할 수 있을 정도였다. 그녀의 입 귀퉁이가 약간 떨리는 것이 보였다.

"신부님께 흥정을 하나 제안하겠어요." 그녀가 말했다. "신부님이 제가 생각하는 그런 분이시라면……."

"나는 아가씨가 생각하는 그런 사람이 아닙니다. 당신이 내 안에서 보고 있는 것은 바로 당신 자신이에요. 거울에 비친 당신 모습이고 당신의 운명이지요."

그녀는 내 말을 듣는 둥 마는 둥 다시 입을 열어 말했다.

"신부님이 엄마랑 이야기를 나누실 때 저는 바로 창문 아래 숨어 있었어요. 그런데 갑자기 엄마 얼굴이 너무나…… 너무나 부드러워졌어요! 그 순간 저는 신부님을 증오했어요. 저는 기적이나 귀신같은 건 믿지 않아요. 하지만 엄마에 대해서는 잘 알고 있었어요! 엄마는 미사여구를 독이 든 사과처럼 무시했어요. 신부님께 무슨 비결이 있지요? 그렇지요?"

"그건 잃어버린 비밀입니다." 내가 그녀에게 말했다. "아가씨도 그걸 되찾았다가 잃어버릴 것이고 다른 사람들이 아가씨 뒤를 이어서 전달할 겁니다. 아가씨가 속한 종족은 이 세상만큼 존속할 테니까요."

"뭐라고요? 무슨 종족이요?"

"하느님께서 친히 움직이게 하신 종족, 모든 것이 성취되기까지는 결코 멈추지 않는 그런 종족 말입니다."

제3장

펜을 가눌 수조차 없다니 부끄럽다. 양손이 떨린다. 늘 그런 것은 아니고 간헐적으로 몇 초간 떨린다. 안간 힘을 다해 다음 글을 쓴다.

돈이 충분히 남아 있다면 아미앵행 기차를 탈 수 있었을 것을. 방금 의사의 집에서 나오면서 그런 터무니없는 생각을 하기도 했다. 오, 얼마나 어리석은지! 돌아갈 기차표와 몇 푼의 동전밖에는 없다.

좋은 결과가 나왔다고 가정해보자. 그래도 나는 이곳에서 지금처럼 글을 쓰고 있을 것이다. 투박한 나무탁자들이 놓여 있는 이 작고 조용한 카페를 눈여겨봐 두었던 것도 기억난다. 식욕을 느끼기까지 했었다.

그래, 분명하다……. 나는 가방에서 이 공책을 꺼냈을 것이고 펜과 잉크를 갖다 달라고 했을 것이며 여종업원이 웃으며 그것을 갖다주었을 것이다. 나도 웃어주었겠지. 한길에 햇빛이 양양하다.

내가 내일, 혹은 6주 후—아니면 여섯 달 후가 될지도 모르겠지—이 글들을 다시 읽게 된다면 아마도 거기서 무언가 찾으려고 애쓰리라는 것을……. 하지만 맙소사, 도대체 무엇을? …… 그래, 내가 오늘 평소처럼 왔다 갔다 할 수 있었다는 증거를……. 유치한 생각이다.

나는 먼저 기차역을 향해 곧바로 걸어갔었다. 나는 이름 모를 오래된 성당으로 들어갔다. 사람들이 너무 많았다. 유치한 짓이었겠지만 나는 성당 바닥에 자유롭게 무릎을 꿇고 싶었다. 아니 차라리 바닥에 납작 엎드리고 싶었다. 기도에 대해 이토록 격렬한 육체적 저항을 느껴본 적은 없었다. 그 저항이 하도 또렷해서 가책조차 들지 않을 정도였다. 의지로도 어쩔 수 없었다. 흔히 분심(分心)이라고 부르는 것이 이토록 강하게 그 무언가를 분리시키고 조각낼 수 있는 줄은 몰랐다. 나는 두려움과 싸우고 있는 것이 아니라 이루 헤아릴 수 없을 정도로 무한해 보이는 두려움들과 싸우고 있었다. 신경 한 가닥 한 가닥마다에 달라붙어 있는 무수한 두려움들이었다. 눈을 감고 신경을 집중하려 하면, 마치 깊은 밤에 보이지 않는 거대한 수군거림 같은 것이 들려오는 것 같았다.

이마와 양손이 땀에 젖었다. 나는 결국 성당에서 나왔다. 추위가 엄습해 왔다. 나는 빠르게 걸음을 옮겼다. 고통이라도 느끼고 있었다면 나는 나의 불행에 대해 자신을 동정하고 눈물이라도 흘렸을 것이다. 하지만 이해할 수 없을 정도로 기분이 상쾌했다. 떠들썩한 군중들과 접하면서 내가 느낀 마비상태는 마치 희열에 사로잡혀 있는 상태와 비슷했다. 그 희열이 내게 날개를 달아주었다.

다시 카페. 나는 외투 주머니에서 5프랑을 발견했다. 비그르 씨의 운전기사에게 주려다가 깜빡한 것이다. 나는 카페 여주인인 뒤플루이 부인에게 커피와 빵을 갖다달라고 주문했다. 뒤플루이 부인은 예전 토르시에서 일하던 석공의 미망인이다. 그녀와 나는 전부터 알고 지내던 사이였다.

내가 맞은 불행이 유별난 것도 아니다. 오늘도 세상 곳곳에서 수백, 어쩌면 수천의 사람들이 나와 비슷한 선고를 받고 아연해 있을 것이다. 나는 아마도 그 사람들 중에서 처음에 받은 충격을 다스릴 힘이 가장 약한 사람에 속할 것이다. 나는 내가 약하다는 것을 너무 잘 안다. 하지만 내가 어머니로부터, 더 거슬러 올라가 우리 집안의 너무나 가난했던 다른 여자들로부터 거의 불가항력적인 인내심도 물려받았음을 경험으로 알고 있다. 그 인내심은 고통과 비례해서 커졌다 작아졌다 하는 것이 아니다. 그 인내심은 고통 안으로 미끄러져 들어가 그 고통을 하나의 습관처럼 만들어버린다. 우리의 힘은 바로 거기에 있다. 그렇지 않다면 저 수많은 불행한 여성들이 그 무서운 인내력으로 남편과 자식들과 친인척들의 배은망덕과 부당함을 삭여내면서 악착같이 살아낼 수 있는 이유를 어떻게 설명할 수 있단 말인가? 오, 비참한 사람들을 먹이고 키워낸 어머니들이여!

오로지 침묵해야 한다. 침묵이 허용되는 한 입을 다물고 있어야 한다. 몇 주 동안 이어질 수도 있고 몇 달이 될 수도 있다. 나의 비밀이 몇 번 내 입술 위까지 올라왔었지만 하느님이 그것을 붙잡아 주셨다. 오, 다른 사람들의 연민이 내게 한순간 위안이 되리라는 것을 나는 잘 안다. 나는 그 연민을 경멸하지 않는다. 하지만 그것은 갈증을 풀어주지 못한다. 그것은 마치 체를 통해 물이 빠져나가듯 영혼 속에서 흘러나가 버린다. 그리고 만일 우리의 고통이 마치 입에서 입으로 옮겨 가듯 연민으로부터 연민으로 옮겨 다닌다면 더 이상 그 고통을 존경하거나 사랑하지 않게 되리니……

나는 이른 아침에 라비뉴 의사의 집에 도착했다. 나는 곧바로 안으로 안내되었다. 지저분한 식당에서 몇 분간 기다리고 있자니 등 뒤의 문이 열리며 의사가 들어오라는 손짓을 했다. 나는 그가 그렇게까지 젊으리라고는 예상하지 못했다. 얼굴이 내 얼굴만큼이나 말라 있었고 혈색도 정상이 아니었다. 마치 청동빛 같다고나 할까.

진찰은 오래 걸렸다. 나는 그가 내 폐에는 거의 주의를 기울이지 않는 것을 보고 놀랐다. 나는 분명히 폐병에 대해 생각하고 있었다. 하지만 그는 가볍게 휘파람을 불면서 내 왼쪽 어깨, 쇄골이 있는 곳을 몇 번 만져보았을 뿐이다.

진찰을 끝낸 의사는 방 안을 이리저리 서성거렸다. 이윽고 그는 미소를 지으며 내게로 왔다. 하지만 그 미소가 나를 완전히 안심시키지는 못했다.

"음, 그러니까, 엑스레이를 한번 찍어보았으면 합니다. 소개서를 한 장 써드리지요. 하지만 월요일까지는 기다리셔야 할 것 같습니다."

"꼭 찍어야 합니까?"

그는 잠시 망설였다.

"그저 형식적인 겁니다. 신부님을 병원에 더 붙잡아둘 이유가 어디 있겠습니까? 집으로 편안히 돌아가십시오."

"제가 신부 일을 계속할 수 있겠습니까?"

"물론입니다. (그 말에 내 얼굴에 화색이 도는 것을 나는 느낄 수 있었다.) 하지만 작은 통증들이 모두 끝났다고는 말씀드릴 수 없습니다. 위기가 다시 찾아올 수도 있습니다. 어쩌겠습니까? 병과 함께 사는 법을 배워야지요. 우리는 모두 얼마간 병에 걸려 있으니까요. 처방을 써드릴 테니 물약을 두 시간에 한 숟가락씩 드십시오. 하루에 다섯 숟가락을 넘기면 안 됩니다. 하지만 아무래도 엑스레이를 찍어봐야 할 것 같습니다. 일주일 뒤에 오십시오. 내가 직접 방사선과 병원으로 모시고 가야겠습니다."

나는 어서 그 진찰실에서 나가고 싶어 악수를 청할 엄두도 내지 못하고 밖으로 나왔다. 그런데 막 대기실로 나왔을 때 처방전을 탁자 위에 놓고 온 것이 생각났다. 나오면서 의사가 응접실 쪽으로 발걸음을 옮긴 것을 흘낏 본 것 같아 나는 그 방이 비어 있으리라 생각했다. 탁자 위에서 처방전을 집어 들고 나오면 그뿐이리라 생각하고 나는 다시 방으로 들어갔다.

그런데 그가 그곳에 있었다. 그는 좁다란 창문이 있는 벽면에 기대서서 팔뚝을 걷어 올리고 있었다. 그는 손가락 사이에 끼고 있는 금속 바늘이 번쩍이는 주사기를 팔뚝에 꽂고 있었다. 놀란 기색과 함께 떠오르던 그의 일그러진 미소를 나는 잊을 수 없다. 그는 여전히 그 미소를 띤 채 화난 눈으로 나를 바라보며 물었다.

"무슨 일입니까?"

"처방전을 찾으러 왔습니다." 나는 우물거렸다.

"내가 아마 주머니에 도로 넣은 모양입니다. 잠시 기다리세요."

그는 주삿바늘을 빼내더니 주사기를 여전히 손에 든 채 내 앞에 꼼짝도 않고 서 있었다. 마치 도전하는 듯한 자세였다.

"이놈만 있으면 하느님 없이도 지낼 수 있소."

내가 당황한 모습을 보이자 그의 경계심이 풀린 것 같았다.

"아니, 의대생들이 하는 농담을 한 것뿐이오. 나는 모든 의견들을 존중해요. 종교적 견해라도 말이오. 헌데 한 가지 물어봅

시다. 아까 물으려던 건데…… 어떻게 내게 연락하고 찾아오게 된 겁니까? 누가 나를 추천한 겁니까?"

"델방드 의사 선생님께서…… 교수님을……."

"델방드? 모르는 이름인데……. 게다가 나를 왜 교수라고 부르는 겁니까?"

"델방드 의사 선생님께서 라비뉴 교수에게 가보라고 하셨습니다."

"라비뉴? 아니, 지금 나를 놀리는 겁니까? 델방드라는 양반, 정신이 나간 사람 아닙니까? 라비뉴 교수는 작년 정월에 78세로 죽었소. 아니, 내 주소는 어디서 얻은 거요?"

"전화번호부에서 찾았습니다."

"뭐라고요? 전화번호부? 내 이름은 라비뉴가 아니라 라빌인데……. 글을 읽을 줄도 모르시는 모양이로군."

"제가 멍청한 짓을 저질렀습니다. 죄송합니다."

나는 내 잘못으로 엉뚱한 의사와 우연히 만나고 있었던 것이다. 그는 나와 출입문 사이에 서 있었다. 나는 내가 과연 이 방에서 나갈 수 있을까, 엉뚱한 걱정이 들었다. 마치 깊은 함정에라도 빠진 기분이었다. 땀이 양 볼 위로 흘러내렸고 땀 때문에 앞이 잘 보이지도 않았다.

"오히려 내가 사과를 해야 할 것 같군요. 다른 의사를 소개해 드릴까요? 하긴 그럴 필요가 없을 겁니다. 나도 이곳에서 잘 나가는 의사들만큼은 의술을 알고 있으니. 파리 여러 병원에서 인턴으로 일했고 국가고시에서도 3등을 했습니다. 이런! 자기 자랑을 하고 말았군. 죄송합니다. 어쨌든 이렇게 젊은 신부님과 맞대면한 건 처음입니다."

그의 시선은 마치 나를 쏘아보는 것 같았다. 내가 말했다.

"제가 우리 사제들에 대해 나쁜 인상을 선생님께 심어준 것 같아 죄송합니다. 저는 그저 평범한 사제일 뿐입니다."

"아니, 천만에요! 신부님은 제게 아주 흥미가 있습니다. 당신의 얼굴은……, 뭐랄까……, 아주 특색이 있습니다. 그런 말 들으신 적 없습니까?"

"물론 없습니다." 나는 외쳤다. "저를 놀리시는군요."

그는 어깨를 으쓱하더니 말했다.

"당신 집안에서 사제가 많이 나왔습니까?"

"전혀요. 저희 집안에 대해 아는 것도 별로 없습니다. 하긴 별로 내력도 없는 집안이니까요."

"미안합니다. 신부님 얼굴을 보니 마치 제 분신과 마주친 것 같아서……. 실은 불쾌한 느낌이었지요. 내가 미친 것 같지요?"

내 시선이 나도 모르게 주사기 쪽으로 옮아갔다. 그가 웃음을 터뜨렸다.

"하하, 모르핀으로는 취하지 않으니까 안심하세요. 오히려 이놈은 머릿속을 꽤나 잘 정리해주지요. 당신이 기도를 통해 구할지도 모르는 것을 나는 이놈에게 요구합니다. 망각을……."

"죄송하지만 기도를 통해서는 망각을 구하는 게 아니라 힘을 구합니다." 내가 말했다.

"내게는 힘은 아무 소용없습니다." 그는 마치 꿈꾸는 듯한 목소리로 말을 이었다. "기도라……. 나는 내가 살가죽 밑에 이 바늘을 꼽듯이 당신이 쉽게 기도드릴 수 있기를 빕니다. 당신처럼 불안한 사람들은 기도를 드리지 않거나 잘못 드립니다. 기도를 드리면서 오로지 기도를 드리려는 노력, 기도를 해야 한다는 압박감만을 사랑하고 있을 뿐이라고 고백하시지요. 그건 바로 당신도 모르는 새 당신 자신에게 가하는 폭력입니다. 신경과민인 사람들은 언제나 자신을 도살하는 사람들입니다. 당신은 자살의 유혹을 느껴본 적이 없나요? 당신처럼 예민한 사람에게는 드문 일이 아니지요. 어쩌면 당연한 일일 수도 있고."

나는 웬일인지 그에게 대꾸할 말을 찾지 못한 채 홀린 듯 가만히 있었다. 그러자 그가 계속 말했다.

"사실 자살 취향은 하늘로부터 받은 선물입니다. 뭐랄까, 육감 같은 거라고나 할까? 타고나는 겁니다. 나는 자살을 하더라도 은밀하게 할 겁니다. 나는 사냥을 합니다. 사냥을 하다보면 자기 등 뒤로 총을 끌어당기면서 울타리를 넘어야 할 일이 생기기 마련이지요. 그러다가 탕! 다음 날 새벽녘, 코를 풀숲에 박은 채 아주 신선하고 고요한 모습으로 발견됩니다. 나무들 위로 새벽안개가 피어오르고 수탉들의 합창 소리와 새들의 지저귐이 들리는 가운데 말입니다. 어때요? 매혹적이지 않습니까?"

오오! 나는 한순간 그가 델방드 의사의 자살에 대해 알면서 이런 끔찍한 연기를 하고 있다는 착각에 빠졌다. 하지만 절대로 그럴 리가 없었다. 그의 시선은 진지했다. 시간이 흐를수록 더 이상 그를 참아낼 수 없다는 생각과, 그로부터 벗어날 수 없다는 느낌이 동시에 나를 사로잡았다. 우리는 서로에게 사로잡힌 포로 신세였다. 그는 낮게 깔린 목소리로 말을 이었다.

"우리 같은 사람들은 제 분수를 알고 얌전히 있어야 했을 겁니다. 몸을 사릴 줄 모르는 족속이니 말입니다. 당신의 신학교 시절이 나의 고교 시절과 똑같았을 거라고 장담합니다. 당신은 하느님에, 나는 과학에 투신했지요. 뱃속에 이글거리는 정열을 지닌 채. 그런데! 우리 둘 다……."

그가 갑자기 말문을 닫았다. 나는 그때 이미 그의 말뜻을 알아차렸어야 했을 것이다. 하지만 나는 여전히 그 방에서 빠져나갈 생각만 하고 있었다. 내가 그에게 말했다.

"당신 같은 분은 목적으로부터 등을 돌리지 않습니다."

"목적이 저로부터 등을 돌렸습니다." 그가 대답했다. "저는 6개월 내에 죽습니다."

나는 그가 자살에 대해 이야기하는 줄 알았다. 그는 내 눈길에서 그런 내 생각을 분명히 읽었던 것 같다. 그가 다시 말했다.

"내가 당신 앞에서 왜 이런 어릿광대짓을 하고 있는지 모르겠군요. 당신 눈을 보고 있으면 뭐든 다 털어놓고 싶다는 생각이 듭니다. 자살이라? 설마! 그런 건 귀족이나 시인들의 심심풀이입니다. 나 같은 놈은 누릴 수 없는 사치이지요. 모르핀 때문에 저를 비겁한 놈이라고 생각할지도 모르겠군요. 림프종이라고 들어봤어요? 흔한 병은 아니지요. 짧으면 석 달, 길어야 여섯 달입니다. 환자들에게는 낙천적으로 보여야 하니까, 진료가 있는 날은 마약을 좀 쓰는 겁니다. 우리 의사들에게는 환자에게 거짓말하는 게 필수적입니다."

"하지만 너무 거짓말을 하는 것은……."

제3장

251

"그렇게 생각하세요?" 그가 말했다. 부드러운 목소리였다. "당신 역할은 제 역할보다 덜 어렵습니다. 당신은 임종하는 사람들만 상대하겠지요. 대부분의 임종의 고통은 행복감과 함께합니다. 하지만 한 인간의 희망을 단번에, 단 한 마디 말로 꺾어놓는다는 것은 그와는 전혀 다른 일입니다. 아, 당신이 무슨 대답을 하실지 잘 압니다. 당신네 신학자들은 소망을 덕으로 삼고 있지요. 소망이 합장을 하고 있지요. 하지만 그 소망을, 그 신성한 것을 곁에서 본 사람은 아무도 없습니다. 하지만 희망은 짐승입니다. 인간 속에 들어 있는 짐승, 힘세고 잔인한 짐승입니다. 아주 조용히 그 불길을 꺼야 합니다. 아니면 고삐를 놓치지 말던가! 만일 고삐를 놓치면 그놈이 할퀴고 물어뜯을 겁니다. 환자들이 얼마나 심술궂은데요!"

"조금씩 죽어가는 데 습관을 들여야겠지요. 그리고 기쁘게 죽음을 받아들여야겠지요. 기쁨과 괴로움은 결국 하나이니까요." 나는 우물거리며 말했다.

"당신이 기쁨이라고 부르는 것은 틀림없이 그런 거겠지요. 그런데 교회의 사명이란 바로 그 기쁨의 원천, 잃어버린 그 원천을 되찾는 데 있지 않겠어요?"

그의 시선은 그의 목소리만큼이나 부드러웠다. 나는 이루 말할 수 없이 피곤했다. 마치 몇 시간이나 지난 것 같았다.

"이제 정말 가봐야겠습니다." 내가 선언하듯 큰 소리로 말했다. 그는 주머니에서 처방전을 꺼냈지만 내게 건네주지는 않았다. 그는 갑자기 두 손을 내 어깨 위에 올려놓더니 눈을 껌뻑였다. 그의 얼굴을 보니 내 어린 시절의 환영들이 보이는 것 같았다.

"결국……." 그가 입을 떼었다. "당신 같은 사람에게는 진실을 말해주지 않을 수 없군요."

그가 말을 맺기도 전에 나는 산 자들 속의 죽은 자에 불과하게 되었다.

암……. 위암이라……. 나는 우선 그 단어에 놀랐다. 나는 다른 단어를 기대하고 있었다. 이를 테면 폐결핵 같은 것……. 위암……. 내 나이 또래에게는 아주 드문 병으로서 내가 곧 죽으리라는 것을 스스로 납득하기 위해서는 온 정신을 집중해야만 했다. 나는 마치 어려운 문제를 풀 때처럼 눈썹을 찌푸렸을 뿐 낯빛이 변한 것 같지는 않다. 의사의 눈길은 내게 고정되어 있었다. 그의 눈길에서 나는 신뢰, 공감, 그리고 뭔가 알지 못할 감정들을 읽을 수 있었다. 그것은 친구의 눈길이었고 동료의 눈길이었다. 그가 다시 손을 내 어깨에 얹었다.

"일단 정밀 검사는 해봅시다. 하지만 솔직히 말해 수술이 성공할 것 같지 않습니다. 이렇게 오랫동안 견딘 것만 해도 대단하다고 생각합니다. 이미 상당히 커졌습니다. 게다가 신부님 같은 나이에는 진행이 빨라서…….”

“얼마나 남은 것 같습니까?” 내 목소리가 전혀 떨리지 않았기에 그는 아마 오해를 했을 것이다. 하지만 나는 침착했던 것이 아니라 아연해 있었다. 오, 하느님께서 나를 용서해주시기를……. 나는 그분을 생각하지 않고 있었다…….

“확실히 말씀드리기 어렵습니다. 무엇보다 출혈이 문제이고……. 정신력에 따라 달라지기도 하고…….”

그는 처방전을 내게 주면서 말했다.

“일주일 후에 다시 오십시오. 내가 병원에 동행해 드리지요. 미사도 드리고 고해도 받아주시고 늘 하시던 일을 그대로 하십시오. 나도 신부님 교구를 잘 압니다. 메자르그에 친구도 한 명 있습니다.”

그는 내게 손을 내밀었다. 나는 여전히 멍하니 정신이 나가 있었다. 이런 상황에서 어떻게 하느님의 이름을 잊을 수 있었는지 아무리 애를 써도 알 수 없으리라는 것을 나는 잘 안다. 나는 죽음 앞에서 혼자였다. 이루 말로 표현할 수 없을 만큼 혼자였다. 죽음은 존재의 상실, 그것 외에 다른 아무것도 아니었다. 가시적인 세계가 나로부터 무서운 속도로 물러가는 것 같았다. 그 가시적인 세계의 무질서한 이미지들은 음산한 것이 아니라 반대로 밝은 빛으로 환하게 빛나고 있었다.

'이럴 수가 있단 말인가? 내가 이 세계를 그토록 사랑했단 말인가? 이 아침들을, 이 저녁들을, 이 길들을…… 끊임없이 변화하는 신비스러운 이 길들, 사람들이 들어찬 이 길들을……'

나는 의사의 얼굴에서 눈을 떼지 않았는데 갑자기 그의 얼굴이 사라져버렸다. 나는 내가 울고 있다는 것을 곧바로 눈치 채지 못했다.

그렇다, 나는 울고 있었다. 흐느낌 없이 울고 있었다. 한숨 한 번 쉬지 않은 것 같았다. 나는 두 눈을 크게 뜬 채 마치 임종을 맞은 사람이 우는 것을 바라보며 울듯 울고 있었다. 그것은 바로 내게서 빠져나가는 생명이었다. 소맷자락으로 눈물을 닦자 의사의 얼굴을 알아볼 수 있었다. 그는 당혹과 연민에 찬, 뭐라 말하기 어려운 표정을 짓고 있었다. 만일 사람이 혐오감에 죽을 수 있다면 나는 죽었을 것이다. 도망쳐 나와야 했을 것을 그러지 못했던 것이다. 나는 하느님께서 한 마디 말씀, 사제에게 어울릴 만한 한 마디 말씀을 내게 불어넣어주시길 기대하고 있었다. 그 단 한 마디를 위해서라면 내 목숨을, 내 목숨에서 남아 있는 나머지를 모두 바쳤으리라! 나는 용서를 빌고 싶었다. 하지만 눈물에 목이 메어 더듬거릴 뿐이었다.

눈물이 목으로 흘러내리는 것을 느낄 수 있었다. 피 맛이었다. 눈물이 정말 피 맛일 수 있다면 그 무엇인들 바치지 않을 수 있겠는가? 눈물은 어디에서 오는 것일까? 누가 그것을 말할 수 있으랴. 맹세컨대 나는 나에 대하여 운 것이 아니었다! 내가 나를 향해 그토록 증오 비슷한 감정을 느껴본 적은 없었다. 나는 나의 죽음에 대하여 운 것도 아니었다. 어렸을 때 이처럼 흐느끼면서 잠에서 깨어난 적이 있었다. 이번에는 어떤 꿈에서 깨어난 것일까? 나는 세상을 보지 않고도 그 세상을 지나간다고 생각하고 있었다. 마치 빛을 발하는 군중들 사이를 눈을 내리깔고 걷듯이……. 그리고 이따금 그들을 경멸한다고 생각하며……. 하지만 그때 정작 내가 부끄러워 한 것은 그들이 아니었다. 나는 나 자신을 부끄러워한 것이다. 나는 사랑하면서도 그 말을 하지 못하는, 감히 사랑한다고 스스로 인정도 하지 못하는 가여운 사내 같았다. 오, 나는 눈물이 비겁하다는 것을 부정하지 않는다! 하지만 그것은 또한 사랑의 눈물이라고 생각하나니…….

마침내 나는 등을 돌려 밖으로 나와 한 길에 다시 섰다.

○ 자정, 뒤프레티의 집에서

뒤플루이 부인에게 20프랑을 빌리겠다는 생각이 왜 떠오르지 않았는지 모르겠다. 그랬다면 호텔에서 잠을 잘 수도 있었을 것이다. 하긴 어제 저녁 제대로 생각을 할 수 있는 상태도 아니었으며 게다가 기차를 놓쳐서 낙담해 있었다.

내 불쌍한 옛 친구는 나를 친절하게 맞아주었다. 비록 하룻밤이지만 사정이 좋지 않은(실은 매우 나쁜) 동료 신부의 호의를 덜컥 수락했다고 사람들은 나를 비난할 것이며 토르시의 신부님도 나를 미련한 친구라고 할 것이다. 어제 고약한 냄새가 나는 계단을 오르며 나도 그런 생각을 했었다. 그리고 그의 숙소 문 앞에서도 그런 생각에 잠겨 몇 분간 서 있었다. 문에는 누렇게 변한 명함 한 장이 네 개의 압정으로 고정되어 붙어 있었다.

○○대리점
대표 루이 뒤프레티

몇 시간만 전이었더라도 나는 아마 들어갈 엄두를 내지 못했을 것이다. 하지만 나는 이제 혼자가 아니다. 내 안에는 그것이 있다. 나는 아무도 없기를 막연히 바라며 초인종을 눌렀다. 그가 문을 열어주었다. 그는 셔츠 바람에 면바지 차림이었고 맨발에 슬리퍼를 신고 있었다. 나를 본 그가 거의 힐난하는 투로 말했다.

"미리 알렸어야지. 옹프루아 거리에 사무실이 있어. 여기는 그저 잠만 자는 곳이야. 집이 누추하네."

나는 그를 포옹했다. 그는 갑자기 기침을 해댔다. 내색은 안 했지만 감격한 것 같았다. 식사 후 먹고 남은 음식이 그대로 식탁에 있었다.

우리는 나란히 앉았다. 그의 모습이 알아보기 어려울 정도로 변해 있었다. 목이 엄청나게 길어진 것 같았고 머리가 하도 작아서 마치 쥐의 머리를 보는 것 같았다.

"와줘서 고맙네. 솔직히 말하면 자네가 내 편지에 답장을 해줘서 놀랐어. 전에 신학교 때 자네가 별로 품이 넓은 친구는 아니었잖아……."

내가 뭐라고 응답했던 것 같다. 그가 말했다.

"미안하지만 세수라도 좀 하고 오겠네. 오늘은 좀 느긋하지만 그런 날은 드물어. 어쩌겠나? 바쁜 게 좋은 거 아닌가. 그렇다고 내가 멍청한 놈이 되었다고 생각하지는 말게. 책을 많이 읽으니까. 요즘처럼 많이 읽은 적도 없었어."

잠시 후 그가 손에 우유 통을 들고 계단 쪽으로 슬그머니 향하는 것을 열린 문틈을 통해 볼 수 있었다. 나는 다시 그것과 더불어 홀로 남게 되었다. 아아, 다른 식의 죽음을 택할 수만 있었다면! 물속에 넣은 각설탕 조각처럼 서서히 녹아내리는 폐, 끊임없이 인공 자극을 주어야만 하는 쇠약한 심장, 라빌 의사의 그 이상한 병 같은 것들이 주는 위협이라면 왠지 막연하고 추상적으로 느껴졌으련만⋯⋯. 그런데 의사의 손길이 오래 머물고 있던 곳으로 손을 가져가기만 해도 무언가 잡히는 것 같으니⋯⋯. 어쩌면 순전히 내 상상이 아닐까? 그럴지도 모른다. 하지만 그건 아무 상관없다. 내가 몇 주 전과 달라진 것이 아무것도 없다고 되뇌어보아도 아무 소용이 없다. 결국 이것과 함께 교구로 돌아갈 수밖에 없다는 생각에 수치심이 들고 구역질이 난다. 자기 자신에 대한 극도의 혐오감 때문이다. 나는 그 감정이 내게서 용기를 온통 다 앗아가리라는 것을 잘 안다. 이런 시련 앞에서 내게 제일 먼저 주어진 과제는 자신과 화해하는 것이려니⋯⋯.

제3장

259

오늘 아침 느낀 굴욕감에 대해 깊이 생각해보았다. 그 감정은 비열함에서 온 것이 아니라 판단 잘못에서 온 것이라고 나는 생각한다. 내게는 양식(良識)이 없다. 죽음 앞에서의 나의 태도가, 내가 존경하는 나보다 뛰어난 사람들, 예컨대 올리비에 씨나 토르시의 신부님(나는 일부러 이 두 이름을 나란히 적어본다) 같은 분들처럼 될 수 없다는 것은 너무나 자명하다. 그 두 사람은 이런 상황에서도 분명히 고결한 품격을 지켰을 것이다. 그것은 위대한 영혼들이 지닌 천성이며 자유로움이다. 그리고 백작 부인조차도……. 오, 나는 그것들이 미덕이라기보다는 타고난 자질이라는 것, 결코 배운다고 획득할 수 없다는 것을 모르지 않는다. 아아, 내가 다른 사람들이 지닌 그런 자질을 이토록 사랑하니 내게도 그런 게 조금은 있어야 하지 않겠는가! 그건 마치 듣기는 잘하지만 말은 할 줄 모르는 외국어 같은 것이다. 아무리 실수를 거듭해도 고쳐지거나 나아지지 않는 것! 온 힘을 다내야 할 순간에 자신이 무능하다는 것을 뼈저리게 느끼고 얼마 되지 않는 용기의 실마리마저 잃어버린다. 마치 서툰 연사가 연설의 실마리를 놓쳐버리듯이…….

이런 시험이 새로운 것도 아니다. 전에는 어떤 예기치 못한 경이로운 사건을— 순교 같은 것?—기대하며 스스로 위안을 삼은 적도 있었다. 나 같은 나이에 죽음은 너무 멀리 있는 것처럼 보여서 하찮은 우리들의 일상 경험으로는 실감할 수 없는 법이다. 우리는 죽음이라는 사건이 별로 기이한 것도 아니며 우리 자신과 어느 정도 비슷하게 하찮을 수 있다는 것, 우리의 이미지, 우리 운명의 이미지와 같을 것이라는 사실을 믿으려 하지 않는다. 죽음은 우리에게 친숙한 이 세상에 속한 것이 아닌 것처럼 보이기에 마치 책에서 그 이름을 읽는 가공의 지역처럼 여긴다.

사실 나는 조금 전까지만 해도 나의 고통은 갑작스럽게 닥친 실망감에서 온 것이라고 생각했다. 상상의 대양 저 멀리 까마득히 있다고 생각했던 것이 바로 코앞에 있었다. 나의 죽음이 여기에 있다. 그 죽음은 다른 그 어떤 죽음과도 비슷한 것이고 나는 지극히 평범한 사람들이 가질 수 있는 통상의 감정을 지니고 그곳으로 들어갈 것이다. 내가 평상시 나 자신을 다스리던 모습보다 훨씬 나은 모습으로 죽을 수 없다는 것은 분명하다. 나는 죽음에서도 어색하고 서툴 것이다. 사람들은 내게 "단순해져요"라고 거듭 말한다. 나는 최선을 다할 것이다. 하지만 단순해진다는 것은 그 얼마나 어려운가! 사람들은 너그러운 미소를 지으며 마치 '비천한 사람들'이라고 말하듯 '단순한 사람들'이라고 말한다. 아니다, 단순한 사람들에게는 '왕 같은 사람들'이라고 말해야 할 것이다.

주여, 저는 주님께 기꺼이 모든 것을 바치나이다. 단지 바치는 법을 몰라서 당신께서 취하시는 대로 있을 뿐입니다. 그렇게 조용히 있는 것이 최선입니다. 저는 바치는 방법을 모르지만 당신께서는 취하실 줄 아실 것이기……. 하지만 한 번만이라도, 오직 한 번만이라도, 주님을 향해 자유롭고 너그러운 사람이 되기를 바랄 수만 있다면!

여러 번 베르트 거리에 있는 올리비에 씨를 찾아가보고 싶은 유혹을 느꼈다. 길을 나섰다가 돌아오기도 했다. 그를 만나면 나의 비밀을 감추기 어려웠을 것이다. 그는 2~3일 후면 모로코로 떠날 것이니 내 문제가 별로 중요한 일은 아닐 것이다. 하지만 그의 앞에 서면 나도 모르게 내가 아닌 다른 사람의 연기를 하고 다른 사람의 말을 할 것만 같다. 나는 그 어떤 것에도 과감히 맞서 도전하고 싶지 않다. 나는 내 죽음이 가능한 한 작은 것이기를, 내 삶에서 벌어진 다른 사건들보다 특출한 사건이 아니기를 바란다.

돌이켜보면 내가 토르시의 신부님의 관용과 애정을 받을 수 있었던 것은 내가 천성적으로도 서투르기 때문이다. 그런 서투름은 그런 것을 받을 자격이 있지 않을까? 그것은 바로 어린아이의 서투름이 아닐까? 나는 가끔 나 자신에 대해 가혹한 판단을 내리지만 내가 '가난의 정신'을 가졌다는 것은 의심해본 적이 없다. 어린아이의 정신은 가난의 정신과 닮았다. 그 둘은 분명히 하나이다.

올리비에 씨를 찾아가지 않은 것에 만족한다. 내 시험의 첫날을 이 방에서 시작하게 된 것에 만족한다. 하긴 방이라고 할 수도 없는 곳이다. 내 친구가 약품 견본들을 정리해놓는 좁은 복도에 침대 하나를 놓아둔 것이 전부이다. 상자마다 고약한 약 냄새가 난다. 일종의 추함, 그 추함에서 오는 황량함보다 더 깊은 고독은 없다. 가스등 하나가 내 머리 위에서 쉭쉭거리며 불똥을 튕긴다. 나는 이 추함, 이 비참 속에 몸을 옹크리고 있는 듯 느낀다. 이전 같으면 내게 혐오감을 불러 일으켰으리라. 하지만 오늘은 그 추함이 내 불행을 반가이 맞아주는 것 같다. 그렇지만 내가 굳이 이 비참과 추함을 찾아 나선 것은 아니라는 것, 그것을 곧바로 알아본 것도 아니라는 말은 해야겠다. 어제 저녁 두 번째 실신했다가 이 침대에 누워 있음을 알아차렸을 때 내게 떠오른 생각은 분명 여기에서 도망치자는 것, 무슨 수를 써서라도 도망치자는 것이었다. 순간 내게는 뒤무셀 울타리 앞에서 쓰러졌던 일이 생각났던 것이다. 나는 내 심장 박동이 멈춰질 것 같은 어리석은 생각에 사로잡혔다.

"여기서 죽고 싶지는 않아!" 나는 소리쳤다. "나를 내려줘요! 어디든 상관없으니 나를 어디론가 데려가줘요!"

여기서 꼭 설명해야 할 것이 있다. 그러니 몇 페이지 앞에서 그쳤던 그 부분부터 다시 이야기를 이어가야겠다.

내 친구가 나간 다음 나는 꽤 오랫동안 혼자 앉아 있었다. 얼마 후 그가 우유 통을 손에 들고 숨을 헐떡이며 돌아왔다.

"여기서 저녁을 들게." 그가 말했다. "그동안 이야기를 좀 나눌 수 있을 거야."

그가 이런 저런 이야기를 했지만 처음에 그가 했던 이야기는 별로 기억이 나지 않는다. 정신이 혼미해진 때문이었다. 다만 그가 정신이 혼미해진 내게 포도주를 권했던 것은 기억난다. 또한 그가 했던 이야기는 기억이 나지 않지만 그의 얼굴에서 생생한 고뇌의 흔적을 볼 수 있었던 것은 분명히 기억난다.

내가 어느 정도 정신을 차리자 그가 다시 말했다.

"내 병만 아니었다면 나는 지금 자네와 같은 모습이었을 거야. 책을 많이 읽었지. 그런데 요양원에서 나오면서 내 할 일을 찾고 내 운을 가늠해봐야 했네. 의지와 용기, 무엇보다 용기의 문제였네. 자네는 물건을 판매하는 것보다 쉬운 일이 어디 있을까라고 생각하겠지? 틀린 생각이야! 정말로 틀린 생각! 약을 팔건, 금광을 통째로 팔건, 포드 자동차를 팔건, 아니면 아주 하찮은 것들을 팔건 언제나 사람 다루는 게 중요하거든. 사람을 다룬다는 게 의지 훈련에는 최고야. 이제 경험도 생겼고 어려운 고비는 넘겼네. 6주 정도 지나면 본궤도에 오르고 독립의 기쁨도 맛보게 될 거라네. 하지만 다른 사람에게 나처럼 하라고 권하지는 않겠어. 아주 어려운 고비들이 있었거든. 그때마다 나를 위해 자신의 모든 것을 희생한 사람…… 그 사람을 향한 책임감이 나를 버티게 해주지 않았다면……. 용서해주게나……. 나도 모르게 내 속사정을……."

"잘 알겠어." 내가 대답했다.

"하지만 자네가 만나지 않도록 조치는 해놓았네. 이 시간이면 보통 귀가하는데 오늘은 이웃 여자분 집에서 지내라고 해놓았네."

그는 손을 뻗어 내 손 위에 올려놓았다. 땀범벅이었으며 매우 차가웠다. 그가 다시 말했다.

"그녀는 요양원에서 간호부장직을 맡고 있었어. 학식이 있고 교양을 갖춘 사람이지. 나는 요양원에 있을 때 그녀와 한 약속을 지킨 거야. 무슨 충동에서 저지른 일이라고는 생각하지 말게. 놀랐나?"

"아니." 내가 그에게 말했다. "하지만 자네가 선택한 여자를 사랑하는 것에 대해 그런 식으로 자기 방어를 할 필요는 없다고 보네."

나는 내가 거기까지 말했던 것만 기억난다. 그가 얼마 동안 말을 계속했던 것 같지만 알아듣지도 못한 채 멍하니 앉아 있었던 것이다. 이어서 마치 내 입안이 무슨 역겨운 진흙 같은 것으로 가득 채워진 것 같은 느낌이 들었고 그의 얼굴이 이상할 정도로 또렷하게 보였다가 이윽고 어둠 속으로 잠겨버렸다. 내가 눈을 떴을 때 나는 내 잇몸에 달라붙어 있던 끈적끈적한 것들을(핏덩이였다) 뱉어냈다. 바로 그때 여자의 목소리가 들렸다. 그녀는 랑스 지방 억양으로 내게 말했다.

"신부님, 움직이지 마세요. 괜찮아질 거예요."

의식이 곧 돌아왔다. 피를 토했더니 몸이 한결 가벼워진 것이다. 나는 침대 위에 일어나 앉았다. 그 가여운 여자가 나가려고 하기에 나는 그녀의 팔을 붙잡아야 했다.

그녀가 말했다.

"죄송해요. 저는 복도 건너편 이웃집에 있었어요. 루이 씨가 좀 당황했나 봐요. 로벨 약국까지 달려가려 했어요. 로벨 씨는 그이 친구예요. 불행히도 밤이라 약국은 닫혀 있을 거고 루이 씨는 빨리 걷지 못해요. 조금만 걸어도 숨이 차거든요."

그녀는 하도 몸집이 작아서 마치 소녀 같았고 나이를 짐작하기 어려울 정도였다. 그녀의 얼굴은 밉상이 아니었다. 오히려 그 반대였다. 하지만 고개를 돌리는 순간 곧 잊힐 그런 얼굴이었다. 그녀의 파리한 푸른 눈에는 체념한 듯한, 아주 겸손한 미소가 떠올라 있었다. 그 눈은 마치 실을 잣는 노파의 눈 같았다.

그녀가 다시 입을 열었다.

"좀 나아지시면 바로 나가겠어요. 루이 씨는 제가 여기 있는 걸 보면 좋아하지 않을 거예요. 신부님께 이웃 여자라고 말씀드리라고 신신당부했어요. 방이 이렇게 지저분하니 저를 나쁘게 생각하시겠지요? 실은 새벽 5시에 일을 하러 나가기 때문이에요. 그리고 보시다시피 저도 그리 튼튼한 몸이 아니라서요……."

"간호사 일을 하세요?"

"간호사요? 무슨 말씀을! 저는 요양원에서 청소부였어요. 거기서 그이를 만난 거고……. 우리가 같이 살면서 제가 그이를 루이 씨라고 부르는 게 이상하지요? 하지만 그이는 독신 서약을 하셨다면서요? 서약은 서약인 걸 어쩌겠어요. 당시는 그런 이야기를 할 수도 없었고……. 더구나…… 정말 죄송하지만…… 저는 그이를 사랑했거든요."

그녀가 사랑한다는 말을 너무 슬프게 발음하는 바람에 나는 대답할 말을 찾지 못했다. 우리는 둘 다 얼굴을 붉혔다.

내가 슬그머니 물어보았다.

"자매님은 지금 무슨 일을 하세요?"

그녀는 잠시 머뭇거리다 말했다.

"파출부 일을 하고 있어요. 아시겠지만 힘든 일이에요. 이리저리 뛰어다녀야 하니까요."

"그렇다면 그의 장사는 어떤가요?"

"아직은…… 사무실이며 타자기를 임대해야 했거든요. 그렇지만 곧 수익이 많이 생길 것 같아요. 그이는 사무실에 별로 나가지 않아요. 남들과 말을 하는 것도 굉장히 피곤해하거든요. 하긴 저 혼자 그럭저럭 꾸려나갈 수 있을 거예요."

"그 친구가 많이 아픈가요?" 내가 물었다. 그러자 그녀의 얼굴이 새빨개졌다.

"그이는 곧 죽을 거예요. 하지만 그이는 아무것도 몰라요."

나는 깜짝 놀라 펄쩍 뛰어오를 뻔했다. 그녀의 얼굴이 더욱더 빨개졌다.

"교구의 보좌 신부님이 한번 오셨었어요. 루이 씨도 처음 뵙는 분이었지만 아주 친절하신 분이셨어요. 그분은 루이 씨가 본 직무로 돌아가는 걸 제가 막고 있다고 하셨어요. 하긴 식사도 그렇고 공기도 그렇고 거기가 더 건강에 좋을 거예요. 그분들이 저보다 루이 씨를 더 잘 돌보실 거고요. 하지만 그런 결정은 루이 씨가 먼저 해줬으면 해요. 그게 낫지 않겠어요? 내가 떠난다고 생각해보세요. 그이는 배반당했다고 생각할 거예요."

그녀의 목소리는 다른 많은 사람들에게는 무심하게 들렸을 수도 있다. 하지만 그 목소리는 내가 잘 알고 있는 목소리, 내게 많은 추억을 불러일으키는 목소리였다. 나이를 알 수 없는 목소리, 술주정꾼을 달래고 말 안 듣는 어린 것들을 꾸짖는 목소리, 기저귀도 차지 못한 젖먹이를 달래주는 목소리, 인정머리 없는 장사치와 다투는 목소리, 집달리에게 하소연하는 목소리, 임종을 앞둔 이의 고통을 달래주는 목소리, 수 세기 걸치도록 변함이 없는 가정주부의 목소리, 이 세상 온갖 비참함에 의연히 맞서는 목소리, 바로 그 꿋꿋하면서도 체념이 담긴 목소리였다.

"그이가 죽으면 저는 파출부 일을 하겠죠. 요양원에서 일하기 전에 저는 남부 지방 이에르에서 아동 결핵 요양원의 주방 일을 했어요. 신부님, 아이들보다 더 착한 건 정말 없어요. 아이들은 하느님이에요."

"아마 그 비슷한 일을 다시 찾을 수 있을 겁니다." 내가 말했다. 그녀는 얼굴을 붉혔다.

"그럴 수 없을 거예요. 같은 일을 반복하고 싶지 않아서이기도 하지만……. 사실을 말씀드리자면…… 제가 원래 튼튼하지 못한 데다가 그이 병까지 옮고 말았거든요."

내 침묵이 무척 어색했나보다. 그녀가 덧붙여 말했다.

"제가 전부터 미리 걸려 있었을 수도 있지요. 엄마가 그리 튼튼한 편이 아니었거든요. 신부님, 그이와 둘이 지낼 시간이 얼마 남지 않았다는 걸 생각하면 정말 힘들어요."

나는 별로 해줄 말이 없었다. 나는 더듬거리며 물었다.

"그렇게 힘들게 살고 있는데…… 절망해본 적은 없나요?" 그녀는 내가 무슨 함정이라도 파는 것으로 생각했는지 얼굴이 어두워지면서 긴장한 표정을 지었다. 나는 질문을 마무리 지었다.

"혹시 반항심이 든다든지……."

"아뇨." 그녀가 대답했다. "다만 이해할 수 없다는 생각이 종종 들었을 뿐이에요."

"그럴 때면요?"

"그런 생각은 쉴 때나 하게 되지요. 저는 그걸 '일요일 생각'이라고 한답니다. 정말 고단할 때도 그런 생각이 나긴 하지만……. 그런데 왜 그런 걸 물으세요?"

"정(情)으로 묻는 겁니다. 나도 그럴 때가 있어서……."

그녀가 나를 똑바로 바라보았다.

"솔직히 말씀드리면 신부님 안색도 아주 안 좋으세요……. 그래요, 정말 온몸이 쑤셔서 꼼짝도 할 수 없을 때면 혼자 구석에 숨어서─웃으실지 모르지만─즐거운 일을 떠올리는 대신 저와 비슷한 처지의 사람들, 제가 알지는 못하지만 저처럼 힘들어 하는 사람들을 생각한답니다. 그런 사람이 얼마나 많겠어요! 지구가 좀 넓은가요! 비를 맞으며 신발을 끌고 다니는 거지들, 집 잃은 어린아이들, 환자들, 달을 보고 소리치는 정신 병원의 미친 사람들……, 정말 쌔고 쌨지요. 어디 살아 있는 사람들뿐이겠어요? 고통을 받고 살다 죽은 사람들, 앞으로 태어나서 우리처럼 고통을 받게 될 사람들……. 모두들 '왜 이런 거지?

왜 이런 고통을 겪어야 하지?'라고 말할 거예요. 저도 꼭 그 사람들하고 함께 그렇게 말하는 것 같고 그 사람들 목소리가 들려오는 것 같아요. 그 목소리는 나를 위로하며 흔들어주는 속삭임 같아요. 그럴 때면 저는 제 위치를 백만장자와도 바꾸고 싶지 않아요. 저는 행복하거든요. 어쩌겠어요? 저도 모르게 그렇게 된 건데 따져볼 필요도 없어요. 저는 엄마를 닮았어요. 엄마는 제게 '운 중에 최고로 좋은 운은 운이 없는 거란다. 나는 대접을 잘 받은 거지'라고 말씀하시곤 하셨어요. 저는 어머니가 불평하는 소리를 단 한 번도 들어본 적이 없어요. 하지만 두 번이나 술주정뱅이하고 결혼했으니 얼마나 운이 없어요! 제 아버지가 더 고약했어요. 아귀 같은 애를 다섯이나 거느린 홀아비였거든요. 어머니는 믿을 수 없을 만큼 뚱뚱해졌어요. 피가 전부 기름으로 변한 것 같았어요. 그런 건 뭐 상관없어요. 어머니는 돌아가시는 순간까지 '불에 올려놓은 수프에 이제 비곗덩어리를 넣을 때가 되었구나. 끓고 있는 것 같다'라고 말씀하시며 숨을 거두셨어요."

나는 그녀의 말을 끊고 싶지 않았다. 그녀가 그 누구에게도 이렇게 긴 이야기를 해본 적이 없으리라는 것을 알고 있었기 때문이다. 그녀는 갑자기 꿈에서라도 깨어난 듯 매우 당황해했다.

"어머, 무슨 수다를 이렇게 길게……. 루이 씨 돌아오는 소리가 들리네요. 길거리에서 들려오는 발소리도 알아볼 수 있어요. 이제 가봐야겠어요." 그녀는 얼굴을 붉히며 덧붙였다. "아마 저를 부를 거예요. 아무 말도 하지 마세요. 화를 낼 거예요."

내가 깨어나서 서 있는 것을 보고 내 친구는 너무 기뻐했고 나도 가슴이 뭉클했다.

"약사 말이 옳았어. 나를 놀리더군. 가볍게 정신을 잃었을 뿐인데 내가 너무 겁을 냈었나봐. 아마 소화가 잘못되었나 보지."

내가 이곳, 이 접이침대에서 밤을 지내기로 우리는 합의했다.

나는 잠을 청해보았지만 헛일이었다. 나는 가스등 불빛과 쉭쉭거리는 소리가 친구에게 방해나 되지 않을까 걱정이 되었다. 문을 살짝 열고 방 안을 살펴보았다. 방은 비어 있었다.

그렇다. 나는 이곳에 머문 것을 후회하지 않는다. 아니, 그 반대이다. 토르시의 신부님도 동의하실 거라는 생각까지 든다. 이 행동이 어리석은 행동이라면 더더욱 아무 문제가 될 게 없다. 나의 어리석음 같은 것은 이제 하등 중요한 게 아니다. 나는 이제 경주로에서 벗어나 있다.

　내게는 윗분들을 불안하게 만들 요인이 많음은 분명하다. 하지만 그것은 애당초 나와 그분들이 문제를 잘못 제기한 데서 비롯된 것이다. 예를 들어 블랑제르몽 신부님이 나의 처신, 내 미래에 대해 의심을 품으신 것은 잘못된 것이 아니다. 다만 내게는 미래가 없었던 것이고 우리 둘 다 그 사실을 몰랐던 것이다.

　또한 나는 젊음이란 주님이 주신 선물이라고 생각한다. 그리고 주님의 다른 모든 선물과 마찬가지로 젊음에는 뉘우침이란 없는 법이다. 젊음 이후에도 살아남지 못하도록 하느님이 지정한 사람들만이 진정으로 젊을 뿐이다. 나는 그런 부류에 속한다. 나는 자문했었다. '쉰 살이나 예순 살이 되면 나는 무엇을 할 것인가?' 그리고 당연한 일이지만 답을 찾지 못했다. 그 어떤 대답도 상상할 수조차 없다. 내 안에는 늙음이라고는 존재하지 않았다.

　이런 확신은 달콤하다. 몇 년 만에 처음으로 나는 젊음과 대면하고 있고 그것을 경계심 없이 바라보고 있다. 아니 아주 오래전부터 그래 온 것 같다. 그 얼굴, 잊었던 그 얼굴을 알아볼 수 있을 것 같다. 젊음도 나를 바라보고, 나를 용서한다. 내가 타고난 서투름, 내가 발전하는 것을 막고 있는 그 서투름에 질려서 나는 젊음이 내게 줄 수 없는 것을 젊음에게 요구했고 젊음을 우습게 생각했으며 젊음에 대해 부끄러워했다. 하지만 이제 우리 둘 다 우리들의 헛된 싸움에 지쳐 길가에 앉은 채, 아무 말 없이 우리들이 이제 함께 들어가려는 저녁의 크나큰 평화를 한순간만이라도 깊이 들이 마실 수 있었다.

또한 내게 지나칠 정도로 엄격했던 사람들이—'부당'했다는 거창한 단어는 쓰고 싶지 않다—그 누구도 자책하는 사람이 없으리라고 생각하니 그 또한 내 마음을 편안하게 해준다. 내가 그 어떤 행동을 했건 내가 다른 사람이 빚어낸 과오의 원인이 되었거나—내가 비록 결백하다 할지라도—그런 빌미라도 제공했다는 것을 알게 된다면 나는 영원히 꺼림칙할 것이다. 우리의 주님께서는 십자가 위에서, 그 수난 속에서 '거룩한 인성'을 완성하시면서 당신이 불의의 희생이 되었다고는 말씀하지 않으셨다.

'저들은 무슨 짓을 하는지 모르나이다(Non sciunt quod facient).'

아주 어린아이라도 이해할 수 있는 이 말씀, 사람들이 유치하다고 여길 수 있는 이 말씀, 하지만 악마들이 그 뜻도 모르는 채 수없이 되뇌면서 두려움에 떨게 될 그 말씀! 악마들에게는 곧 벼락이라도 내릴 것 같았지만 그 말씀은 그들 머리 위에 있는 심연의 우물을 막고 있는 결백한 손이었으니!

나를 이따금 괴로움에 빠지게 했던, 나를 향한 비난들이 나와 상대방 모두 나의 진정한 운명을 모른 데서 온 것이라고 생각하니 더 없이 기쁘다. 블랑제르몽 신부님처럼 분별력 있는 분은 훗날 내가 어떻게 될 것인가에 너무 집착한 나머지 자신도 모르게 내가 훗날 범할지도 모를 과오에 대해 오늘 비난한 것이 분명하다.

나는 영혼들을 천진난만하게 사랑했다(하긴 다른 식으로 사랑할 수도 없을 것이다). 이 천진난만함이 결국 나 자신뿐 아니라 이웃들에게도 위험했으리라는 것을 나는 느낀다. 나는 언제나 내 마음이 자연스럽게 기울어지는 것에 대해 서툴게 저항해 왔으며 그렇기에 그것을 물리칠 수 없는 것으로 여기곤 했다. 이 싸움이 이제 더 이상 그 대상이 없어져서 곧 끝나리라는 생각이 오늘 아침에 들었다. 하지만 그때는 라빌 의사가 내린 선고로 인해 나는 망연자실해 있었다. 그 생각은 내게 조금씩, 조금씩 스며들었다. 그것은 가느다란 맑은 물줄기였지만 이제는 내 영혼에 넘쳐흘러 나를 신선하게 채우고 있다. 침묵과 평화.

오, 물론 하느님께서 내게 남겨주실 몇 주, 혹은 몇 달 동안 나는 교구를 책임지면서 전처럼 신중하게 행동하려 애쓸 것이다. 하지만 어쨌든 미래에 대한 걱정을 덜 하게 될 것이며 현재를 위하여 일하게 되리라. 이런 식의 일이 격에 맞는 일이고 내 능력에도 합당한 일인 것 같다. 나는 사소한 일에서나 성공을 거둘 수 있을 뿐이고 그토록 자주 불안에 빠지는 것으로 보아 작은 기쁨이나 누릴 수 있을 뿐이라는 것을 인정해야 한다.

이 결정적인 날도 다른 날들과 마찬가지일 것이다. 온통 두려움에 사로잡혀 끝나지도 않을 것이며 영광을 향하여 새로운 날이 열리지도 않을 것이다. 나는 죽음을 향하여 등을 돌리지도 않고 올리비에 씨라면 분명 그랬을 것처럼 죽음과 맞서지도 않는다. 나는 할 수 있는 한 가장 겸손하게 죽음을 바라보려 애썼다. 죽음을 무장해제하고 죽음을 달래보려는 은밀한 희망을 감춘 채…… 비록 어리석은 비교일지는 모르지만 나는 전에 쉴피스 미오네나 샹탈 양을 바라보듯 죽음을 바라보았다고 말할 수 있으리라…… 아아, 하지만 진정으로 그렇게 되려면 어린아이들의 무지와 단순성이 필요하리라.

내 운명이 이렇게 분명해지기 전에는 죽음이 닥쳤을 때 제대로 죽을 줄 모르면 어쩌나 하는 두려움이 여러 번 엄습했었

제3장

다. 내가 너무나 감수성이 예민한 때문이다. 이 일기에 썼는지 안 썼는지는 모르겠지만 델방드 의사가 해준 말 한 마디가 생각난다. 그는 수도사나 수녀들이 늘 임종을 순순히 받아들이는 것은 아니라고 단언했다. 지금 나는 그런 걱정은 접어 두었다. 자기 자신에 대해, 자신의 용기에 대해 확신하고 있는 사람이라면 자신의 임종이 완벽한 것이기를, 하나의 성취이기를 바랄 수 있다는 것을 나는 이해한다. 하지만 나는 그런 사람이 아니다. 나의 임종은 그저 제 모습 그대로, 그 이상도 그 이하도 아니게 진행될 것이다. 이런 말을 해도 된다면 진정으로 사랑에 빠진 사람에게는 아무리 아름다운 시 구절이라 할지라도 그저 더듬거리는 몇 마디 말, 그 몇 마디 말만도 못한 법이라고 말하고 싶다. 곰곰 생각해보면 그 말이 별로 거슬리는 말은 아닌 것 같다. 인간의 임종은 그 무엇보다 사랑의 행위이므로.

하느님께서는 내 죽음을 하나의 본보기, 교훈으로 삼으실 수도 있지 않을까? 나는 내 죽음이 사람들에게 연민을 불러일으키면 좋겠다. 그러지 말란 법이 있는가? 나는 사람들을 많이 사랑했으며 살아 있는 자들의 이 땅이 내게 달콤했었다고 느낀다. 나는 눈물을 흘리지 않고 죽지는 않을 것이다. 극기적인 냉정함과는 거리가 먼 내가 어찌 아무런 감흥 없이 죽음을 맞이

할 수 있겠는가? 『플루타르코스 영웅전』의 주인공들은 내게
온통 두려움과 권태만 불러일으킨다. 내가 만일 그런 모습으로
변장하고 천국으로 들어간다면 수호천사도 웃지 않을 수 없을
것이다.

왜 불안해 하는가? 왜 미리 예견해야 한단 말인가? 만일 두
렵다면 나는 두렵다고 부끄럼 없이 말하리라. 주님이 그 성스
러운 얼굴을 내게 보이실 때 주님의 첫 눈길이 나를 안심시켜
주는 눈길이기를!

탁자에 팔꿈치를 괸 채 잠깐 잠이 들었다. 새벽이 멀지 않은
모양이다. 우유 배달 차 소리를 들은 것 같다.

아무도 만나지 않은 채 이곳을 떠나고 싶었다. 하지만 다음
에 다시 오겠다는 쪽지를 남기고 떠난다는 게 쉽지 않았다. 내
친구는 내 행동을 이해할 수 없으리라.

내가 내 친구를 위해 무엇을 할 수 있을까? 토르시의 신부님
을 만나 뵈라고 해도 그가 거절할까 봐 두렵다. 그보다는 토르
시의 신부님이 그가 지닌 허영심을 심하게 비난해서 절망한 이
친구가 터무니없는 시도를 하지나 않을까 더 걱정이다. 고집스
러운 그의 성격에 비추어볼 때 가능한 일이다. 오, 신부님이라

면 분명 그를 설득할 수 있으리라! 하지만 그 가여운 여인의 말이 사실이라면 시간이 없다.

그녀도 마찬가지로……. 어제 저녁 나는 그녀 앞에서 눈길을 들지 않으려 애썼다. 그녀가 나의 눈길에서 나 자신에 대한 확신이 없는 내 모습을 알아차릴 것만 같아서였다. 그렇다! 나는 정말 확신이 없었다. 아직도 확신이 들지 않는다. 다른 사람이라면 이렇게 말했으리라.

"떠나요. 어서 떠나요. 그가 당신과 멀리 떨어진 채 하느님께 귀의한 채 떠나게 해주세요."

그러면 그녀는 떠날 것이다. 하지만 그녀는 납득하지 못한 채 떠날 것이다. 다만 저 옛날부터 그녀 종족의 본능처럼 되어버린 것, 자신의 목을 따는 자들의 칼날에 목은 내맡긴 온순한 종족의 본능처럼 되어버린 것에 다시 한번 순순히 복종하며 떠날 것이다. 그녀는 자신의 그 오죽잖은 불행을 간직한 채, 수락의 언어로 밖에는 표현할 줄 모르는 그 결백한 반항을 품은 채 저 무수한 사람들의 무리 속으로 사라져버릴 것이다. 하지만 그녀는 저주의 말 한 마디 내뱉지 않으리라. 그녀의 그 이해 불가능한 무지, 그녀 마음속의 그 초자연적인 무지는 천사가 지키고 있는 무지인 때문이다. 그런데 그녀가 '전적 수용의 그 시선', 예수 그리스도의 시선을 향해 그녀의 그 용감한 시선을 들어 올리는 법을 아무에게도 배우지 못했다는 것은 너무 한 일이 아닐까? 자신이 무엇을 바치는지도 모르면서 내 손으로 한없이 값진 것을 하느님께 바쳤다면 하느님이 받아들이지 않으셨을까? 하지만 나는 감히 그러지 못했다. 토르시의 신부님이라면 하시고 싶은 대로 하셨으리라.

나는 창문을 열고 캄캄한 우물처럼 보이는 정원을 향해 묵주기도를 드렸다. 내 머리 위 동쪽을 향한 벽의 한 귀퉁이가 하얗게 밝아오는 듯하다.

나는 담요로 몸을 두르고 담요 한 자락으로 머리까지 감쌌다. 춥지 않다. 더 이상 통증은 느껴지지 않지만 토할 것만 같다. 할 수만 있다면 이 집에서 나가야겠다. 오늘 아침 걸었던 길을 다시 걷는다면 기분이 좋을 것 같다. 라빌 의사를 찾아간 일, 뒤플루이 부인의 카페에서 몇 시간을 지낸 일이 지금은 흐린 기억으로 남아 있을 뿐이다. 내 영혼의 한 자락은 무감각하게 되었고 최후까지 그러하리라.

물론 나는 라빌 의사 앞에서 나약한 모습을 보인 것을 후회한다. 그러면서도 아무런 가책을 느끼지 않는다면 부끄러워해야 할 것이다. 그토록 단호하고 굳건한 그 사람에게 도대체 사제에 대해 어떤 생각을 심어주었단 말인가! 하지만 상관없다! 다 끝난 일이다. 내가 나 자신에 대하여, 나라는 한 인물에 대하여 지니고 있던 일종의 불신이 이제 막 사라져버린 것 같고, 영원히 사라져버린 것 같다. 그 싸움은 이제 끝났다. 나는 그 싸움이 어떤 것이었는지, 어떤 것인지 더 이상 이해할 수 없다. 나는 나 자신과, 이 가련한 껍질과 화해했다.

자기 자신을 미워하는 일은 생각보다 쉽다. 은총은 자신을 잊는 것이다. 하지만 우리 안에서 모든 오만이 사라져버린다면 은총 중의 은총은 자기 자신을 겸손하게 사랑하는 것, 자기 자신을 마치 수난을 받는 예수 그리스도의 지체(肢體) 중의 하나로 여기고 사랑하는 것이리라.

*

(루이 뒤프레티 씨가 토르시의 주임 신부님께 보내는 편지.)

전문 의약품

일반 약품 공급

수입-수출 전문

대표 루이 뒤프레티

릴, 19**년 2월 **일

주임 신부님께,

신부님께서 요청하신 정보를 지체 없이 보내드립니다.
제 건강 때문에 아직 마지막 손질을 하지 못하고 있는 원
고를 나중에 읽어보시면 나머지 정보를 보충하실 수 있
을 것입니다. 제 원고는 제가 가끔 원고를 기고하곤 하는
「릴 청년 회보」라는 아주 조촐한 잡지에 보낼 예정입니
다. 잡지가 나오는 대로 곧바로 보내드릴 것을 약속드립
니다.

제 벗의 방문은 제게 아주 기쁜 일이었습니다. 우리의 청
춘 시절에 싹텄던 둘 사이의 우정은 시간이 흐른다고 해
서 옅어질 성질의 것이 아니었습니다. 또한 저는 그가 애
당초 우정 어린 정겨운 대화를 나누는 데 필요한 시간

제3장

정도만 염두에 두고 저를 방문했다고 확신합니다. 저녁 7시 정도에 그는 몸이 약간 거북하다고 했습니다. 저는 그를 집에 붙잡아 두어야 한다고 생각했습니다. 비록 누추하기는 하지만 제 처소가 그의 마음에 든 것 같았습니다. 그는 주저 없이, 이곳에서 하룻밤을 지내겠다고 했습니다. 그를 배려하는 마음에서 저는 제 집에서 그리 멀지 않은 곳에 있는 제 친구의 집에서 하루 묵기를 청했다는 말씀도 덧붙입니다.

새벽 4시에 잠이 오지 않아 저는 조심스레 그가 잠들어 있는 방으로 가보았습니다. 그리고 그 불쌍한 친구가 의식을 잃고 바닥에 쓰러져 있는 모습을 발견했습니다. 우리는 그를 침대로 옮겼습니다. 아무리 조심을 했다 하더라도 그런 식으로 그를 옮긴 것이 치명적이 아니었나 생각됩니다. 그는 이내 피를 많이 토했습니다. 저와 함께 있던 사람은 의학을 깊이 공부한 사람으로서 그에게 필요한 조치를 취한 다음 제게 그의 상태를 알려주었습니다. 예후가 암담하다는 것이었습니다. 하지만 토혈은 그쳤습니다. 의사를 기다리는 동안 그 불쌍한 친구는 의식을 회복했습니다. 하지만 그는 말을 하지 않았습니다. 이마와 뺨에 굵은 땀이 흐르고 있었고 약간 벌어진 눈꺼풀 사이로 겨우 보일락 말락 한 그의 눈길에는 큰 고통이 드러나 있었습니다. 저는 그의 맥박이 급속도로 약해져 가는 것을 확인할 수 있었습니다.

이웃집 사람이 생트오스트르베르트 교구의 당직 신부에게 알리러 갔습니다. 임종을 맞은 친구가 묵주를 달라고 손짓을 했습니다. 저는 그의 바지 주머니에서 묵주를 꺼내 주었고 그는 그때부터 묵주를 가슴에 꼭 껴안고 있었습니다. 얼마 후 그는 기운을 차린 듯 거의 알아들을 수 없는 목소리로 제게 죄를 사하는 기도를 청했습니다. 그의 얼굴은 더욱 평안해졌으며 미소까지 띠고 있었습니다. 사태를 제대로 판단한다면 그의 요구를 서둘러 들어 주지 않는 것이 합당하다고 여겨졌지만 인정으로 보나 우정으로 보나 거절할 수가 없었습니다. 저는 신부님을 충분히 안심시켜드릴 수 있을 정도로 바른 감정으로 그 직무를 수행했다고 생각한다는 말씀을 덧붙입니다.

신부가 여전히 도착하지 않았기에 저는 제 친구에게 너무 지체하다가는 임종하는 이를 위해 교회가 보내주는 위로를 그가 받지 못할까 봐 걱정이라고 말했습니다. 그는 제 말을 제대로 알아들은 것 같지 않았습니다. 그런데 잠시 뒤에 그가 자신의 손을 내 손 위에 얹었습니다. 그리고 제 귀를 그의 입에 대라는 신호를 눈으로 분명하게 보냈습니다. 그리고 매우 느리게, 하지만 아주 또렷하게 다음과 같이 말했습니다. 저는 그 말을 아주 정확히 옮겨 놓았다고 믿습니다.

"아무러면 어때? 모든 게 은총이라네."

그런 후 그는 바로 숨을 거둔 것 같습니다.

『어느 시골 신부의 일기』를 찾아서

조르주 베르나노스(George Bernanos, 1888~1948)의 『어느 시골 신부의 일기(*Journal d'un curé de campagne*)』는 해설이랍시고 몇 자 끼적이는 것을 거부하는 소설이라고 해도 무방하다. 이 작품이 전하는 감동, 이 작품이 우리에게 전하는 의미는 그런 몇 마디 해설이나 분석 너머에 있기 때문이다. 무엇보다 이 작품은 임종의 순간 "모든 게 은총이라네"라고 속삭이며 죽어간 한 영혼의 기록이다. 더욱이 그 영혼의 주인공은 믿음, 초월과 늘 가까이할 수밖에 없는 신부이다. 영혼, 믿음, 초월 같은 것은 언어적 정의나 설명이 가닿을 수 없는 영역의 것들이다. 그것들은 언어적 규정의 영역에 속하는 것이 아니라 구체적 내적 체험의 영역에 속한다. 『어느 시골 신부의 일기』는 그 내적 체험의 기록이다. 아니, 소설이라는 형식(언어를 사용할 수밖에 없는 형식)을 통해 독자를 그런 내적 체험 가까이 이끄는 작품이다. 고백하지만 이 소설을 번역하면서 나는 그런 체험을 아주 조금은 했던 것 같기도 하다. 이 시리즈를 시작한 뒤 지금까지 90권 가까이 번역을 했지만, 번역을 하면서 눈물이 글썽했던 경험은 이번이 처음이다.

기독교 소설임이 분명한 이 작품을 읽고 교회나 성당에 다니지도 않는 내가 왜 눈물을 흘렸던 것일까? 더욱이 이 나이에……. 여러 가지 이유를 댈 수도 있겠지만 가장 솔직히 말한다면 이 작품 속에 담긴 베르나노스의 진정성의 무게, 요즈음은 맛보기 힘든 그 진지함의 무게에 감동받았기 때문이다. 무엇에 대한 진지함? 바로 우리의 삶 자체에 대한 진지함이다. 모든 것이 한없이 가벼워지고 있는 세상을 살아가고 있는 나의 마음속에 그 진지함의 무게와 깊이가 울림을 주었기 때문이다.

이 작품은 분명 기독교 소설이다. 하지만 이 작품은 베르나노스의 깊은 신앙심을 고백한 소설이 아니다. 기독교의 위대함, 신앙의 위대함을 설파한 소설이 아니다. 이 작품은 하느님은, 하느님을 향한 믿음은 우리에게 기쁨과 희망을 주고, 우리를 바른 길로 인도하고, 우리를 영원한 행복으로 이끈다고 설교하지 않는다. 만일 그랬다면 내게 주는 감동은 덜 했을 것이다. 이 작품이 내게 감동적인 것은 끊임없는 고뇌와 불행에 시달리면서 질문과 기도를 멈추지 않는 한 인간,—주인공이 신부이니 기도를 멈추지 않는 것은 당연한 일이다—하지만 바로 그 인간적 진정성으로 인해 기도까지 소홀히 하는 위험, 혹은 시련을 겪는 한 인간의 기록이기 때문이다. 물론 결말은 "모든 게 은총이라네"라는 속삭임이다. 또한, 이 작품의 주인공은, 아니 이 작품 자체가 절대적 진리로서의 하느님에 대한 믿음을 조금도 부정하지 않는다. 그는 늘 믿음과 함께 한다.

나는 믿음을 잃지 않았다. 너무나 가혹한 시련이 갑자기 번개처럼 다가와서 내 이성과 신경을 뒤흔들어놓을 수는 있지만, 또한 내 속 기도의 정신을 느닷없이 고갈시켜 버릴 수는 있지만,—영원히 그럴 수도 있으리라—절망의 엄습보다 더 무서운 암담한 체념으로 나를 가득 채울 수 있지만, 내 믿음은 온전히 남아 있으며 나는 그것을 느낀다. 그 믿음이 어디에 있는지 그것을 따라잡을 수는 없다. 거의 착란에 가까운 이미지들이나 그릴 뿐 정확하게 두 개념을 연결시킬 줄도 모르는 내 불쌍한 두뇌 안에서도,

내 감수성 속에서도, 심지어 내 양심 속에서도 그것을 찾을 수 없다. 나의 믿음은 이따금 내가 찾지도 않았던 곳, 예컨대 내 살, 내 그 비참한 살 속에, 내 피와 내 살 속에, 필경 멸할 것이지만 동시에 세례를 받은 이 살 속으로 물러나 존속하고 있는 것처럼 보이기도 한다. (125~126쪽)

하지만 그 믿음은 위 인용문에서 보듯 두뇌, 감수성, 양심 속에서는 찾을 수 없는 것이다. 그것은 나의 살(肉) 속에 존재한다. 달리 말한다면 그 어떤 개념이나 느낌, 마음으로 주어지는 것이 아니라, 살아 있는 나라는 존재 밖에서 주어지는 것이 아니라 나의 구체적인 삶, 구체적인 체험과 함께 하는 것이다. 따라서 "모든 게 은총이라네"라는 결말은 하나도 중요하지 않다. 중요한 것은 그 모든 고뇌와 번민과 불행을 안고 살아가는 한 인간의 모습, 불안정한 가능성 속에서 끊임없이 흔들리는 한 인간의 모습이다. 온갖 고통과 불행 속에서도 신앙심을 잃지 않는 꿋꿋한 인간이 아니라 그 고통, 불행과 함께 믿음도 흔들리는 실존적 인간이다. 역으로 말하면 그렇게 흔들리는 믿음이었기에 그 믿음은 오히려 진정성을 획득한다.

그런 기독교적이면서 실존적인 질문 앞에 인간의 온갖 불행과 고통은 단순한 극복의 대상이 아니게 된다. 그것은 우리가 함께 살아갈 수밖에 없는 불가사의한 그 무엇이 된다. 작품 전체가 바로 그런 불가사의한 인간의 고통에 대한 기록이지만 대표적인 것이 악과 가난에 대한 내용이다.

그렇다, 많은 영혼들이, 우리가 감히 상상할 수 없을 정도로 많은 영혼들이, 겉보기에는 종교나 심지어 도덕에 무관심해 보이는 많은 영혼들이 어느 날 문득―한순간만으로 족하다―자신이 악에 사로잡힌 것이나 아닌가 하는 의혹에 빠져 어떻게 해서라도 그에서 벗어나길 원한다. 악 안에서의 연대감, 그것이야말로 무서운 것이다! 성인들의 더없이 고매한 행위가 하느님의 광휘에 대해 가르쳐줄 수 없는 것과 마찬가지로 제아무리 흉악한 범죄라도 악의 본성에 대해 제대로 가르쳐줄 수 없기 때문이다. (……) 악마는 너무 가혹한 우두머리이기 때문이다. 그는 하느님처럼 단순하게 나를 본받아라! 라고 명하지 않는다. 그는 자신의 희생자들이 자신을 닮는 것을 참아내지 못한다. 악마는 결코 포만감을 느끼지 못한 채 자신의 희생자들이 거칠고 추하게, 그리고 무력하게 자신의 흉내를 내는 것을 즐기고 있을 뿐이다.

요컨대 악의 세계는 그토록 우리의 정신이 포착하기 힘든 것이다. 악은 존재의 극단에 있는, 채 제 모양을 갖추지 못한 추하고 엉성한 초벌 그림일 뿐이며 영원히 그러할 것이다. 나는 바다에 떠다니는 투명한 해파리를 머리에 그린다. 그 괴물에게 죄인이 많거나 적은 것이 무슨 상관이 있겠는가! 그 괴물은 단번에 그 범죄를 꿀꺽 삼켜버리고 단 한순간도 그 무섭고 영원한 부동성에서 벗어나지 않은 채 그것을 흡수하고 소화시킨다. 그런데 역사학자, 윤리학자뿐 아니라 철학가들까지 범죄자에게만 초점을 맞춘 채 악을 인간의 이미지로, 혹은 인간을 닮은 모습으로 만들어 놓는다. 그들은 악 자체에 대해, 공허와 무를 향한 이 엄청난 열망에 대해 아무것도 모르고 있는 것이다. (145~146쪽)

공허와 무를 향한 이 엄청난 열망! 결코 포만감을 느끼지 못하는 악마의 실체! 그런 악에 대해서 우리가 아무것도 모르고 있다는 말은 악 앞에서 무력한 인간존재의 모습을 강조하기 위하여 한 말이 아니다. 악을 직시하기 위해서 한 말이다. '악은 하느님의 선한 의지에 반하는 것이므로 없애야 한다'라는 구호와 결심만으로 악을 없앨 수 있다면 악은 별로 위협적이지 않다. 가볍게 여겨도 되고 슬쩍 눈을 감아도 된다. 하지만 악이 그렇게 절대적인 것이라면 악을 직시하고 그 정체를 밝히는 일은 하느님 곁에 가까이 가는 것만큼 어렵다. 역설적으로 말하자면 그런 절대적인 악을 직시하고 극복하는 것만이 비로소 하느님 가까이 가는 길이다.

한편 가난은 어떠한가?

"주님이 가난한 자들에게 온유하게 말씀하신 건 사실이지만 내가 좀 전에 말했듯 주님은 가난을 선포하셨어. 교회가 가난을 지킬 임무를 맡은 이상 거기서 벗어날 수 없는 건 사실이야. 그건 아주 쉬운 일이지. 동정심이 있는 사람들은 교회와 함께 가난 보호에 나서지. 하지만 '가난이라는 명예'를 보호하는 일은 오로지 교회의 몫이야. 아, 하긴 우리 적들도 멋진 역할을 맡고 있지. '우리들 사이에는 언제나 가난한 사람들이 있을 것이다!' 자네도 알다시피 그건 선동가들이 지어낸 말이 아니야! 그건 바로 복음서 말씀이고 우리가 그 말씀을 받은 거야. 그 말씀이 자신들의 이기주의를 정당화시켜준다고 믿는 부자들은 정말 딱한 노릇이지. 비참한 자들의 군대가 천국의 성벽을 무너뜨리려 할 때마다 강한 자의 볼모 구실을 하는 우리들도 딱한 노릇이고! 이 말씀이야말로 복음서에서 가장 슬픈 말씀이며 슬픔을 가장 많이 지니고 있는 말씀이야."

(71~72쪽)

오, 불행한 자들! 너희들이 그토록 소중하게 여기는 황금은 실은 하나의 환상, 꿈, 혹은 꿈에의 약속이 아니더냐? 가난은 하늘에 계신 나의 아버지의 저울에서 너희들의 온갖 보물로는 절대로 평형을 이루지 못할 정도로 무게가 나간다. 언제나 부자가 있기에, 다시 말해 소유만큼 권력을 추구하는 탐욕스럽고 냉혹한 인간들이 있기에 가난이 언제고 존재하는 것이다. 이런 인간들은 부자들 사이에서뿐 아니라 가난한 자들 사이에서도 있는 법이니 개천에 처박혀 술에서 깨어난 비참한 사람도 진홍색 커튼이 달린 침대에서 잠을 자는 카이사르와 똑같은 꿈을 꿀수 있다. 그러니 부자건 가난한 사람이건 마치 거울을 들여다보듯 가난에 너 자신을 비춰보아라. 가난이란 너희들의 근본적 실망의 이미지 바로 그것이고 이 지상에 자리 잡고 있는 실낙원이기 때문이며 너희들 가슴과 두 손의 공허이기 때문이다. 내가 그것을 그토록 높이 들어 올리고 가난과 혼인하고 왕관을 씌운 것은 내가 그대들이 사악하다는 것을 잘 알고 있기 때문이다. (74~75쪽)

가난은 인간 사회의 추한 모습이며 불행이다. 그런데 하느님은 가난을 없애라고 말씀하시는 대신 가난을 선포하고 가난에 왕관을 씌워주셨다. 왜? 인간의 운명이기 때문이다. 긴말 않겠다. 나는 세상에 좀 더 당당한 가난한 사람들, 당당한 패배자들이 많았으면 좋겠다. 예컨대 작품에서 평생을 가난과 희생 속에서 살다 죽은 한 여인처럼 '운 중에 최고로 좋은 운은 운이 없는 거란다. 나는 대접을 잘 받은 거지'(272쪽)라고 말할 수 있는 사람이 곁에 있으면 좋겠다. 최소한 그런 사람들에게 하느님의 이름으로 영예로운 왕관을 씌워주는 교회가 많았으면……

앞에서 말했듯 더 이상 이 작품의 내용을 뒤따라가며 중언부언하는 일은 그만하겠다. 이 작품의 핵심에는 인류의 어머니이자 딸로서의 순결 그 자체인 성모의 이미지, 순진한 행복의 원형인 유년기가 자리 잡고 있지만, 그 의미를 사변적으로 밝히는 것은 오히려 작품의 맛을 없앨 우려가 있다. 다만 독자 여러분들도 나와 함께 주인공이 토르시의 신부, 델방드 의사, 백작 부인, 샹탈, 올리비에, 환속 신부 뒤프레티의 동숙자 등과 나누는 대화를 음미하면서 감동에 젖기를, 몸도 약하고 가난하며 세상 물정 모르는 주인공이 사람들의 몰이해와 신앙적 고뇌에 시달린 끝에 "모든 것이 은총이라네"라는 말을 남기고 죽음을 맞이하기까지의 내적인 체험, 영적인 체험에 동참하기를 권할 뿐이다. 그러면 혹시 알겠는가? 우리에게 순결 그 자체인 인류의 유년기, 그 단순한 행복의 원형이 우리들 안에서 슬쩍 모습을 보이게 될지…….

나는 이 소설을 머리맡에 두고 일용의 양식으로 삼는 사람이 많아지기를 바란다. 이 책은 단숨에 죽 줄거리를 따라 읽을 책이 아니라, 내 마음에, 내 영혼에 양식이 필요할 때면 언제고 천천히 음미해야 할 책이다. '영혼의 양식'이라는 표현 자체가 낯설기만 한 시대를 우리는 살고 있기에 우리에게 그 양식은 더욱 절실하다.

1936년도에 플롱 출판사에서 출간한 『어느 시골 신부의 일기』는 같은 해 아카데미 프랑세즈에서 최우수 소설로 선정되어 대상을 받았으며 1950년에는 20세기 최고의 소설들 중의 하나로 선정된다. 앙드레 말로, 알베르 카뮈 등에 의해 극찬과 숭앙을 받은 이 소설은 1951년 로베르 브레송 감독에 의해 영화화되어 많은 사람들의 사랑을 받았다.

조르주 베르나노스는 1888년 파리 주베르 거리 26번지에서 출생했다. 아버지는 실내장식업자였고 어머니는 베리 지방 농부 집안 출신이었다. 어린 시절을 프랑스 북부 파드칼레의 작은 마을에서 보낸 그는 1906년부터 7년간 소르본 대학에서 문학과 법학을 전공했다. 그는 1911년 폐 질환으로 병역 면제를 받았으나 제1차 세계대전이 발발하자 1914년 최전선에 지원병으로 참전 수차례 부상을 입는다. 그는 1917년 잔 다르크 가의 후예인 잔 탈베르 다르크와 결혼하여 여섯 자녀를 둔다. 보험회사 직원으로 일하면서 1922년 단편 소설 「다르장 부인」을 발표한 후 그는 전업 작가의 길로 나서기로 결심하고 1926년 『사탄의 태양 아래』를 발표하여 작가로서의 확고한 명성을 획득한다. 이어 페미나상 수상작인 『환희』를 1929년 발표했으며, 1931년 소설 『악몽』을 발표한다. 1933년 그는 오토바이 사고로 중상을 입고 평생 목발에 의지한 삶을 살았으며 생활고에 시달리던 그는 1934년 물가가 싸다는 단 한 가지 이유로 스페인의 마요르카섬으로 이주한다. 1934년 『어느 시골 신부의 일기』집필을 시작해서 1936년 발표, 아카데미 프랑세즈 소설 대상을 수상한다. 그는 1938년 최후의 소설 『윈씨』를 발표한 후 정치 평론가 활동을 했다. 파라과이를 거쳐 브라질로 이주한 그는 제2차 세계대전 중 BBC 방송 연설을 통해 레지스탕스 운동을 했으며 1945년 드골 장군의 부름을 받고 브라질로부터 귀국했다. 하지만 그는 드골의 입각 제의를 거절하고 수많은 세평 기사들을 쓰는 데만 몰두했다.

1947년 튀니지로 이주해서 지내던 그는 1948년 지병이 악화되어 파리로 호송된 후 같은 해 7월 5일 파리 근교의 병원에서 영면, 모친의 고향이 펠브와쟁에 묻혔다.

어느 시골 신부의 일기

생각하는 힘: 진형준 교수의 세계문학컬렉션 88

펴낸날	**초판 1쇄 2023년 6월 14일**

지은이	**조르주 베르나노스**
옮긴이	**진형준**
펴낸이	**심만수**
펴낸곳	**(주)살림출판사**
출판등록	**1989년 11월 1일 제9-210호**

주소	**경기도 파주시 광인사길 30**
전화	**031-955-1350 팩스 031-624-1356**
홈페이지	**http://www.sallimbooks.com**
이메일	**book@sallimbooks.com**

ISBN	**978-89-522-4727-8 04800**
	978-89-522-3984-6 04800 (세트)